imaginist

想象另一种可能

理
想
国

imaginist

All That Is

JAMES SALTER

这一切

[美] 詹姆斯·索特 著　　刘伟 译

海南出版社
·海口·

≈

“对于那些会从阅读中获得强烈乐趣甚至上瘾的人来说，他是一个特别令人满足的作家。我将詹姆斯·索特列为少数我渴望阅读其全部作品的北美作家之一，并且迫不及待想看他还未出版的书。”

——苏珊·桑塔格

“詹姆斯·索特教我将写作浓缩为最本质的东西。坚持正确的词，并且记住‘少即是多’。他告诉我一个情节可以同时是一条直线和一幅拼贴画，而张力和透视是流动的；还有，伟大的艺术可以从日常生活中产生。这些教导还在继续。”

——裘帕·拉希莉

“就像海明威《乞力马扎罗的雪》中在垂死作家的脑际接连涌现的紧凑故事一样，《这一切》中的故事具有明亮而动人的生命力，它们深刻地唤起了一个人的生活，以及一整个消逝的世界……这部小说所包含的生活与情感的范围不断扩张，并且，通过神秘的、魔法般的移情，我们越来越深地介入到鲍曼的生活之中，虽然他本身只是一个平凡的人。”

——《卫报》

“在某些时刻，生活被不可逆转地切分为过去和未来。只用一个句子，索特就能揭示出一个人的全部历史，渴望与恐惧、希望与需要之间复杂的相互作用——人何以陷入如今的境地。”

——《纽约时报》

献给凯

总有一天你会意识到

所有的一切都是一场梦

只有那些保存在书写中的东西

才有可能是真实的

目 录

1 破晓

一整夜，水在黑暗中飞驰而过。

甲板之下，一层又一层的铁铺位上，躺着几百号人，六寻[1]之下，一片寂静。天快亮了，但很多人仍仰面睁着眼睛。光线微弱，发动机永无休止地颤动着，通风扇吸入潮湿的空气。一千五百人，随身的行囊和武器重得像一块投进海里的铁砧，能把他们直直带入海底。这是驶向冲绳的大军的一部分，那座日本南方的巨大岛屿。事实上，冲绳就是[2]日本，是其国土的一部分，奇特而陌生。这场持续了三年半的战争已经进入尾声。半个小时后，第一批人就会排着纵队来吃饭，吃的时候肩并肩站着，神情肃穆，不说一句话。船带着微弱的动静平稳地航行着。船身的钢铁嘎吱作响。

---

[1] Six deep，系海军术语，六寻即三十六英尺，约等于十一米。——译者注（本书脚注若非另行说明，均为译者注）

[2] 原著中斜体字，本书均采用仿宋体。——编者注

太平洋上的战争和其他地方不同。光是距离便很惊人。除了空海之上连绵不断的日子和彼此相距千里的陌生地名之外，什么都没有。这是一场由众多岛屿组成的战争，一场从日本人那里撬动这些岛屿的战争，一个接着一个。瓜达尔卡纳尔岛，成了一个传奇。所罗门群岛和槽海[1]。塔拉瓦岛，在那里，登陆舰在远离海岸的暗礁上搁浅，男人们在如蜂群般密集的敌军炮火中遭到屠杀，海滩上的惨状，肿胀的尸体浮荡在碎浪中，这个国家的儿子们，其中有一些很漂亮。

最初，日本人以骇人的速度占领了一切，全部的荷属东印度、马来亚、菲律宾。巨大的要塞、曾被认为坚不可摧的深度防御工事，几天之内就被扫掠一空。只发生过一次反击，那是位于太平洋中部中途岛附近的第一次航母对决，四艘不可替代的日本航母连同它们所有的飞机和身经百战的船员都一同沉没了。一场惊人的打击，但日本人依旧不屈不挠。他们把太平洋紧紧攥在手中，只有铁腕才能将其击溃。

在密林里，在热浪中，战斗望不到尽头，不留一丝情面。战斗过后，棕榈树在海滩附近光秃秃地矗立着，像高高的火刑柱，每一片叶子都被击落了。敌人是野蛮的战士，他们战舰上奇怪的宝塔状装置，他们咝咝的秘密语言，他们的矮壮和凶悍。他们不

[1] The Slot，所罗门群岛两排岛屿之间的水域。1942 年和 1943 年，日本帝国海军与盟军在此海域进行过多次海战。

会屈服。他们战斗至死。他们用利剑处死战俘，高高举过头顶的双柄利剑，他们在胜利时毫不慈悲，在凯旋中振臂高呼。

1944年，伟大的、最后的阶段开始了。他们的目标是把日本本土置于重型轰炸机的射程之内。塞班岛是关键。它巨大，防守严密。日本军队已经超过三百五十年没有吃过败仗，将新几内亚岛、吉尔伯特群岛这样的前哨置之度外。塞班岛上有一支两万五千人的日本军队，他们被命令不准做丝毫让步，不准让出一寸土地。按照陆地上的秩序，守卫塞班岛被视为生死大事。

六月，进攻开始了。日本在这个地区拥有危险的海军部队、重型巡洋舰和战舰。两支海军分舰队登陆，一个陆军师紧随其后。

对日本人来说，这变成了塞班之难。二十天后，他们几乎全军覆没。日本主将，指挥过中途岛战役的南云忠一[1]，自杀了，还有数以百计的平民，男人和女人，其中一些是怀里抱着婴儿的母亲，恐惧于或遭屠杀的命运，纷纷跳下陡峭的悬崖，当场死在下面锋利的岩石上。

这便是丧钟。轰炸日本主岛现在成为可能，在最大规模的突袭中，东京遭燃烧弹袭击，仅一个晚上就有超过八万人葬身火海。

接下来，硫磺岛陷落了。日本人宣布了一个终极誓约：宁肯牺牲一亿人，宁肯牺牲全部人口，也绝不投降。

---

[1] 南云忠一（1887—1944），曾任日本海军驻马里亚纳群岛部队司令，1944年6月率部驻守塞班岛，同年7月在塞班岛战役最后阶段因绝望而自杀。

冲绳是必经之地。

白日正在升起，一个苍白的太平洋黎明，早间云层的顶部聚拢着阳光，看不见真正的海平线。大海空空荡荡。慢慢地，太阳出来了，横洒过海面，把水染成白色。一个名叫鲍曼的海军中尉来到甲板上，站在栏杆旁向外眺望。他的室友，金梅尔，默默来到他身边。这是鲍曼永远都不会忘记的一天。他们谁都不会忘记。

“那里有什么东西吗？”

“什么都没有。”

“是你看不见。”金梅尔说。

他向前看了看，又朝船尾看了看。

“太平静了。”他说。

鲍曼是一名导航军官，而且就在两天前，他获悉自己还是一名瞭望员。

“长官，”他当时问，“那需要承担什么职责？”

“这是手册，”副舰长说，“读一读。”

当天晚上他读了起来，一边读，一边给某些书页折上角。

“你在干什么？”金梅尔问。

“这会儿不要打扰我。”

“你在研究什么？”

“一本手册。”

“老天，我们正在敌人的大海中央，然后你坐在这里读一本手册？现在不是干这个的时候。你早就该知道做什么了。”

鲍曼没理他。他们一开始就在一起，从海军军官学校起。那里的校长，一名海军上校，因为自己的驱逐舰搁浅而断送了职业生涯。他在每个人的铺位上放了一本《致加西亚的信》，那是来自美西战争时期的一份鼓舞人心的读物。麦克雷利上校没有未来，但他仍忠于过去的标准。他每天晚上把自己喝个烂醉，到了早上又总是整齐利落，脸刮得干干净净。他把海军条例手册牢记于心，自掏腰包买了那些《致加西亚的信》。鲍曼仔细阅读了《信》，多年以后仍能背诵其中的部分内容。“加西亚正在古巴广阔山脉的某个地方——没有人知道那是哪里……”书的主旨很简单：充分和绝对地履行你的职责，不要提出不必要的问题或借口。金梅尔一边读一边咯咯笑：

“是的，长官。炮手就位！”

他黑发，骨瘦如柴，走路时步子松松垮垮，这让他的腿看上去很长。他的制服总是一副刚穿着睡过觉的样子，脖子相对于衣领来说太细了。私底下，船员们叫他骆驼，但他有一种花花公子式的泰然，女人们都喜欢他。在圣地亚哥，他交往了一个名叫维姬的活泼女孩，她的父亲拥有一家名叫帕尔梅托·福特的汽车专营店。她一头金发向后梳去，有一种大胆的感觉。她立刻被金梅尔吸引住了，他懒洋洋的魅力。在他和另外两名军官弄到的旅馆房间里，他们坐着喝加拿大俱乐部[1]和可乐，那里能远离酒吧的吵闹，他解释说。

“这是怎么回事？”他问道。

“什么是怎么回事？”

“遇到一个像你这样的人。”

“你当然不配。”她说。

他笑了。

“这是命运。”他说。

她啜饮着她的饮料。

“命运。这么说，我会跟你结婚吗？”

“老天，我们已经到这一步了吗？我还不到结婚的年龄。”

“第一年你可能只骗我十次左右。”她说。

“我永远不会骗你。”

“哈哈。”

她很清楚他是什么样的人，但她可以改变他。她喜欢他的笑。她提议说，他必须先去见见她的父亲。

“我很想见你父亲，”金梅尔假装诚恳地回答说，“你告诉他我们的事了吗？”

“你觉得我疯了吗？他会杀了我的。”

“你什么意思？为什么？”

---

[1] Canadian Club，加拿大威士忌品牌，始创于 1858 年。

“因为怀孕。”

“你怀孕了？”金梅尔说，警觉起来。

“谁知道呢？”

维姬·霍林斯穿着丝质裙子，一路走过时人们的目光都粘在她身上。她穿着高跟鞋也没那么矮。她喜欢用姓称呼自己。我是霍林斯，在电话里她会这样说。

他们要出海了，这使一切都变得真实，或者一种形式上的真实。

“谁知道我们还能不能回来。”他假装没事地说。

鲍曼从莱特岛带回满满两袋邮件，她的信也在其中。他被副舰长派去那里，设法从舰队邮局找到船上的信件，他们已经十天没收到信了。然后他带着信飞了回来，得意扬扬，坐着一架复仇者式鱼雷轰炸机[1]。金梅尔大声读了她信里的部分内容，这尤其是为了犒赏布劳内尔，他们舱室中的第三个人。布劳内尔性格刚烈，清白无瑕，疙疙瘩瘩的下巴上有青春痘的痕迹。金梅尔喜欢逗他。他对着一张信纸闻了闻。对，是她的香水，他说，他到哪儿都能认出来。

“我猜也可能是别的东西。”他沉吟道。“你想，她有可能用它擦过身体……拿着，”他说，把信纸递给布劳内尔，“说说你是

[1] 原文为 TBM，全称 TBM Avenger，是由通用汽车公司代工的舰载鱼雷轰炸机，主要用于第二次世界大战中的太平洋战场。

怎么想的。”

“我怎么知道。”布劳内尔不安地说。下巴上的疙瘩清晰可见。

“哦，你当然知道，像你这样的老猎犬。”

“别把我扯到你的下流勾当里去。”布劳内尔说。

“这不是下流勾当。她给我写信是因为我们相爱了。这是美好而纯洁的事。”

“你怎么知道？”

布劳内尔在读《先知》[1]。

“《先知》。那是什么？”金梅尔说，“让我看看。它会告诉我们将来发生什么事吗？”

布劳内尔没有回答。

那些信并不像女性手写信件本该有的那样令人兴奋。维姬很健谈，她的信详尽而不无重复地讲述了她的生活，包括她又重访了和金梅尔去过的所有地方，苏苏通常都会陪着她，她是她最亲密的朋友，跟她们一起的还有其他年轻的海军军官，但她总是想着金梅尔。酒保记得他们，她说，很棒的一对儿。她喜欢用流行歌曲中的一句歌词做结尾，“我本不想这样做”，她写道。

鲍曼没有女朋友，无论忠诚的还是不忠诚的。他没有恋爱的经验，但羞于承认这一点。当人们谈论女人的时候，他任由话题过去，表现出对金梅尔那类风流韵事多少熟门熟路的样子。船以

---

[1] *The Prophet*，黎巴嫩诗人哈里利 · 纪伯伦的代表作，出版于 1923 年。

及他在船上的职责就是他的生命。他忠于它，也忠于一个他所尊重的传统，“鲍曼先生！”，当舰长或副舰长这样呼唤的时候，他感到某种自豪。他喜欢他们对他的信赖，尽管这种信赖可能是随手施与的。

他很勤奋。他有一双蓝色的眼睛，棕色的背头。他在学校很用功。克劳利小姐曾在下课后把他拉到一边，说他具备一名优秀的拉丁语学者的潜质，但是如果她现在能看到他穿上制服、戴上被海水浸渍过的徽章，她一定会非常感动。自从他和金梅尔在乌利西环礁登上这艘船以来，他对自己的表现很满意。

那天早上，当他们站着远眺神秘、陌生的大海，然后远眺越来越明亮的天空时，他一直思索着在战斗中该如何表现。勇气，恐惧，在战火中如何行动，这些问题通常不会被讨论到。你希望，时候一到，你就能按照人们对你的期望行事。他对自己有信心，尽管不是百分之百，他对领袖们也有信心，对指挥舰队的那些老练的名字有信心。有一次，他从远处看到了那艘迷彩旗舰，“新泽西”号，低低地，快速移动着，哈尔西[1]在那艘船上。就像从远处看到皇帝在雷根斯堡[2]。他感到一种骄傲，甚至满足。这就够了。

[1] 指小威廉·弗雷德里克·哈尔西（1882—1959），美国海军司令官，军事家，海军五星上将，是第二次世界大战期间美军人气最高的将领之一。

[2] 指 1809 年 4 月拿破仑战争期间的雷根斯堡战役，对战双方为拿破仑一世亲自率领的法兰西第一帝国军队与卡尔大公率领的奥地利帝国军队。拿破仑在此次战役中被打伤了脚踝。

真正的危险将从天上来，自杀式袭击，“神风特攻队”——意思是“神圣的风”，几个世纪前，上天派来的风暴把日本从忽必烈入侵的舰队中拯救出来。同样是来自高处的干预，这一次是满载炸弹的飞机，直直飞向敌军舰队，飞行员当场死亡。

第一场这样的袭击几个月前发生在菲律宾。一架日本飞机一头扎向一艘重型巡洋舰，并发生爆炸，炸死了舰长和其他更多人。从那时起，袭击成倍增加。日军会以不规则的群组突然出现。当它们穿过密集的防空火力俯冲而来，或者低低掠过水面时，男人们像被催了眠一般，魂飞魄散而惊恐地看着。为了保卫冲绳岛，日本计划发动有史以来最大规模的“神风”袭击。船只的损失如此之重，以至于所有的进攻都将被击退或摧毁。这不仅仅是一场梦。伟大战役的结果有可能以意志为转移。

不过，整个上午什么都没发生。海浪升起来又滑落过去，有些涨满了白浪，旋转着向后碎裂而去。有一层云，云层下面，天空一片明亮。

第一阵敌机预警来自舰桥的一声号角，当鲍曼跑回舱室取救生衣的时候，一级动员令正在响起，压倒了其他一切，然后他经过金梅尔，他戴着一个过大的头盔，一边跑上铁制台阶，一边大喊：“来了，来了！”交火已经开始，这艘船连同周围船上的每一支枪都在应战。声音震耳欲聋。密集的防空火力在黑色的烟雾中向上飘去。在舰桥上，舰长正在猛击舵手的胳膊，好让他听从指挥。人们仍在向自己的驻点跑去。这一切都是以两种速度发生的：一种速度属于噪声和绝望的仓促行动，另一种速度较慢，是命运的速度，带着黑色的斑点穿过空中的枪林弹雨。他们离得比较远，火力看起来无法抵达，直到有些别的事情开始发生：在一片喧嚣声中，一架孤零零的黑色飞机飞了下来，像只瞎了眼的昆虫，准确无误地转向他们，机翼上有红色的徽章和一个闪闪发光的黑色整流罩。船上的每支枪都在开火，一秒跌入另一秒。接着，是一阵巨大的爆炸和喷涌而出的海水，船在他们脚下倾斜起来——他们被飞机撞上了，或者刚好撞到边缘。在烟雾和一片混乱中，没有人知道发生了什么。

“有人落水！”

“哪里？”

“船尾，长官！”

是金梅尔，他以为船载弹药库被击中，就跳了下去。噪声依然很可怕，他们正在朝着一切东西开火。金梅尔掉进船的尾波，挣扎着在巨浪和残骸碎片中游动，然后消失不见了。他们没法停下来或掉转头去找他。他本来会被淹死，但奇迹般地被一艘驱逐舰发现并打捞起来，然而，这艘驱逐舰几乎立刻被一支“神风特攻队”击沉，随后，另一艘驱逐舰救起了船员，但还不到一个小时，它就又被击沉了。金梅尔最后去了海军医院。他成了一个传奇。他误跳下自己的船，在一天之内经历的事情比其他人在整场战争中经历的还要多。后来，鲍曼与他失去了联系。这些年来，他几次想在芝加哥找到他，但没有结果。那天有三十多艘船沉没。这是舰队在整场战争中所经受的最大考验。

几天之后，就在同一地点附近，帝国海军的丧钟敲响了。四十多年了，自从在对马岛[1]取得对俄的惊人胜利以来，日本人一直在壮大自己的力量。一个海岛帝国需要一支强大的舰队，日本的船只被设计得更先进。他们的船员都是矮个子，甲板之间所需的空间和舒适性更少，这就使得船能装载更多的武器、更大的枪支，拥有更快的速度。这些船当中最伟大、最不可战胜的，使用了这个国家诗一般的名字，“大和”号，它采用了当时最厚的钢板，被设计得更加先进。它奉命去攻打冲绳岛附近庞大的入侵舰队，与九艘随行船只一起，从内海的港口起航。此前，它一直在那里待命。

这是一次不祥的起航，就像暴风雨到来之前诡异的宁静。它在当天晚些时候驶过港口的绿水，修长，乌黑，威风凛凛，一开始缓慢而庄严地移动，然后，随着艏波的形成开始加速，巨大的船坞起重机无声地掠过它的侧影，海岸隐没在夜晚的迷雾中。“大和”号向大海驶去，在身后留下白色的泡沫漩涡。所有能听到的声音都安静下来，有一种告别的感觉。舰长对集合在甲板上的全体船员发表了演说。他们有充足的弹药，库房里装满了棺材大小的炮弹，但是，他说，没有返航的燃油。船上有三千个男人和一

[1] 位于九州岛与朝鲜半岛之间。1905 年，在日俄战争期间，俄国海军在此败北。

名海军中将，他们已经给家中的父母和妻子写了诀别书，然后驶向死亡。跟别人一起寻找幸福吧，他们写道，要为你的儿子感到骄傲。生命对他们来说是宝贵的。他们忧郁而恐惧。很多人在祈祷。人们都知道，这艘船将作为不屈的民族意志的象征而迎向毁灭。

夜幕降临时，他们驶过了九州岛海域，那是日本主岛的最南端，那里的沙滩上曾画着一艘美国战舰的轮廓。准备偷袭珍珠港的飞行员用它来练习投弹。海浪拍打着，席卷而过。船员中有一种奇怪的情绪，甚至可以说是喜悦。在月光中，他们唱起了歌，喊着："banzai[1]！"他们当中的许多人注意到，大海上有一种不同寻常的光亮。

它们在黎明时分被发现，那时候它们距离美国舰队还很远。一架海军巡逻机紧急发出无线电信号，用清晰的声音说："敌军特遣部队正在南下，至少一艘战舰，多艘驱逐舰……速度二十五节。"早上起风了。粗粝的大海上云脚低垂，波涛汹涌。巨浪在船边隆隆作响。然后，正如之前所预料的那样，第一批飞机出现在雷达上。不是单独的一个编队，而是很多队，一窝蜂充斥着天空，二百五十架舰载飞机。

它们穿过云层而来，俯冲，发射鱼雷，一次发射出一百多颗。"大和"号的设计使它不易遭受空中打击。第一颗炸弹爆炸的时候，

---

[1] 意为"万岁"，日军冲锋时的口号。

它所有的火炮都在开火。一艘护航的驱逐舰突然倾斜，受了致命伤，露出深红色的腹部，沉了下去。鱼雷越过水面射向“大和”号，它们的尾波形成一条白线。坚不可摧的甲板被撕裂，钢板有一英尺多厚，人或者被压碎，或者被劈成两半。“保持信心！”舰长喊道。当更多的炸弹袭来时，军官们把自己绑在舰桥的驻点上。另一些炸弹在靠近时不见了，溅起巨大的水柱，一道道水墙从甲板上跌落，像石头一样坚硬。这不是一场战斗，这是一个仪式，死亡就像一头巨兽，在反复击打中跌落下来。

一个小时过去了，飞机仍在飞来，第四波，然后是第五波和第六波。毁灭的程度难以想象。船舵遭受了撞击，船无能为力地打着转。它开始倾斜，海水流过甲板。我的一生都是你爱的礼物，他们已经给母亲写了信。电报密码本有铅制护套，这样它们就会随着船一同沉没，而且它们使用的墨汁能溶解于水。第二个小时快要结束的时候，船倾斜了将近八十度，数百人死亡，更多人受伤，瞎了眼，身体残损，这艘巨轮开始沉没。海浪卷过来，紧贴在甲板上的人被冲向四面八方。船下沉的时候，周围形成了一个巨大的漩涡，这是一股狂暴的激流，人在其中没办法活下来，只能被直直地拉下去，就像在高空中跌落。然后是更可怕的灾难。储藏的弹药，巨大的子弹，成吨成吨地从架子上滑落下来，先是把船头撞向炮塔的一边。海底深处传来一阵巨大的爆炸，闪光如此强烈，以至于从九州岛都能看见，整个弹药库都爆炸了。一根一英里高的火柱升起来，犹如《圣经》里的火焰柱，天空中布满了炽热的钢铁碎片，像雨一样落下。仿佛回声一般，从海水深处传来第二次激烈的爆炸声，浓烟喷涌而出。

一些没被吸力吸下去的船员还在游泳。他们身上都是黑乎乎的油污，被海浪呛得喘不过气来。有几个人在唱歌。

他们是仅余的幸存者。舰长和海军中将都不在其中。剩下的三千人都在那艘已经没有生命迹象的船骸中，沉入了遥远的海底。

“大和”号沉没的消息迅速传播开来。这是海上战争的结束。

战争结束的时候，鲍曼的船和其他众多船只一起停靠在东京湾。随后它一路航行到冲绳岛，去那里接回国的部队，但鲍曼有机会在横滨上岸，走路穿过城市残存的部分。他走过一个又一个街区，那里只剩下地基。空气中弥漫着烧焦的残骸的味道，刺鼻，充满死亡气息。在那些残留的、未被摧毁的东西中，有一个巨大的银行金库，用坚固的钢铁铸造而成，曾经盛放它的建筑已经荡然无存。排水沟里是一片片烧焦的纸片，银行票据，帝国梦仅剩的一切。

2 伟大的城市

“英雄！”他的姨父弗兰克大声说，伸出双臂拥抱他。

这是一场接风晚宴。

“不算什么英雄。”鲍曼说。

“当然是。我们都读到了你的事。”

“读到了我的事？在哪里？”

“在你的信里！”他的姨父说。

“弗兰克，让我抱抱你！”他的姨妈喊道。

他们从花儿餐厅来，那是他们在利堡附近的餐厅，墙壁贴着薄薄的红色毛绒，一直播放《弄臣》和《游唱诗人》中的音乐，直到最后几对轻声私语的男女也离开了，只剩最后几对忧郁的夫妻和几个男人还坐在吧台边。弗兰克是他童年时期最喜爱的一位叔伯长辈。他皮肤黝黑，圆圆的鼻子，头发稀疏。他是个敦实、好性情的男人，曾就读于泽西城的法学院，但中途退学了，立志要成为一名厨师。在餐厅里，他兴致好的时候会亲自下厨，但他真正的兴趣是音乐。他自学了弹钢琴，会高高兴兴坐下来，挺直身体凑近键盘，厚实的手指轻快地敲击着琴键，手指背面长满浓密的汗毛。

这个夜晚充满了暖意和谈笑。他的母亲，贝阿特丽丝，还有他的姨妈和姨父一边听着鲍曼在各处的经历，一边喝着弗兰克从战前保存下来的香槟。圣佩德罗在哪里？他吃过日本料理吗？

“你不知道你在那边的时候，我们整天有多担心，”他的姨妈多萝西——他们叫她多特——告诉他，“我们每天都想你。”

“是吗？”

“我们一直为你祈祷。”她说。

她和弗兰克没有孩子，他真的很像他们的儿子。现在他们的恐惧结束了，世界恢复了它应有的样子。对鲍曼来说，一切都如原来那样熟悉而寻常，同样的房子、店铺和街道，他从童年起就记得和熟识的一切，毫不起眼，却独属于他。一些人家的窗户上挂着金色的星星，代表战死的儿子或丈夫。但是，这些星星，还有那许许多多的旗帜，几乎成了过去发生的一切仅存的证据。空气依然熟悉，未被侵扰，未被改变。高级中学和文法学校沉静的外立面。他感到在某种程度上优越于这一切，与此同时又心存感激。

他的制服挂在衣橱里，军帽放在上面的架子上。当他还是鲍曼先生的时候，他穿戴着它们，一个下级军官，但受人尊敬乃至钦佩。奇怪的是，在制服失去了其真实性和诱惑力之后很长时间，军帽依然保留着它的威严。

很长时间，在一段反复出现的梦中，他又去了那里。他们在海上遭到了攻击。船被击中了，它正在倾斜，像一匹垂死的马那样跪下来。走廊泛滥成灾，他挣扎着穿过走廊来到甲板上，那里有很多人。船几乎要侧翻了，他待在随时可能爆炸的锅炉旁边，必须找到一个更安全的地方。他挨着栏杆，只好跳起来，再跳回到船尾的甲板上。在梦里他跳起来了，但船开得太快。就在他游着的时候，它超过了他，船尾轰隆隆响着，把他远远地甩在尾波中。

“道格拉斯问起过你。”他母亲说，提起一个比他略大几岁、跟他一起上学的男孩。

“道格拉斯怎么样了？”

“他正在读法学院。”

“他父亲是个律师。”

“你父亲也是。”他母亲说。

“你不担心我的将来，对不对？我要回学校，我正在申请哈佛。”

“啊，太棒了！”他的姨父呼喊道。

“为什么去这么远？”他母亲说。

“妈妈，我去太平洋你都没嫌远。”

“哦？我没有吗？”

“不管怎样，我很高兴回家来。”

他的姨父用一只胳膊搂着他。

“孩子，我们都很开心。”他说。

哈佛没有接受他。那是他的第一选择，他的申请被拒绝了，他们在信里通知说，他们不接受转校生。他坐下来写了一封措辞周密的回信，提到了他希望跟随学习的著名教授的名字，他们的学识和权威无人能及。与此同时，他把自己刻画成了一个不该因为参加了战争而受到惩罚的年轻人。这封信尽管不够体面，但它获得了成功。

在 1946 年秋天的哈佛，他是一个局外人，比他的同班同学大一两岁，但被视为拥有一种人格力量——他参加过战争，他的人生因此变得更加真实。他受人尊敬，在某些方面也很幸运，其中最重要的是他和他的室友一拍即合。马尔科姆 · 皮尔森来自一个优渥的家庭。他高大，聪慧，口齿不清，鲍曼只能偶尔弄明白他在说什么，但渐渐地他习惯了，能够听懂了。皮尔森对他昂贵的衣着有一种贵族式的鄙夷，似乎也很少去吃饭。他学历史专业，心怀成为一名教授的模糊念头。或者任何职业都行，只要能让他的父亲不开心，以及让他自己远离建筑材料的行当。

正如后来所发生的那样，毕业后，他在康涅狄格州的男子学校教了一段时间书，然后继续读了硕士学位，并和一个名叫安西娅 · 艾匹克的女孩结了婚。婚礼在新伦敦附近新娘的家中举办，但几乎没有一个人听懂了他说“我愿意”，包括牧师和鲍曼，他是伴郎。安西娅也很高，长了一对黑眉毛，略微有点八字脚，穿上结婚礼服看不出来，但前一天他们都去游泳池里游泳了。她走路姿势古怪，有些步履蹒跚，但她和马尔科姆品位相同，他们相处得很好。

婚后，马尔科姆几乎什么都没做。他穿得像二十年代的波希米亚人，宽松的大衣，围巾，运动裤，一顶旧软呢帽，拿着一根荆棘手杖。在莱茵贝克附近的家中，他遛着他的牧羊犬，追逐着自己的兴趣，多半限定在中世纪的历史。他和安西娅有一个女儿，阿里克斯，鲍曼是她的教父。她也很古怪，小时候沉默寡言，长大之后说话带着一股英国腔。她住在父母家里。他们接受了这件事，好像事情本该如此，她一直没结婚。她甚至都不淫荡，她的父亲抱怨说。

像海上的时光一样，哈佛岁月对鲍曼也有一种持久的影响。他站在威德纳图书馆的台阶上，目光与树齐平，望着高大的红砖建筑和园中的橡树。白天晚些时候，深沉、洪亮的钟声响起来，庄严而盛大，几乎毫无理由地响个不停，然后渐渐归于平静漫长的击打，轻柔得如同爱抚。

他一开始想学生物，但第二学期，好像从无何有之乡升腾而起，他偶然发现了伟大的伊丽莎白时代——伦敦，莎士比亚本人的城市依旧绿树成荫，传奇的环球剧院，上等人的雄辩，华贵的语言和服饰，泰晤士河与它风流的南岸，那里有温彻斯特主教的土地以及人尽可夫的年轻女人，被称为“温彻斯特的鹅”，一个动荡世纪的结束和另一个世纪的开始——所有这些都引起了他的兴趣。

在关于詹姆斯一世时期戏剧的课上，那位用数十年时间打造了精湛的演技、实际上已经是个演员的著名教授，用浑厚的嗓音开始了自己华丽的表演："基德[1]就是英国舞台上的埃尔·格列柯[2]。"

鲍曼一字不差地记下来。

"阴云密布，一阵阵闪电，在这样的布景下，我们可以望见这些奇形怪状的人物，他们穿着出奇华丽的戏服，在阴沉的激情之下抽搐、震动。"

阵阵闪电，华丽的戏服。身为作家的贵族们；牛津伯爵，彭布罗克伯爵夫人[3]；朝臣们，雷利[4]和西德尼[5]；许多世所罕见的剧作家们，基德，由于信仰问题而被捕和受刑；韦伯斯特[6]，德克，无可匹敌的本·琼森，马洛，《帖木儿大帝》上演的时候他只有二十三岁；还有父亲是手套工、母亲不识字的无名演员，莎士比亚本人。那是出口成章的年代，散文的巅峰。那位女王，

[1] 托马斯·基德（Thomas Kyd，1558—1594），英国剧作家，伊丽莎白时代戏剧发展中最重要的人物之一，代表作为《西班牙悲剧》。

[2] 埃尔·格列柯（El Greco，1541—1614），西班牙文艺复兴时期著名的肖像画家，生于希腊的克里特岛。作品构图奇特，用色大胆，呈现出梦幻般的奇特效果。

[3] 彭布罗克伯爵夫人（Countess of Pembroke，1561—1621），菲利普·西德尼之妹玛丽。

[4] 沃尔特·雷利爵士（Sir Walter Raleigh，1554—1618），英国文艺复兴时期的诗人、政客、探险家。

[5] 菲利普·西德尼爵士（Sir Philip Sidney，1554—1586），英国伊丽莎白时代的诗人、艺术家、学者。

[6] 约翰·韦伯斯特（John Webster，1580—1634），英国詹姆斯一世时期的剧作家，代表作为《白魔鬼》和《马尔菲公爵夫人》。

伊丽莎白，懂拉丁语，热爱音乐，弹奏七弦琴。伟大的统治者，伟大的城市。

鲍曼也出生在一个伟大的城市，曼哈顿的法国医院，在八月灼人的热浪中，晨曦微露的时候。皮尔森有次告诉他，那是所有天才出生的时刻。一阵令人窒息的寂静，黎明时分传来微弱、遥远的雷声。雷声渐渐变大，紧接着一阵冷风，大风暴在闪电和雨幕中登场。风暴结束后，升起了一轮巨大的夏日骄阳。一只单腿的蚂蚱抓住了床脚的毯子，不知为何在这个房间里找到了栖身之所。护士伸手想把它拨开，但是他母亲，仍处在分娩的眩晕中，说，不要，它是个预兆。那是 1925 年。

两年后，他的父亲离开了他们。他是弗农和威尔斯[1]的一名律师，被公司派去巴尔的摩为一名客户工作。在那里，他遇见一个女人，一个名叫艾丽西亚·司各特的上流社会女人，他爱上了她，离开了自己的妻子和年幼的儿子。不久他们结婚了，生了一个女儿。他又结了两次婚，每次都是跟一个在乡村俱乐部遇到的更富有的女人。这些人是鲍曼的继母，但他一个也没见过，也没见过那个同父异母的妹妹。

他再也没有见过他的父亲，但他很幸运地拥有一个慈爱的姨父，弗兰克。他善解人意，幽默，经常写歌，研究裸体杂志。花儿餐厅生意很好，小时候，鲍曼和他母亲在那里吃过很多次饭，

[1] 弗农、威尔斯，均为纽约州城镇。

有时候跟姨父一起赌牌玩。他是个好手，会玩纸牌把戏，比如在一副牌里让四个王四个后连着出现，如此等等。

多年来，贝阿特丽丝·鲍曼表现得她丈夫只是出远门了，好像他仍会回到她身边。即便在离了婚、他娶了巴尔的摩的女人之后仍然如此。那个女人只有一个影子，但她很想知道把她丈夫夺走的女人长什么样。终于，她在巴尔的摩的报纸上看到了一张照片。她对后来的两任妻子没那么好奇，她们仅仅代表了一些卑劣的东西。他顺流而下，漂得越来越远，而她决定不去看他。她自己有过几个追求者，但都无疾而终，大概他们感觉到了她的摇摆不定。她生命中两个重要的男人，她的父亲和她的丈夫，都抛弃了她。但她有儿子，还有一份在学校的工作。除了自己的房子外，他们只有很少的钱。他们很幸福。

最终，鲍曼决定从事新闻业。有默罗[1]和昆丁·雷诺兹[2]这样的记者的浪漫传奇，在深夜的打字机前写出他们的故事，城市的灯光环绕四周，剧院人去楼空，科斯特罗酒吧拥挤而嘈杂。性经验不足的历史将就此终结。在哈佛，他算不上害羞，只不过能让他的生命变得完整的那件事没有发生。他知道何为 ignudi[3]，却

---

[1] 指爱德华·R. 默罗（Edward R. Murrow，1908—1965），美国新闻史上的重要人物，CBS（哥伦比亚广播公司）著名播音员。

[2] 昆丁·雷诺兹（Quentin Reynolds，1902—1965），美国记者，第二次世界大战时期的战地记者。

[3] 拉丁文，意为“裸体青年”。

并不了解单纯的裸体。他仍旧清白，鼓噪着欲望。他约会过一个名叫苏珊·哈雷的波士顿女孩，苗条，五官分明，低垂的胸部让他联想到一种特权。他希望带她一起出去过周末，去格罗斯特，那里有雾角和大海的气息。

“格罗斯特？”

“什么地方都行。”他说。

她怎么能这样做呢？她抗议道，她怎么跟家人解释？

“你可以说待在朋友家。”

“可那不是真的。”

“当然不是。这才是关键所在。”

她看着地面，双臂交叉在胸前，好像在抱着自己。她不得不拒绝，虽然她享受他的苦苦哀求。对他来说这几乎难以忍受，她的出现和无情的拒绝。她想，她本可以答应，如果有什么办法可以做到，逃走，然后……她只能模模糊糊地想象接下来发生的事。有几次跳舞的时候，她感觉他硬了。她多少知道那是怎么回事。

“我不知道该怎么保守这个秘密。”她说。

“我会保密的，”他承诺说，“你当然知道。”

她笑了笑。

“我是认真的，”他说，“你知道我对你的感觉。”

他不禁想到了金梅尔，想到别人是如何轻而易举做到这类事。

“我也是认真的，”她说，“我要承担更多的风险。”

“凡事都有风险。”

“对男人来说没有。”

他能理解，但那毫无意义。他的父亲，那个总是能在女人那里获得成功的男人，或许能在此刻教他一些宝贵的东西，但他们父子之间没有任何东西传递下来。

“我希望我们能做那件事，”她直截了当地说，“我是说整件事。你知道我有多喜欢你。”

“是的。当然。”

“你们男人都一个样。”

“这么说很没意思。”

在战后到处洋溢的欢欣气氛中，仍有必要为自己找个立足之地。他申请了《时报》[1]，但石沉大海，其他报纸也是一样。幸运的是，他有个门路，一位同班同学的父亲从事公共关系，实际上正是他发明了这个行当。他能在报纸和杂志上安排任何事——据说只要付一万美元，他就能让一个人登上《时代》周刊的封面。他能拿起电话打给任何人，秘书们会立刻为他接通。

鲍曼要去他家里见他，在某个早上。他总是九点吃早饭。

“他欢迎我去吗？”

“是的，是的。他知道你要去。”

前一晚鲍曼几乎一夜未睡，他八点半站到了房子前面的街

---

[1] 原文为 the *Times*，指《纽约时报》。

上。那是一个温和的秋日清晨，房子位于六十街，紧邻中央公园西人道，宽敞而气派，有着高高的窗户，正立面几乎完全被密实的常春藤所覆盖。八点四十五分，他按响了门铃，门是玻璃的，有厚重的铁制格架。

他被带到花园里一个洒满阳光的房间中。靠墙放着一张长长的英式餐台，上面有两个银托盘，一水晶壶橙汁，一个大大的银质咖啡壶，上面盖着一块布，还有黄油、面包卷和果酱。男管家问他要不要吃鸡蛋，鲍曼拒绝了鸡蛋。他喝了一杯咖啡，紧张地等待着。他知道金德里根先生长什么样，一个身材匀称的男人，有一张肌肉发达的脸，灰发。

一片寂静。厨房里偶尔传来低低的说话声。他喝了咖啡，然后又去倒了一杯。飘窗隐没在阳光中。

九点十五分，金德里根走进房间。鲍曼说早上好，金德里根没有回答，甚至看起来没有注意到他。他只穿着衬衫，一件有宽大法式袖口的昂贵衬衫。男管家拿来咖啡和一盘吐司。金德里根斜坐在桌子旁边，搅拌着咖啡，打开报纸读了起来。鲍曼见过西部的恶棍也是这样的坐姿。他没说话，等待着。终于，金德里根开口了：

“你是……？”

“菲利普 · 鲍曼，”鲍曼说，“凯文应该提起过我……”

“你是凯文的朋友吗？”

“是的。学校里的朋友。”

金德里根仍旧没有抬头看。

“你来自……？”

“新泽西，我住在萨米特。”

“你要干什么？”金德里根说。

“我想在《纽约时报》找份工作。”鲍曼说，配合着那份直率。

金德里根快速瞥了他一眼。

“回家吧。”他说。

他在一家出版戏剧杂志的小公司找到了工作，从广告销售做起。工作不难，但是沉闷。戏剧界正蓬勃发展。西四十街有几十家剧院，一家连着一家。行人一边漫步，一边思考去哪家买票。你想看部音乐剧还是看部诺埃尔·考沃德[1]？

不久之后，他听说了另一份工作，在一家出版社阅读手稿。结果发现薪水比他现在要低，但出版是一个不同的行业，是绅士的职业，是书店宁静和优雅的来源，也是新鲜纸张清新之气的来源。但是，从其位于第五大道高层尾部的办公室看不出这一点。这是一座古老的建筑，电梯升得很慢，要经过敞开的格栅，走廊里破旧的白瓷砖经年累月，已经凹凸不平。在出版人的办公室，人们在喝香槟——某位编辑刚刚生了一个儿子。出版人罗伯特·鲍

[1] 诺埃尔·考沃德（Noël Coward，1899—1973），英国剧作家、作曲家、导演、演员及歌手。

姆和另一位出资伙伴共同拥有这家公司，他穿着衬衫，大概三十岁，中等身材，有一张友善的脸，那张脸很机警，眼睛下方的眼袋初露端倪，多少有些难看。他和鲍曼亲切交谈了几分钟，在了解了足够多后，当场雇用了他。

“工资不高，”他解释道，“你没结婚？”

“没有，工资是多少？”

“一百六，”鲍姆说，“一个月一百六十美元。你觉得怎么样？”

“好吧，比需要的少，比预期的多。”鲍曼回答说。

“比预期的多？看来我犯了个错误。”

鲍姆拥有自信和魅力，两者皆不虚假。出版业的工资一直都很低，他所付的仅仅略低于平均水平。身处一个本身尚不稳定的行业，又要跟那些规模更大的著名出版社竞争，压低管理费用是很有必要的。鲍姆喜欢说他们是家文学出版社，但仅仅是出于需要。他们不会拿原则做借口拒绝一本畅销书。他说，理念就是付出一点点，卖出一卡车。他办公室的墙上挂着一封镶框的信，出自一个同事兼朋友，那位老编辑被他们请来审读一份手稿。信写在一张纸上，有两道折痕，写得中肯扼要。这是一本平淡无奇的书，人物肤浅，描写风格令人心烦意乱。这种爱情故事既庸俗又无趣，实际上令人反感。可供想象的除了彻底的下流之事别无其他。完全没有价值。

“这本书卖了二十万册，”鲍姆说，“正在被拍成电影。是我们销量最大的书。我把它留在这里当作一个提醒。”

他没说他自己也不喜欢那本书，是在妻子的劝说下才出版了它。她说，它会触动人们心中的某些东西。黛安娜·鲍姆很少出现在办公室，但对丈夫有很大的影响力。她把自己献给了他们的孩子，一个名叫朱利安的男孩，也献给了文学批评。她为一个自由派的小杂志写专栏，杂志的影响力远超发行数量，她也因此成了一个人物。

鲍姆有钱，至于有多少就不清楚了。他的父亲事业很成功，是个移民到美国的银行家。那是个德裔犹太家庭，有一种优越感。城里到处都是犹太人，很多是住在下东区或各个市镇的穷人，但无论住在哪里，他们都活在自己的世界中，多少被大世界排除在外。鲍姆拥有局外人的经验，在寄宿学校时尤其如此，在那里，即便性格外向，他也交不到朋友。战争来临的时候，他没有去谋求军阶，而是在士兵中服役，在情报部门服役，事实上，他在战斗中服役。他有过一次濒临死亡的经验。那天晚上他们在荷兰的平原地带，睡在一个屋顶被吹走的建筑中。有人拿着手电筒进来，开始在熟睡的人们中间走动。那人轻拍一个男人的肩膀。

“你是中士吗？”鲍姆听见他问。

男人清了清喉咙。

“是的。”他说。

“起来，我们要走了。”

“我是后勤中士。我只是替补。”

“我知道，你得带二十三个人去前线。”

“什么二十三个人？”

“快点，没时间了。”

他带领他们在黑暗中沿路前行。前方传来令人恐惧的开火声，还有大炮的重击，在一个小斜坡上，一个上尉正在下命令。

“你是谁？”上尉问道。

“我带了二十三个人来。”中士回答说。

实际上只有二十一个，有两个溜走或者在黑暗中迷路了。不远处，交火还在继续。

“参加过战斗吗，中士？”

“没有，长官。”

“那今天晚上就会了。”

他们准备坐橡皮艇过河，手脚并用地把船拖到岸边，每个人都在窃窃私语，但鲍姆感觉他们闹出的动静太大了。

他上了第一艘船。他感觉不到恐惧，几乎被恐惧麻痹了。他把那支从未开过火的来复枪握在胸前，好像那是个盾牌。他们犯了大忌。他知道自己就要被杀死了。他能听见船桨低声划动的声音，它马上就会被一阵突然爆发的机关枪声所掩盖，他能听见窃窃私语，他知道德国人也能听见。用手划，有人说。一等他们划到半路，德国人就会开火。但不知为何，什么也没发生。被半路截获的是下一波。那时鲍姆已经上岸了，在他头顶和身后更远处，整个沿岸都陷入交火。人们大喊着落入水中。没有一艘船挺过来。

他们被牵制了三天。后来，他看到了在斜坡上给他们下命令的上尉，他躺在那里死了，身体半裸，露着胸脯，奶头像女人的似的又黑又肿。鲍姆向自己发誓，不是在那时，而是在战争结束后，他发誓不再惧怕任何东西。

鲍姆看起来不像经历和见证过这一切的人。他温驯而有礼，周六也工作，会在神圣的日子出现在犹太会堂，这既是出于对父母的尊重，也是出于对那些遥远的、被毁灭的村庄或者乱葬坑的尊重。但相形之下，他并不代表犹太人的黑帽子、苦难以及古老的生活方式。他认为，他毫发无损逃脱出来的那场战争，赋予了他生存的合法性。除了内在知觉，他和其他公民几乎毫无不同。他用英国人的方式经营他的生意。他装饰俭省的办公室只有一张写字台，一个旧沙发，一张桌子，几把椅子。他亲自读所有东西，跟妻子达成一致意见后再做所有决定。他跟那些长时间轻视他的客户吃午饭、吃晚饭，在办公室里，他养成了每天走来走去跟每个人交谈的习惯。他会坐在他们办公桌一角，随便聊点什么。他们如何看待这看待那？他们读了什么？听了什么？他性情外向，跟他聊天很轻松。他有时看起来更像个收发员，而不是出版人，总有关于自己的趣事、听来的故事、小道消息、新闻。他对预付款的金额佯装惊愕——如果你中途就破产了，又怎么指望出版好书呢？他看起来永远不慌不忙，虽然他巡视他们的时间从来不会太长。他一遍遍重复他听到的那些笑话，直呼每个人的名字，甚至包括电梯操作员，雷蒙德。

鲍曼做审稿人的时间不长。那个生了儿子的编辑离开了公司，接受了斯克里伯纳出版社的一份工作，然后鲍曼设法打听到了他以前的工资，接替了他的位了。他喜欢这个职位。办公室是自成一体的世界。那里的时间不按钟表运转，他有时待到晚上九点或十点，有时六点就去喝酒。他喜欢读手稿，喜欢跟作家们聊天，负责把一本书带入现实，负责选题、编辑、版式、校样、护封。他以前对这份工作没有清晰的概念，但发现它令人满足。

周末回家是件愉快的事，坐下来跟母亲一起吃晚饭。我们先喝杯鸡尾酒好吗？她总是说。讲讲他正在做的事。那年她五十二岁，没有苍老的迹象，但不知何故打消了再婚的念头。她所有的爱和注意力都给了她的家庭。工作日期间，鲍曼住在中央公园西大道附近一个不带浴室的单间，与老房子里相对而言的奢华形成了鲜明的对照。

他母亲非常喜欢跟他聊天，能每天说个不停。她要很努力才能忍住拥抱和亲吻他的冲动。从他出生那天起，她就一直抚养他成人，现在，他成了最英俊的人，她却只能抚摸他的头发。即便那样也令人尴尬。她给他的爱会被传递给另一个人。但与此同时，他又仍是过去那个好孩子。那些年他们两人相依为命，总去多特和弗兰克的餐厅吃饭。她永远忘不了一个衣着考究的女人，她看着这个小男孩拿着一把对他来说太大的叉子，试着叉起意大利面，然后羡慕地说：

“这是我见过的最漂亮的孩子。”

她把纸折起来订在一起，做成小小的识字书，和他一起写下他最初的文字。那许多个夜晚现在看起来似乎是一个夜晚，她照顾他上床，听见他恳求说：“把门开着。”

所有的日子，所有这一切。

她记得他脸颊上出现了胡须，淡淡的、柔软的胡须，她假装没看见。然后他开始刮胡子，头发渐渐变黑，五官似乎更像他父亲。回首往事，她能记起其中的点点滴滴，大部分充满快乐，实际上，除了快乐，什么都没有。他们一直很亲密，母亲和儿子，没有尽头。

1899 年，那个世纪的最后一年、最后一个月，贝阿特丽丝出生在罗切斯特，是家里的第二个女儿。她们的父亲是名教师，死于流感，所谓的“西班牙流感”，最早出现在西班牙，然后 1918 年秋天在美国暴发，恰逢战争的尾声。超过五十万人死亡，那场景令人联想到鼠疫。一个风和日丽的下午，她的父亲在克利福德大街上散步时感染了病毒。两天后，他脸色大变，高烧不退，无法呼吸。他死了。后来，她们去了祖父母那里，他们在铁德奎特湾经营一家小旅馆，木质结构的旅馆，有一个酒吧间和宽大的白色厨房，客房一到冬天就空空荡荡。二十岁那年，她去了纽约。有家远房亲戚在那里，格雷多夫妇，她母亲的表兄，很有钱。她去过他们家很多次。

鲍曼童年时期失落的画面之一就和那座大宅有关——五岁或六岁的时候，他被带去看它——一座宏伟、华丽的灰色花岗岩建筑，他记得有壕沟和花格窗，就在中央公园附近，但又遍寻不着，就像那座反复出现在梦中的熟悉城市的街道。他从来没有费神向母亲询问那座大宅的情况，没有问它是不是被拆掉了，但从第五大道的一些地方看，它确实是被拆掉了。

贝阿特丽丝清楚地记得她父亲的死，或许是这个缘故，她对秋天有一种挥之不去的恐惧。会有一段时间，通常是八月底，夏天以一种令人目眩的力量击打着树木，它们枝繁叶茂，但突然有一天就奇怪地静止下来，好像它们本来充满期待，却在那一刻恍然大悟。它们都知道。所有东西都知道，甲虫，青蛙，庄严地走过草坪的乌鸦，它们统统知道。太阳攀至天顶拥抱着世界，但它行将落幕，人们所爱的一切都处在危险之中。

另一位编辑，尼尔·艾丁斯，是个南方人，脸部光滑，很有风度，穿条纹衬衫，人缘很好。

“你在海军待过。”他说。

“是的，你呢？”

“他们不会要我的。我没法参军。我待在商船上。”

“在哪里？”

“主要是在伊斯特河，船员都是意大利人。永远没办法让他们出海。”

“那不用担心沉船。”

“不用担心沉在敌人手里，”艾丁斯说，“你沉过船吗？”

“有人以为我们的船沉了。”

“什么意思？”

“说来话长。”

就在他们聊天的时候，秘书格雷琴正好走过。她身材很好，有一张迷人的脸，但脸颊和额头上有三四个红肿的大斑点，一种叫不上来名字的皮肤问题。这令她痛苦，但她从未流露过。她经过时，艾丁斯轻轻呻吟了一声。

“你是说格雷琴？”

据说她有男朋友。

“哦，天啊，”艾丁斯说，“忘了那些粉刺或者管他什么东西吧，我们能把它们清除掉。其实我喜欢那些像拳击手一样的女人，高颧骨，嘴唇有点厚。那天晚上我做了怎样一个梦啊！我有三个可爱的姑娘，一个接一个。在一个小房间里，小得跟个货摊差不多，我正要开始第四个的时候，有人想要进来。别，别，该死，现在不行！我喊道。第四个姑娘弯下腰去脱鞋，屁股紧紧贴着我。我是不是太恶心了？”

“不，并不会。”

“你做过这样的梦吗？”

“我通常一次只梦见一个。”鲍曼说。

“有固定的人吗？”艾丁斯说，“我真正喜欢的是一种嗓音，一种低沉的嗓音。等我结婚了，我告诉她的第一件事就是，压低你的嗓子说话。”

格雷琴又走了回来。她微微笑了一下。

“上帝，”艾丁斯说，“她们知道自己在做什么，是不是？她们就喜欢那样。”

下班后，他们偶尔去克拉克酒吧喝一杯。第三大道属于酒徒和那些本地酒吧，总是被高架铁路的阴影笼罩，火车在头顶呼啸而过，震动着两旁的廉租公寓，驶过后，日光透过铁轨降落下来。

他们聊起书和写作。艾丁斯只上过一年大学，但他什么都读，是乔伊斯俱乐部的成员，乔伊斯是他的英雄。

“但一般来说，我不喜欢作者告诉我太多人物的想法和感受，”他说，“我喜欢看到他们，听他们说话，然后我自己做决定。事物的表象。我喜欢对话。他们说着说着你就了解了一切。你喜欢约翰·奥哈拉[1]吗？”

“还行，”鲍曼说，“我喜欢他的某些作品。”

“他哪里不对了？”

“他有时太下流了。”

“他就写那种人。《相约萨马拉》是本了不起的书，让我神魂颠倒。他写这本书时才二十八岁。”

“托尔斯泰更年轻，二十三岁。”

“他二十三岁写了什么？”

“《童年·少年·青年》。”

艾丁斯没读过。他承认，其实他连听都没听说过。

---

[1] 约翰·奥哈拉（John O'Hara，1905—1970），美国作家，代表作为《相约萨马拉》，其作品以不加修饰的现实主义风格著称。

“这让他一夜成名，”鲍曼说，“他们都是一夜成名，这就是有意思的地方。菲茨杰拉德，莫泊桑，福克纳，他写《圣殿》的时候就是那样。你应该读读《童年》。有一个精彩的短章，托尔斯泰描述了他父亲，高大，秃顶，生活中只有两种伟大的激情，你以为会是家庭和土地，但其实是纸牌和女人。很妙的一章。”

“你知道她今天跟我说什么吗？”

“谁？”

“格雷琴。她说 Bolshoi[1] 来城里了。”

“我不知道她还对芭蕾舞感兴趣。”

“她还告诉我 Bolshoi 是什么意思。意思是大，了不起。”

“所以呢？”

艾丁斯每只手做了一个乳房的形状。

“她为什么那样对我？”他说，“我给她写了一首小诗，就像拜伦写给卡洛琳娜·兰姆的那首，他把那首诗给了很多女人，包括很多伯爵夫人，如果我可以用那个词的话。”

“他有狄奥尼索斯情结。”鲍曼说。

“情结？那是什么？中文吗？不管了，我的诗是这样写的：‘Bolshoi，哦，天啊。’”

“什么意思？”

“你是在装傻吗？她每时每刻都在炫耀它们。”

---

[1] 莫斯科大剧院芭蕾舞团。

“拜伦的诗是怎么写的？”鲍曼说，“我没读过。”

“据说那是英语里面最短的诗，但我的其实更短。‘卡洛·兰姆，天杀的。’”

“他是娶了卡洛·兰姆吗？”

“不，她已经结婚了。是个伯爵夫人。如果我也认识一两个伯爵夫人，我会是个更好的人。要是她能跟美貌沾点边儿，那就更好了，我是说伯爵夫人。其实她根本不需要是个伯爵夫人，那个词总是引发粗俗的联想，不是吗？高中时我有个女朋友——当然我们什么都没做过——叫艾娃。反正是个美丽的名字。她也有具美妙的身体。我想找到她，既然我们都已经长大了。除非她已经结婚了，否则我该搞到她的地址，可怕的念头。但如果换一种方式看，也不是那么可怕。”

“你在哪里上的高中？”

“高中最后一年我在夏洛茨维尔附近的寄宿学校。大家一起在食堂吃饭。教务主任经常点燃钞票，以展示对金钱的正确态度。他每天早上吃一个硬煮蛋，连壳吃。但我从没做到过，虽然我总是很饿。饥肠辘辘。我去那里大概是因为艾娃，他们担心的事是有可能发生的。我们家的人不相信性。”

“你父母是做什么的？”

他们坐在拥挤的酒吧中间，面朝大街的门敞开着，火车的轰鸣声，海浪一般的巨响，不时淹没他们的谈话。

“你知道那个匈牙利伯爵的故事吗？”艾丁斯说，“是说一个伯爵，有天他妻子对他说，我们的儿子就要长大了，是不是该了解些蜂儿蝶儿的事了？好吧，伯爵说，然后带儿子去散步。他们走到一条小溪边，站在桥上，低头看那些洗衣服的农家姑娘。伯爵说，你妈妈想让我跟你讲些蜂儿蝶儿的事，它们都是怎么做的。是的，父亲，儿子说。好，你看到下面那些姑娘了吗？是的，父亲。你还记得前几天，我们来这里对她们做了些什么吗？是的，父亲。好，那就是蜂儿蝶儿干的事。”

他很时髦，艾丁斯，穿着一套微微起皱的浅色夏季套装，已经有些过季了。与此同时，他努力表现出一副大大咧咧的样子，外套口袋里装满各种东西，后面的头发需要剪一剪了。他在衣服上花的钱超出了他的承受能力，英美百货公司[1]是他的最爱。

“你知道吗，我老家那儿有个女孩，很漂亮，有点智障……”

“智障。”鲍曼说。

“我不知道哪里有问题，反应有点慢。”

“接下来别是什么犯罪行径。”

“你真是个正人君子，”艾丁斯说，“过去常有你这种人。”

“哪里有？”

“到处都是。我父亲会喜欢你的。如果我有你的长相……”

“然后呢？”

“我会在城里出尽风头。”

[1] British American House，位于纽约麦迪逊大街的百货商场。

鲍曼品尝着自己的酒。在吧台后面的镜子里那些闪闪发光的酒瓶中间，他可以看到自己，夹克和领带，纽约的夜晚，四周的人们，一张张脸庞。他看起来干净、沉着，不知何故跟以前那个海军军官重合到了一起。他清楚地记得那些日子，虽然它们在他的生命中只剩下了影子。海上的日子。鲍曼先生！是的，长官！他永不丢弃的骄傲。

就在这时，一个艾丁斯描述过的那种女孩走了进来，她长着一张拳击手的脸，脸颊扁平，鼻子有点宽。她经过时，他能在镜子里看见她的上半身，她跟她的男朋友或丈夫在一起，穿着一件印有橙色花朵的轻薄夏装。她很惹眼，但艾丁斯没看见她，他正在跟别人说话。没关系，城里到处都是这样的女人，说到处也许是不准确的，但你总能在夜晚看见她们。

艾丁斯转过身来，看到了她。

“哦，老天，”他说，“我就知道，那儿有个我想上的女孩。”

“你都不认识她。”

“我不想认识她，我想上她。”

“你可真够浪漫的。”

不过，在工作上，他是个乖男孩，看起来或者装作看起来没注意格雷琴。他略显随意地递给鲍曼一张折起来的纸，然后眼睛看向别处。这是另外一首诗，印在纸的中央。

在广场酒店，令他悲痛不已的是，

他一生的挚爱，亲爱的[1]格雷琴说，
这会失了身份，
但是，我的上帝，你很大，
我们可以等到明天吗？

“不应该是亲爱的[2]吗？”鲍曼说。

“什么意思？”

“阴性的。”

“来，”艾丁斯说，“还给我，我不想让它落到错误的手里。”

[1] 原文为意大利语 caro。

[2] 原文为意大利语 cara，是 caro 的阴性形式。

3 薇薇安

圣帕特里克节那一天，阳光明媚，天气异常温和，男人们只穿着衬衫。从表面看，工作中午就结束了。酒吧到处客满。鲍曼从外面的阳光中走进其中一家，感到目眩，几乎看不清吧台旁边的面孔，但他在后面找到一个站的地方，那里的人都在叫嚷，彼此高声交谈。酒保给他拿来酒，他端着酒杯，四处环顾。喝酒的有男有女，大部分是年轻女人，其中两个——他永远不会忘记这一刻——站在他右侧，一个是黑头发、黑眉毛，当视线更好时，他看到她下巴上有一颗淡淡的黑痣。另一个是金发，额头平滑光洁，双眼间距很宽，能让人立刻注意到她，甚至是带着某种粗鄙的联想。他被她的脸深深地吸引了，以至于很难直视，但她如此醒目，他又忍不住去看她。他甚至有些害怕看她。

他朝她们举起酒杯。

“圣帕特里克节快乐。”他试着说。

“听不见你说话。”其中一个喊道。

他设法自我介绍。这个地方太吵了。他们好像置身于一个疯狂的派对。

“你叫什么名字？”他喊道。

“薇薇安。”金发女孩说。

他走向前。黑发的是露易丝。她已经是个次要角色了，但鲍曼尽量避免过于直白，于是把她也包括了进来。

“你们住在附近吗？”他说。

露易丝回答说，她住在五十三街。薇薇安住在弗吉尼亚。

“弗吉尼亚？”鲍曼说，感觉自己很蠢，好像那是中国。

“我住在华盛顿。”薇薇安说。

他无法从她身上挪开眼。不知为何，她的脸好像没有全部完成似的，烟焰迷漫的五官，不愿笑的嘴巴，一张令人心醉神迷的脸，上帝在上面镌刻了对生命的简洁回应。她从侧面看更美。

她们问他做什么工作，嘈杂声安静了一些，他回答说他是一名编辑。

“编辑？”

“是的。”

“编辑什么？杂志吗？”

“书，”他说，“我在布莱登鲍姆公司工作。”

她们从来没听说过。

“我本来想去克拉克酒吧，”他说，“但是这里这么大动静，我进来看看是怎么回事。我得回去工作了。你们接下来准备……做什么？”

她们要去看电影。

“想一起去吗？”露易丝问。

他突然间喜欢，甚至爱上了她。

“我不行。我可以晚点再来见你们吗？我会回这里来找你们。”

“什么时候？”

“下班以后，任何时间。”

他们约好六点钟见面。

整个下午，他都昏昏沉沉，无法集中精神。时间慢得可怕，但一到五点四十五，他就快步走过去，几乎跑起来。他早到了几分钟，她们还没来。他焦急地等到六点十五，然后是六点半。她们再也没有出现。怀着一种恶心的感觉，他意识到自己干的好事：没要地址或电话号码就放她们走了，五十三街就是他所知道的一切，他知道再也不会见到她们，再也不会见到她了。他痛恨着自己的无能，待了将近一个小时，最后跟旁边一个男人聊起天来，免得万一她们回来了，看到他像条狗一样傻乎乎地站在那里。

他想知道，他究竟暴露了什么，让她们决定不再回来？是不是他走了以后她们被其他人搭讪了？他很痛苦。他感到了一个被毁掉的男人可怕的空虚，这个男人在一天之内看到一切都分崩离析。

早上去上班的时候，他仍旧痛苦不堪。他没法跟艾丁斯谈这件事。在他心里，这像一道很深的裂痕，掺杂着一种挫败感。格雷琴坐在她的办公桌前。艾丁斯闻到一股滑石粉或者古龙水的味道，很可疑的味道。鲍姆进来的时候，鲍曼正安静地坐着阅读。

“今天上午怎么样？”鲍姆轻松地说，那是他心里无牵无挂时惯用的开场白。

他们聊了一会儿，刚聊完，格雷琴走了过来。

“有人打电话找你。”

鲍曼拿起电话，有点生硬地说：

“你好。”

是她。他的心里一阵狂喜。她是来道歉的。六点前她们就回来了，但一直没找到酒吧，她们记不清是哪条街了。

“哦，原来是这样，”鲍曼说，“我很遗憾，但没关系。”

“我们甚至还去了克拉克酒吧，”她说，“我记得你提到过。”

“你能打电话来我太高兴了。”

“我只是想让你知道，我们回来找过你。”

“不，不，没关系，没事。你看，把你的地址给我好吗？”

“华盛顿的地址？”

“是的，哪里的都行。”

她给了自己的地址，还有露易丝的。她说，她下午就要回华盛顿。

“你有……是几点的火车？有时间一起吃个午饭吗？”

不太行。火车是一点钟。

"太可惜了。要么下次吧。"他愚蠢地说。

"好吧，再见。"她停顿了一会儿，说道。

"再见。"他不知为何同意了。

但他有她的地址，挂断电话后，他看着地址，它的珍贵难以形容。他不知道她姓什么。

在宾夕法尼亚车站宏伟的穹顶下，大块的阳光透过玻璃照到总在等待的人们身上。鲍曼向前走去。他很紧张，但随即就看见她毫无防备地站在那里。

"薇薇安！"

她环顾四周，然后看到了他。

"哦，是你。真没想到。你在这里干什么。"

"我想过来说再见，"他说，又补充道，"给你带了一本书，我想你可能会喜欢。"

薇薇安从小就有书，她和她姐姐，儿童书，她们甚至还会抢着看。她读过《神探南茜》和一些别的，但老实说，她说，她没有读过多少。《永远的琥珀》[1]。她的皮肤闪耀着光泽。

"好吧，谢谢你。"

"这是我们出的。"他说。

她读了书名，他很贴心。这是她从未期待过的事，也不是她

---

[1] *Forever Amber*，凯瑟琳 · 温莎 1944 年出版的历史传奇小说，故事发生在十七世纪的英格兰。

认识的男孩子会做的事，甚至成年人都不会这样做。她二十岁了，但还没有准备好把自己当成一个女人，大概是因为她在很大程度上还得依靠父亲的资助，也是因为她对父亲的感情。她读的初级学院[1]，找了份工作。她认识的女人皆因她们的仪表、她们的骑术还有她们的丈夫而闻名。以及她们的胆量。她有一个姑妈，家里遭了抢劫，两个黑人用枪指着她。她冷冷地对他们说："我们对你们这些人好过头了。"

薇薇安·阿穆森的弗吉尼亚是盎格鲁式的，享有特权，近亲繁殖。它由葱茏起伏的乡村组成，美丽的乡村，世代富足，低矮的石墙和狭窄的道路被保存下来。老房子是石头砌的，通常一室较深，两侧的窗户都能打开，让清风在炎热的夏天吹进来。这片土地原本是独立战争前由皇室授予的，大片大片用于农业，起初是烟草，后来是奶制品。二十世纪二三十年代，喜欢打猎的保罗·梅隆[2]来到这里，买下了大量土地，朋友们也加入他的行列，为自己买下地产。这里成了马匹和狩猎的国度，猎狗奔跑着乱吠，在它们身后，疾驰的马匹和它们的骑手从树丛周围而来，跳过石墙和沟渠，上坡下坡，在一些地方稍微放慢速度，然后再次狂奔。

这是一个拥有秩序和格调的地方，王国的缩影，从间堡到上谷，与世隔绝的土地和生活，其中大部分有着浓烈的美，广阔的

[1] Junior college，两年制的专科学院。
[2] 保罗·梅隆（Paul Mellon，1907—1999），美国慈善家。

田野在雨中朦胧凄迷，在阳光中温和而明亮。春天是赛马的季节，五月的金杯赛。在举办障碍赛的山丘上，人们带着食物和饮料坐在一排排停好的车里，有一搭没一搭地看着。秋天的狩猎活动一直持续到冬天，次年二月才结束，那时大地坚硬，河流结冰。人人都有狗。如果你为一只猎犬起了名字，当它不再为狩猎所需时，它就是你的了，事实上，它会被丢在你家门口。

考究的房子属于富人和医生，庄园——他们称之为农场——还保留着古老的名字。人们相互认识，对不认识的人则心存疑虑。他们是白人，新教徒，仅对少数天主教徒怀有心照不宣的宽容。房子里的家具都是英国式的，通常都是古董，祖祖辈辈传下来。这里最要紧的是马和高尔夫：你在比赛中交到最好的朋友。

沿着笔直的双车道柏油马路行驶，不到一个小时就能抵达华盛顿和薇薇安工作的市中心。她的工作差不多就是例行公事，她在一个产权办公室做接待员，周末回家，去参加赛马会、纯种马拍卖会或者去乡下打猎。狩猎队就像俱乐部，要想加入最好的那个，必须拥有五十英亩以上的土地，薇薇安和她父亲就是里面的会员。那个狩猎队的队长是名法官，约翰·斯坦普，一个狄更斯笔下的人物，肥壮、易怒，对女人有不可救药的嗜好，这导致有一次，在被爱慕的女人拒绝后，他企图自杀。他冲动地跳出窗子，但落在了灌木丛中。他结过三次婚，据观察，每次都是跟一个胸部更大的女人。离婚是因为他酗酒，这符合他旧乡绅的形象，但作为狩猎队的队长，他坚毅忍耐，要求尽善尽美的礼节。有一次，当他们犯了错时，他中断了游猎，狠狠地训斥了他们一顿，直到有人说：

“喂，我六点就起床，不是来听演讲的。”

“下马！”斯坦普喊道，“立刻下马，返回马厩。”

后来他道歉了。

斯坦普法官和薇薇安的父亲是朋友，乔治·阿穆森，风度翩翩，总是很有礼貌，对那些他称之为朋友的人又总是格外挑剔。法官是他的律师，法官的第一任妻子安娜·韦恩，胸部不大，但是个很好的骑手，她婚前跟阿穆森约会过一段时间。通常的说法是，当确信阿穆森不会娶自己时，她接受了法官的追求。

斯坦普法官追求女人，但乔治·阿穆森不会，她们追求他。他优雅，保守，在华盛顿乃至全国范围内买卖不动产颇为成功，令人称羡。他沉稳又有耐心，比别人先一步看到华盛顿的变化，多年来，他在城市西北部买了很多公寓楼，还买了威斯康星大街的一个写字楼，有些采用了入股的方式。他小心谨慎，避免谈论自己的财产。他开一辆普通的车，穿着很随意，不搞花样，通常是一件休闲西装和做工考究的裤子，需要的时候就穿正装。

他一头金发中掺杂了些许灰白色，走起路来从容不迫，似乎体现了一种力量，甚至一种原则，象征着事物该有的样子。作为一名绅士和乡村俱乐部里的一个人物，他知道所有黑人服务生的名字，他们也认识他，每年圣诞节他都会给他们双倍的小费。

华盛顿是座南方城市，无精打采，其实并不是很大。那里的天气很糟糕，冬天阴冷而潮湿，夏天又酷热难当，三角洲的热浪。除了政府之外，那里还有各种社会机构，一些老旧但尊贵的酒店，如沃德曼，有很多情妇被包养在那里，所以又被亲切地称为骑术学院；里格斯银行，行家之选；著名的市区百货商店；霍华德·布林，拥有一家保险公司，乔治·阿穆森主要为他工作。霍华德有一天将继承他父亲积累的巨额财富，包括城里最豪华的公寓楼，在那里，这位老父亲戴着软呢帽坐在大厅中，脚边放着一只痰盂，用一双蜥蜴般的眼睛打量着一切。只有合适的人才被允许做房客，即便他们也被冷漠对待。如果他对着来往的人微微点头，就已经被认为是一种礼遇了，不过这种事并不经常发生。但是，这里的公寓宽宽大大，有漂亮的壁炉和挑高的天花板，雇员们遵从主人的暗示，寡言少语到了傲慢的程度。

战争改变了一切。大批陆军和海军人员、政府雇员、被秘书职位的需求吸引到这座城市的年轻女性……两到三年间，那个死气沉沉的州级城市不见了。在某些方面它固守着自己的传统，但旧时光正在消逝。薇薇安在那段时间成年了。她开始出现在俱乐部里。虽然在她父亲看来，她的短裤太短，高跟鞋又穿得太早，但她的观念其实全部来自她小时候那个世界。

鲍曼给她写信，几乎令他不敢相信的是，她回信了。她的信友好而坦诚。那年春天和早夏，她来了几次纽约，住在露易丝家，甚至跟她睡一张床，穿着睡衣打打闹闹。她还没把男朋友的事告诉父亲。她在华盛顿的男友们都在州政府或者里格斯银行的信托部门工作，在很多方面都是自己父母的翻版。她没有把自己当成复制品。实际上她很大胆，坐火车去见一个酒吧里认识的男人，她不了解这个男人的背景，但他似乎拥有深度和创意。他们去吕肖餐厅吃饭，那里的服务生跟他们说 guten Abend[1]，鲍曼用德语跟他聊了一会儿。

“我不知道你还会德语。”

“嗯，直到最近，这都不是什么好事。”鲍曼说。

他解释说，他是在哈佛学的德语，因为那是科学的语言。

“当时我以为自己想做科学家。我在很多事情之间摇摆。有段时间我想我可能会去教书，现在我对教书依然有一种向往。后来我决定去做记者，但没能找到记者的工作。然后我听说了一种叫作审稿员的工作。这纯属运气，或者是命运的安排。你怎么看待命运这种说法？”

“没想过这个。”她淡淡地说。

他喜欢跟她聊天，喜欢她间或一笑，笑容让她的额头晶亮。她穿一件无袖连衣裙，小小的、圆润的肩膀发出微光。她咬一口面包，小指卷曲起来，微微张开。仪态，面部表情，穿衣打扮，这一切都在揭示着什么。他想象他们可以一起去什么地方，那里没有人认识他们，他可以一连几天把她留在身边，但他不知道怎样才能让这种事发生。

[1] 德语，意为“晚上好”。

“纽约是个很棒的地方，对吧？”他说。

“是的，我喜欢来这里。”

“你是怎么认识露易丝的？”

“我们都上寄宿学校，在同一个班。她对我讲的第一件事就是个黄色笑话，其实，也不完全是黄色笑话，但是，你懂的。”

他告诉她，有一次，埃塞克斯大厦屋顶的招牌上，开头的E和S不亮了，到了晚上，剩下的字母就在四十层楼上那么闪着。[1]他没再往下说，他不想显得太下流。

晚上结束的时候，他在门口准备说晚安，但薇薇安却装作他不在身边的样子，开了门，什么也没说。周末露易丝去探望父母了。薇薇安很紧张，但她不想表现出来。他跟她上了楼。

“你想喝杯咖啡吗？”她问。

“好的，那就……不，”他说，“不太想。”

他们沉默地坐了片刻，然后她直接俯身向前，吻了他。那个吻轻盈但热烈。

“你想吗？”她问。

她没有脱掉所有衣服。鞋子、丝袜和裙子，仅此而已。她没打算做更多。他们亲吻着低声私语。她脱下她的白色内裤，一种看起来神圣的白色，他几乎不能呼吸。她的光泽，金色的发丝。他不敢相信他们在做这件事。

---

[1] 埃塞克斯大厦的英文为ESSEX HOUSE，ES不亮后，只剩下了SEX HOUSE。

“我什么也……没带。”他轻声说。

没有回答。

他缺乏经验，但这很自然，势不可挡。同时又太快了，他没忍住。他觉得有些难为情，她的脸紧挨着他的脸。

“对不起，”他说，“我没忍住。”

她没说话，她几乎没办法判断。

她进了浴室，鲍曼仰面躺着，对发生的一切感到惊奇，沉醉于一个向极致的快乐猛然敞开的世界，超越认知的快乐。他知道了可能等在前方的欢愉。

薇薇安想的则没那么乐观。她有可能会怀孕，虽然她并不确切地知道那是怎么一回事。在学校里人们总谈这些，但也只是谈论，含糊其词。此外，还有女孩子第一次做爱就怀孕的故事。她想，这要看她的运气了。当然，这也并不完全是第一次。

“你让我想到了一匹小马。”他深情地说。

“小马？为什么？”

“你那么美丽，还有自由。”

“我不明白怎么会像小马，”她说，“再说，小马咬人。我的小马就咬人。”

她偎依着他，他试图追随她的思绪。无论会发生什么，他们都已经做了。他只感到兴奋。

那个月他去了华盛顿，他们一起过夜，然后第二天开车去乡下和她的父亲一起吃午饭。他拥有一个四百英亩的农场，名叫盖洛普，大部分用来放牧。主屋用粗石砌成，坐落于一座山坡的顶端。薇薇安带他四处参观，转了花园和一楼，像是在给他介绍房子，某种程度上也是介绍她自己。房子装饰得很草率，似乎不介意风格。鲍曼注意到，就像十七世纪的宫殿一样，客厅的一张沙发后面有些干狗屎。

一个黑人女仆侍奉午餐，阿穆森表现得对她十分亲切。她叫玛蒂，用银制托盘端上主菜。

“薇薇安说你在出版界工作。”阿穆森说。

“是的，先生，我是个编辑。”

“我明白了。”

“是个小出版社，”鲍曼继续说，“但在文学方面声誉还不错。”

阿穆森用小指抠着门牙旁边的什么东西，说：

“你说的文学是指什么？”

“嗯，基本上是有品质的书。生命力很长的书。当然，那是最高端的。我们也出版别的书来赚钱，至少试着赚钱。”

“能给我们些咖啡吗，玛蒂？”阿穆森对女仆说。“你想喝点咖啡吗，鲍曼先生？”

“谢谢。”

“薇，你呢？”

“好的，爸爸。”

关于出版的简短对话没有引起共鸣，并不比谈论天气更能引发他们的兴趣。鲍曼注意到，客厅的书柜里只能看到畅销书的书名，每月畅销书，封面看起来都是崭新的。一个桃花心木书柜的玻璃门后面，也有几本别的书，黑色皮面精装，祖祖辈辈传下来，但没有一个人读过它们。

喝咖啡的时候，鲍曼试着最后一次展示自己作为一名编辑的良好形象，但阿穆森把话题转向了海军。鲍曼曾在海军服役，对吗？这条路上有个邻居，罗伊斯·克罗威尔，他去过安纳波利斯，和“印第安纳波利斯”号[1]的舰长查理·麦克维[2]同年入伍。鲍曼有没有碰巧在海军里遇到过他？

“没有，我觉得没有。我当时只是初级军官。他是在太平洋战场吗？”

“我不知道。”

“嗯，大西洋上也有一支庞大的舰队，负责护航、进攻，诸如此类。好几百艘船。”

“我不知道，你得问他。”

几乎不费吹灰之力，他就让鲍曼察觉到他是在窥探什么。这次午餐是这样一顿饭：刀叉碰到盘子或者玻璃杯被放下的声音，只会更加凸显出人们的沉默。

---

[1] 指美国军舰“印第安纳波利斯”号（CL/CA-35），美国海军的一艘波特兰级重型巡洋舰，以印第安纳州的印第安纳波利斯市命名，1931 年下水，在第二次世界大战期间曾指挥第五舰队在太平洋中部作战。

[2] 即查尔斯·巴特勒·麦克维三世（Charles Butler Mcvay Ⅲ，1898—1968），美国海军军官。1945 年“印第安纳波利斯”号在海上失踪的时候，他是其指挥官。

在外面，当他们走向汽车的时候，鲍曼看到有东西沿着车道慢慢移动，在常春藤花圃上留下起伏的曲线。

“我觉得那里有一条蛇。”

“哪里？”

“那边。正往常春藤里爬。”

“该死，”薇薇安说，“那刚好是狗喜欢睡觉的地方。大吗？”

那不是一条小蛇，有水管那么粗。

“相当大一条。”鲍曼说。

薇薇安四处看了看，找了一把耙子，放到常春藤花丛里疯狂地来回耙着。但是蛇已经不见了。

“是什么东西？响尾蛇吗？”

“我不知道。很大。这附近有响尾蛇吗？”

“当然有。”

“你最好还是出来吧。”

她并不害怕。她操纵把手，最后一次拨开乌黑发亮的叶子。

“该死的东西。”她说。

她去告诉她父亲。鲍曼站在那里看着厚厚的常春藤，警惕着任何一丝动静。她就那么一脚踩进去了。

那天往回开的时候，鲍曼觉得他们正在离开一个连他的语言都不被理解的地方。他正要开口谈论这件事的时候，薇薇安发表意见了。

“别介意，”她说，“爸爸有时就是那样。不是你的问题。”

"我觉得我没有留下特别好的印象。"

"噢，你真该看看他对待布莱恩的样子，我姐姐的丈夫。爸爸叫他韦安。他总说，她到底为什么选他？他连马都不会骑。"

"你这么说并没有让我感觉好受一些。我会开船，"他补充道，"你父亲会开船吗？"

"他一直开到过巴哈马群岛。"

她似乎铁了心要维护他，鲍曼觉得不应该再说下去了。她坐在那里，侧身望向窗外，神色游离，但她穿着皮裙，头发向后绾起来，脸庞一览无余，脖子上缠着一根细细的金项链，一副引人渴欲的样子。她转过身来看向他。

"这就好比，"她解释说，"进正屋前你得先换鞋。"

"你母亲也是那样的人吗？"

"我母亲？不是。"

"她是什么样的？"

"她是个酒鬼，"薇薇安说，"这就是他们离婚的原因。"

"她住在哪里？间堡吗？"

"不，她在华盛顿杜邦圆环附近有一套公寓。你会见到她的。"

薇薇安又说，她母亲过去很漂亮，但现在看不出来了。她从早上开始就喝伏特加，中午之前很少穿戴整齐。

"其实是爸爸把我们养大的，我们两个是他的女儿，他得保护我们。"

他们沉默地开了一会儿，到森特维尔附近的时候，他瞥了她一眼，看见她睡着了。她的头轻轻垂向一边，双唇微微开启。他涌起一阵肉欲的渴念。她被丝袜包裹着的光滑的腿，他想象它们分开的样子，它们的长度和形状。他意识到他有多么爱她。她有一种力量，能给予人无限的幸福。

在车站告别的时候，他感到他们之间已经有了一些确凿的联系。虽然前途未卜，但他获得了一种确定性，一种永远不会消逝的确定性。

4 归于一体

无论是坐着、吃饭还是行走，他都无拘无束地跟她分享他的思绪，他对生命、历史以及艺术的看法。他把一切都告诉了她。他知道她从没想过这些事，但她理解，并且能够学习。他爱的不仅仅是她本来的样子，还有她可能会成为的样子。他从未想过她的真实面目可能截然相反，或者那并不重要。怎么会有那样的念头呢？当你爱着的时候，你看到的是一个遵从你梦想的未来。

他想让他母亲和薇薇安在萨米特见面，见见她，并且认可她。他先带她去了市政厅对面的一家餐厅，餐厅在那里很多年了，原本是一节火车车厢，两侧的窗户都对着林荫道。里面，地板上铺着瓷砖，天花板是浅色木头，呈弧形，一直延伸到墙上。顾客就座的吧台贯穿了整个房间，总有一两个人在那里。早上的时候人更多，沿街过去就是火车站，通往城里的莫里斯和埃塞克斯铁路线。铁轨很低，在视线之外。到了晚上，餐厅的灯光是整条街唯一的光亮。吧台对面有一扇门供人进出，另一头还有一扇。

鲍曼说，海明威把他的短篇小说《杀手》设定在了这里。

“就在这里，就在这家餐厅。吧台，所有一切。你知道那个故事吗？很精彩。写得很好。即便你从来没有读过他的东西，也会立刻知道他是一个多么伟大的作家。故事发生在晚上，整个地方一个人都没有，没有顾客，空空荡荡，两个穿着黑色紧身大衣的男人走进来，在吧台边坐下。他们看了看菜单，然后点了菜，其中一个人对服务生说，这个镇子，它叫什么？服务生当然吓坏了，说，萨米特。故事里就是这么说的，萨米特。食物上来后，他们戴着手套吃起来。他们告诉服务生，他们来这里是为了杀一个瑞典佬，他们知道那个瑞典佬总来这里，他以前是个拳击手，名叫奥尔·安德瑞森，不知怎么和黑帮搅到了一起。其中一个人从外套下面掏出一把锯短的猎枪，藏到厨房等着。”

“真有这样的事吗？”

“不，不。他在西班牙写的。”

“那就是编的。”

“你读的时候不会觉得是编的。这就是不可思议的地方，你彻彻底底地相信它。”

“然后他们就把他杀了？”

“结果比那好一点。他们没有杀死他，因为他没有出现。但是他知道他们在跟踪自己，他们还会再来。他很高大，他是个拳击手，但无论他做什么，他们都会杀了他。他就躺在寄宿公寓的床上，看着墙。”

他们开始看菜单。

“想吃什么？”薇薇安问。

“我要鸡蛋配泰勒火腿吧。”

“泰勒火腿是什么？”她说。

“这附近人们吃的一种火腿，我还真没问过。”

“好吧，我也要这个。”

他喜欢跟她在一起，喜欢有她在身边。餐厅里只有另外几个人，但跟她比起来，他们看上去是多么黯淡无光。他们都注意到了她的存在。不可能不注意到。

“我想去见见海明威，”他说，“直接去古巴见他，也许我们可以一起去。”

“嗯，我不知道，”她说，“也许吧。”

“你必须读读他的书。”他说。

贝阿特丽丝一直很想见到她，也被她的样子打动了，不过是以不同的方式，她的生机，还有率性、本能的表达方式。一个人能从第一眼知道多少东西啊！她买了花，在餐厅摆好桌子，他们很少在餐厅吃饭，通常是用厨房里一张靠墙的桌子。只有架子而没有餐柜的厨房是整座房子真正的核心，还有起居室，他们经常坐在起居室的壁炉旁聊天喝酒。现在来了这个姿态多少有些僵硬的女孩。她从弗吉尼亚来，贝阿特丽丝问，弗吉尼亚什么地方，间堡吗？

“我们其实离上谷更近。”薇薇安回答道。

上谷。听起来偏远而狭小。事实上，它的确很小，有一个吃饭的地方，但没有自来水，也没有排污系统。一百多年来没有发生过任何变化，那里的人们喜欢它保持原样，不管他们是住在没有暖气的旧房子里，还是住在一千英亩的土地上。无论在县里还是县外，上谷都是一个崇高的名字，一个高傲、偏狭的阶层的象征，薇薇安是其中一员。没有地方可以停留，你只能生活在那里。

“那是很美的乡村。”鲍曼说。

贝阿特丽丝说：“我很想去看看。你家在那里是做什么的？”

“农场，”薇薇安说，“嗯，我父亲把一部分拿来种植，但他也把土地拼在一起用来放牧。”

“那一定很大。”

“也不是那么大，四百英亩左右。”

“太有意思了。你们除了经营农场还干什么？”

“爸爸总说有很多事要做。他的意思是照料马。”

“马？”

“是的。”

并不是她难以交谈，但你能立刻感知到她的局限。薇薇安读的初级学院，或许是听从了父亲的建议，以免她乱来。她拥有一定的自信，基于那些她绝对知晓的东西，事实证明，有那些也就够了。不过，和所有母亲一样，贝阿特丽丝期待的是一个跟自己相似的女孩，她能轻松与之交谈，她们对生活的看法也能完美地融合在一起。这些年来，她能在自己的学生当中想起一些这样的女孩，有着自然风度的好学生，你欣赏她们，被她们吸引，但也有一些人不那么容易理解，你无从获知她们的命运。

“丽兹 · 伯翰农不是间堡的吗？”贝阿特丽丝问，提起一个名字，三十年代的一个女骑手和社交名流，总是被拍到和她的丈夫在去往欧洲的某艘船上，或者在萨拉托加他们的包厢里。

“是的，她有一个很大的地方，她是我父亲的朋友。”

“她还在那一带吗？”

“是的，大部分时间在。”

关于她的故事很多，薇薇安说。他们刚买下他们的地方时——那会儿它叫长树——她常常狩猎回来，骑着马直接进屋，让狗径直跑到屋子里。它们会跳上桌子，把所有东西都吃掉。离婚后，她稍微冷静了一些。

“哦，那你一定认识她了？”

“嗯，是的。”

薇薇安有些小心翼翼地吃着东西，不像一个真正有胃口的女孩。贝阿特丽丝移到一边的鲜花华美地映衬着她，一个给她儿子施了魔法的年轻异教徒女神。尽管爱并不完全是一个咒语，但贝阿特丽丝无从判断他有多么需要爱，以及何种形式的爱。但有一件事鲍曼自己完全确信，那就是他再也不会遇到一个和薇薇安一样的人了。他看到自己和她一起跌落在床单之间，跌落在婚姻生活的芬芳中，其中的餐饭和假日，共住的房间，她半裸的剪影，她的金发碧眼，她双腿交会处浅色的毛发，以及将永在那里的性的珍宝。

当他告诉母亲他想跟她结婚的时候，贝阿特丽丝虽然担心这证明不了什么，但还是抗议说他们两个有多么不同，共同点是多么少。鲍曼有些抵触地说，他们有很多相似之处。他们的共同点比相似的爱好更重要，那是无言的理解和共振。

贝阿特丽丝没有说出口，但深深感觉到的是，薇薇安没有灵魂，但说出来将是不可饶恕的。她只是沉默地坐着。过了一会儿，她说：

“希望你不要操之过急。”

在内心深处她是恐惧的，她知道人在太年轻的时候看不见的那些东西。她希望，过上一段时间，这种迷醉就会过去。她只能怀着爱和理解把他的头揽向自己。

“我只希望你能幸福，真正的幸福。”

“我会真正幸福的。”

“我是说在你内心最深处。”

“是的，在我内心最深处。”

这是爱，是一切都落入其中的熔炉。

纽约有一家叫“灯塔”[1]的餐厅，价格低廉，在餐厅后方昏

---

[1] 原文为西班牙语 El Faro。

暗的墙壁下，薇薇安说："露易丝会喜欢这里的，她对西班牙很着迷。"

"她去过西班牙吗？"

"没有，她连墨西哥都没去过。上周末她和她男朋友去波士顿了。"

"她男朋友是谁？"

"叫弗雷德。他们去了一家酒店，从头到尾没下过床。"

"我不知道她是那种人。"

"她酸痛得都走不了路。"

餐厅很满，吧台边挨挨挤挤。透过唯一的一扇窗子，能看到马路对面二楼或三楼的大房间，灯火通明，里面可能住着一对情侣。薇薇安正在喝第二杯酒。服务生们用托盘端着菜，在桌子中间侧身挤过。

"这是什么？西班牙海鲜饭吗？"她问。

"是的。"

"里面有什么？"她说。

"香肠，米饭，蛤蜊，应有尽有。"

她吃起来。

"很不错。"她说。

四周觥筹交错，气氛很亲密。他知道是时候了，他必须想办法说出来。

"我喜欢你到纽约来。"

“我也是。”她机械地说。

“真的吗？”

“真的。”她说，然后，他的心开始狂跳。

“你觉得住在这里怎么样，”他说，“我是说，我们肯定会结婚的。”

她停下用餐。他描述不出她的反应，他是不是说错了什么？

“这里太吵了。”她说。

“是的，很吵。”

“这算是求婚吗？”

“很寒酸，是吗？是的，这是在求婚。我爱你，”他说，“我需要你。我愿意为你做任何事。”

他说出来了，就像他想要的那样。

“你愿意嫁给我吗？”他说。

“我们必须征得爸爸的同意。”她说。

一阵巨大的幸福感填满了他。

“当然。但真有那个必要吗？”

“是的。”她说。

她坚持要他向她父亲求婚，尽管如她所说，他已然拥有更多。[1]

---

[1] “求婚”，英语原文为“ask...for her hand”，类似中文“执子之手”，所以薇薇安说鲍曼已“拥有更多”，暗示两人已经发生性关系。

午餐定于乔治·阿穆森在华盛顿的俱乐部。鲍曼为此做了精心的准备。他理了发，穿了一套西装和一双锃亮的鞋子。男管事带鲍曼进去的时候，阿穆森已经坐好了。隔着几张桌子，他能看见他未来的岳父正在读着什么，然后他忽然间想起了去见金德里根先生的那个早上，虽然那是很久以前的事了。他现在二十六岁，或多或少事业有成，正准备把良好的印象带给薇薇安刀枪不入的父亲。他独自坐在那里，头发直直向后梳去，悠然自得，在那一刻，他看起来像个从战争中返回的人，甚至是来自敌方的人，一个将军或者纳粹空军飞行员。正值中午，餐桌旁正陆陆续续坐满人。

"早上好。"鲍曼致意道。

"早上好，很高兴见到你，"阿穆森回答道，"我刚看了看这里的菜单。请坐吧。我看他们有鲥鱼子。"

鲍曼自己拿起菜单，他们各自点了一杯酒。

阿穆森知道这个年轻人所为何来，他已经在心里列出了答复的要点。他是个循规蹈矩的人，拥有特定的信仰，他认为，这个社会所面临的主要的、未解决的危险之一，就是种族杂处、自由交配，而这最终只能带来悲惨的结果。他是个南方人，虽然不是来自南方腹地，但仍然是一个能被称为"迪克西"[1]的地方，在

---

[1] Dixie，美国东南部各州的统称。

那里，最重要的问题永远是，你的背景是什么？他自己的背景还不错。他拥有他曾曾祖母的银器和几件家具，樱桃木和胡桃木的。他把两个女儿抚养长大，在培养她们骑马和应酬交际方面，所花精力无出其右；他上过大学，弗吉尼亚大学，但大三的时候因为经济原因辍学了，对此他从未感到特别遗憾。如果有人问起，他就会说他上的弗吉尼亚大学。他的父亲经营仓库，名声很好，阿穆森是一个令人尊敬的姓氏，或许罗阿诺克附近的一个表兄除外，他叫艾德温·阿穆森，拥有一座烟草种植园，一直没结婚。人们说，他真正的妻子是一个黑人姑娘，他的确有个姑娘，安娜，第一次来家里做饭时十七岁。她深色皮肤，颜色很深，像李子的颜色，他说，但馥郁的双唇丰满而机敏。每周两三个早晨，她会沿着后楼梯来到二楼的卧室，那是一个大房间，有一个幽暗的门廊，在那里，他已经早早起身洗漱完毕，然后在阴凉的床上躺半个小时，听着她在楼下厨房里工作的动静。窗帘合上了，房间半明半暗。进入房间后，她会脱掉她的棉质汗衫，枕着双臂躺在床上，像在放松上半身。她赤裸的后背有两扇强壮的肩胛骨，他会拿出五枚银币放在她后背上，摆成一个熟悉的形状：一个放在后颈，一个稍微朝下，第三个继续往下，一直跃过后腰。最后两个放在肩头，像十字架的双臂。他会不慌不忙地掀起她的裙子，小心翼翼地，好像准备去查看一番，而在那些早上她裙子下面什么都不穿。她已经为自己做好了准备，有时放点酥油，让他慢慢开始，以夏日夜晚或漫长午后的节奏，她总听他谈论食物，说接下来的几天他想吃什么晚餐。

如此持续了五年，直到她二十二岁，某天早上事毕之后，她告诉他，她要结婚了。他漠然地说，没有必要因此改变什么，但她拒绝了。不过，既然她还拥有进出这座房子的自由，那么她偶尔会在早上自愿前来。

“家里有麻烦？”他问。

“没有。我就是习惯了。”她说，上半身瘫在床上。

“给你加一个银币。”他主动提出来。

“没地方放了。”

“放这里。”

他把银币放到她手中，她的掌心里，他爱她的手掌。

没有人知道这件事，它兀自存在，就像圣徒的某种狂热幻象。

1928 年，在华盛顿的一个晚宴上，乔治 · 阿穆森遇到了二十岁的卡洛琳 · 韦恩，她说话慢条斯理，带着挑衅的笑容。她在底特律长大，父亲是名建筑师。认识四个月后，阿穆森就和她结婚了，又过了大约六个月，他们的第一个孩子，贝弗莉，出生了。一年半之后，薇薇安来到了这个世界。

对卡洛琳来说，乡村生活是愉快的。她抽烟，喝酒。她的笑声变得沙哑，腰带上方渐渐出现了一个诱人的小肉卷。雨天她和女儿们躺在床上，有时候读书给她们听。阿穆森开车去华盛顿工作，有时候回来很晚，甚至整夜不归，他对卡洛琳的关注逐渐减少，而那在某种程度上对她很重要。她为此耿耿于怀。

“乔治，”某天晚上她喝着酒说，“你跟我在一起幸福吗？”

她还不到三十岁，但眼睛下面已经有些浮肿。

“亲爱的，你这是什么意思？”

“你幸福吗？”

“我已经很幸福了。”

“你还爱我吗？”她坚持问下去。

“为什么问这个？”

“我就是想知道。”

“是的。”他说。

“嗯，你爱我？是这个意思吗？”

“如果你不停问，我就不知道会说出什么来了。”

“那就说明你不爱。”

“是那个意思吗？”

一阵沉默。

“是不是有别的人？”她终于说出来。

“即使有，也不会有任何结果。”他说。

“所以，那就是有。”

“我是说如果。但是没有。”

“你确定吗？不，你不确定，对不对？”

“你为什么不听我说话呢？”

说着，她突然把手里的酒泼到他脸上。他站在那里，掏出一块手绢，把酒从脸上擦去。

那年秋天，在间堡的一次聚会上，她把酒泼到了他脸上；从另外几场聚会回家的路上，她在车里哭泣。她成了有名的酒鬼，那也不算太坏——在他们的社交圈，饮酒，哪怕是过量饮酒，也像勇气一样，是性格的一个方面。但是阿穆森厌倦了酗酒，也厌倦了她。她的愤怒情绪像一种无药可施的疾病，更不用说治愈了。她带着枕头睡到了客房里。在结婚的第十年，他们分居了，不久之后离了婚。卡洛琳去里诺办离婚手续，把两个分别是八岁和十岁的女儿留给了丈夫，以免打乱她们的学业和日常生活。虽然她保留了她们的监护权，但并没有严格行使。阿穆森对事情继续保持原状感到满意。

在华盛顿的公寓里，鲍曼见到了卡洛琳·阿穆森——她保留了夫姓，它是有价值的。她穿着卧室拖鞋，但不知为何有一种英勇的气概，对他很热情。她说，她喜欢他，后来又私下对女儿说过一次。鲍曼忘记了一个事实：女孩们一到某个时间，就会变成她们母亲的样子。他觉得薇薇安会仿效她的父亲，成为她自己。

服务生来为他们点菜。

“爱德华，鲥鱼子怎么样？”阿穆森问。

“很好，阿穆森先生。”

“你们有两份的量吗？”他问道。“如果你想来一份的话。”他对他的客人说。

鲍曼猜那是一道南方菜。

“你钓鱼吗？”阿穆森说，“鲥鱼很瘦，一般都太瘦了，不值得费事。鱼子是最好的部分。”

“好的，我也要吧。是怎么做的？”

“放平底锅里，和培根一起炒焙到变色。是这样没错吧，爱德华？”

午餐到了尾声，咖啡端上来的时候，鲍曼说：

“您知道，我很爱薇薇安。”

阿穆森继续搅拌着他的咖啡，好像没听到。

“我想她也爱我，”鲍曼接着说，“我们想结婚。”

阿穆森仍然没有流露出任何感情，他平静得好像是独自一人。

“我来请求您的允许，先生。”鲍曼说。

“先生”听起来有点奉承，但他觉得合适。阿穆森仍旧忙着搅拌咖啡。

“薇薇安是个好女孩，”阿穆森终于开口，“她在乡村长大，我不知道她要如何适应城市生活。她不属于那些人。”

然后，他抬起头来。

“你打算怎么养活她？”他说。

“嗯，您知道，我有份还不错的工作。我喜欢我的工作，我有自己的事业。眼下我的收入足够养活我们自己，我的一切都是她的。我保证让她生活得舒适。”

“她不是个城市姑娘，”阿穆森又说了一遍，“你知道，她很小就有自己的马。”

“我们没有讨论过这些。我想我们总能给马腾出个地方。”鲍曼轻轻地说。

阿穆森好像没有听见他说话。

“我们很爱对方，”鲍曼说，“我会尽我所能让她幸福。”

阿穆森轻轻地点了点头。

“我向您发誓。然后我们希望能得到您的允许。您的祝福，先生。”

出现了一阵停顿。

“我想我不能给你祝福，”阿穆森说，“老实对你说，不行。”

“我明白。”

“我觉得这件事行不通，我觉得这会是个错误。”

“我明白。”

“但我不会妨碍薇薇安。”她的父亲说。

离开的时候，鲍曼感觉失望又不甘示弱。如此一来，这将是一场地位不对等的婚姻，被礼貌地容忍下来。他不确定该对此采取什么态度，但当他把她父亲的话告诉薇薇安时，她并没有感到不安。

“爸爸就是那样。”她说。

牧师是个七十多岁的高个儿男人，一头银发，因为从马上摔下来过，所以听力不是很好，年龄带走了他声音中的锋芒，让其变得柔滑而单薄。在婚前会面上，他说会问他们三个问题，他总问夫妻们这些问题。他想知道他们是否相爱；接下来，他们想在教堂里结婚吗？最后，这场婚姻会持久吗？

“我们可以肯定地对前两个问题说‘是’。”鲍曼回答说。

“哈，”牧师说，“是的。”他走神了，已经忘记了问题的顺序。“我想，是不是相爱也没那么重要。”他承认道。

鲍曼注意到，他没刮胡子，脸上有白色的胡茬，但在婚礼上他稍微体面了一些。薇薇安的家人都在场，她的母亲、姐姐、姐夫，一些鲍曼从未见过的人，还有一些朋友。新郎方面的人比较少，但他的哈佛室友马尔科姆、他的妻子安西娅，都来了，还有扣眼里别着一束白色康乃馨的艾丁斯。那是一个明媚、凉爽的早晨，然后是在兴奋中流逝的下午，兴奋到神思恍惚。仪式之前他跟母亲在一起，仪式期间能一直看到她。他看着阿穆森带着薇薇安沿着走道走过来，心里有种胜利的感觉。他把一切疑虑都抛到了一边，这像是戏剧中的一个场景。宣誓的时候，他只看着他的新娘，她的脸庞清晰而明亮，在她背后，露易丝也在微笑，这时他听见自己说，用这枚戒指为证，我和你结婚。我和你结婚。

在招待晚宴上，事实证明，艾丁斯很受欢迎，或者至少令人印象深刻。招待晚宴在薇薇安家里举行——她的父亲曾希望在红狐饭店举办，那是间堡一家古老的酒店，但被劝说另做他选。

吧台是一张铺着白色桌布的桌子，由两个矜持有礼的酒保打理，他们不知为何被不平等打磨出一种光泽。鲍曼的新姐夫，布莱恩，向他走来，布莱恩打着领结，长着一张友善的圆脸。

“欢迎加入大家庭。”他说。

他那小小的、匀称的牙齿让他看起来很友好，他在政府部门工作。

“很棒的婚礼，”他说，“我们没有办婚礼。岳父大人给了我们三千块——其实那是给贝弗莉的——只要我们走开然后结婚。他可能希望我卷钱逃跑，他差点就要命令我这么干了。总之，我们私奔了。你是哪里人？”

“新泽西，”鲍曼说，“萨米特。”

布莱恩说他也来自东部。

“我们住在芒特基斯科，警卫山道，过去人们称那里为银行家小区，每栋房子都属于一个摩根合伙人。”

他们有一个四车位的车库，实际上有三辆车和一个司机。

“司机名叫莱德尔，他也是厨师，一个非常诡异的家伙，”布莱恩和颜悦色地说，“他经常开车带我们去学校。我们有一辆别克和一辆西斯帕罗苏扎[1]，一个大家伙，有独立的司机区，还有一个通话专线。每天吃早饭的时候，莱德尔就会问我们想坐哪辆车，别克还是……西斯，西斯！我们会说。离开家后，就换我们来开车。”

“你们开车？”

“我和我弟弟。”

[1] Hispano-Suiza，法国和西班牙合资品牌，以制造豪华轿车和航空发动机为主，第二次世界大战后放弃豪华轿车生产，成为专门的航空发动机制造商。

"你们那时几岁？"

"我十二岁，罗迪十岁，我们轮流开。我们强迫莱德尔这么干，我们威胁他。说不然就会宣称他对我们图谋不轨。我们称之为死亡驾驶。"

"罗迪现在在哪里？"

"他不在这里。他去了西部。在西部的建筑业工作，他就喜欢那个，那种生活。"

贝弗莉加入了他们的谈话。

"我们在说罗迪。"布莱恩解释道。

"可怜的罗迪，布莱恩很爱罗迪。你有兄弟姐妹吗？"她问鲍曼。

"没有，我是独生子。"

"幸运的你。"她说。

她不像薇薇安，个子更大，下巴往后缩，看起来有点笨拙，以直言不讳著称。

"所以，我们对鲍曼先生有什么看法？"事后她问她丈夫，她正在吃结婚蛋糕，蜷着手掌接住碎屑。

"似乎是个不错的人。"

"他是哈-伍-德[1]毕业的。"

"所以呢？"

"我觉得薇薇安犯了个错误。"

[1] 原文为Hah-vud，指"哈佛"（Harvard）。

“你对他有什么不满吗？”

“我不知道。这是我的直觉。不过，我喜欢他的朋友。”

“哪一个？”

“戴花的那一个。他很紧张，瞧瞧他。”

“他在紧张什么？”

“也许是紧张我们吧。”

艾丁斯在喝第二杯酒，但在弗吉尼亚，他多少有一种回家的感觉。他跟一位前上校聊天，跟一个长得不错的女人聊天，她是和一名法官一起来的。他也跟布莱恩聊天。布莱恩提到了他们家在生意亏本之前拥有的那些汽车，后来他们不得不搬去布朗克斯维尔，那实在是太可惜了。艾丁斯一直看着一个漂亮女孩，她站在法官身后。终于，他向她走去。

“你经常来这里吗？”他机智地试探说。

“对不起，你说什么？”

她叫达林，一位医生的女儿。原来她是驯马的。

“马需要训练吗？它们不是自己就会吗？”

她有些轻蔑地看着他。

艾丁斯试着用谈话来掩饰自己。

“他们说今天可能会有雷阵雨，看来他们错了。我喜欢雷雨。托马斯·哈代的作品中有一场精彩的暴风雨。你知道托马斯·哈代吗？”

“不知道。”她简短地说。

“他是英国人，一位英国作家。你无法超越英国人。拜伦勋爵，诗人。不可思议。二十多岁就是欧洲最有名的人了。癫狂，叛逆，危险[1]，我正在试着以他做榜样。”

她笑不出来。

“他发高烧死在了米索朗基城。人们把他的心脏放在瓮里，把他的肺放到了别的什么东西里，我不记得了……本来应该放在教堂，结果他们弄丢了。他的尸体被放在一个盛满朗姆酒的棺材里运回了英国。女人们来参加葬礼，他以前的情妇们……”

她面无表情地听着。

“我有一部分英格兰血统，”他坦言，“但大部分是苏格兰。”

“真的吗？”

“狂野的、无拘无束的民族。他们在尿里洗衣服。”他说。

“他们什么？”

“反正闻起来就是那样。”

他是在瞎编，他喝醉的时候就会这么做，以此保护自己。她对他的话明显不感兴趣，她太年轻了，对世事一无所知。他原本想象的是一场精致、放荡的婚礼，伴娘醉醺醺地跟着他溜走。但是没有伴娘，只有一个他没兴趣的女傧相。他踱步向新郎走去。

“所以，这就是你的乡村庄园了，我想。”

“我不这么认为。”鲍曼说。

---

[1] “Mad, bad, and dangerous to know”，这是前文提及的兰姆夫人形容拜伦的话。

“我见到你岳父了。大地主。富得流油。总之你是个幸运的人，非常幸运，”他说，眼睛盯着薇薇安，“不过，我有这朵花……”他抓起自己的领子。“我要把它留作纪念，夹到一本书里，”他低头看着它说，“得是本大书。我跟你岳母聊过。她穿得很漂亮。”

卡洛琳在宾客中走来走去，比人们上次见她时胖了一点，脸颊更圆润。她穿着一件昂贵的黑色晚礼服，尽量避免靠近她的前夫。

贝阿特丽丝没怎么说话。她在教堂里流泪了。她拥抱了薇薇安，获得了一个尽职尽责的回应。事情总是那样，恭顺，克制，只有微笑和客套的交谈。

她在跟她的儿子道别。她有个机会拥抱他，然后全心全意地说：

“互相善待，爱彼此。”

但是她觉得这是陷入黑暗的爱。她怀疑她从未了解她的儿媳。在这个明媚的日子里，最大的不幸似乎已经降临。她失去了她的儿子，并非彻底失去，但是他的一部分已经超出了她的管教能力，现在属于另一个人，一个根本不了解他的人。她想起了过去的一切，希望和野心，被快乐填满的岁月，它们并不仅仅存在于回忆中。她尽量表现得很愉快，让人们都喜欢她，喜欢她的儿子。

乔治·阿穆森，她觉得她认识他。他的自持和风度。这座房子所代表的生活。他让她想起了自己的丈夫，她一直努力从思绪中驱逐出去的那个人，但他依然停留在她的生命里，遥远，而又难以摧毁。

薇薇安很开心。她穿着白色的婚纱，还没来得及换下来，虽然她还不习惯，但她是个已婚的女人了。她在家里结了婚，或多或少得到了父亲的祝福。事情已经发生了，她做到了。像贝弗莉一样，她结婚了。

鲍曼很开心，或者感觉如此，她是他的了，一个美丽的女人或女孩。他看到眼前的生活如常展开，有一个人会在他身边。但她的家人和朋友的出现，让他意识到他只了解她的一面，吸引了他的那一面，但那并非她的全部或者本质的自我。他看到，在她身后是她毫不妥协的父亲，离他不远的地方是她的姐姐和姐夫。他们都是完全陌生的人。房间另一边是她的母亲卡洛琳，微笑着，醉醺醺地。薇薇安捕捉到了他的眼神，或许也捕捉到了他的心思，冲他笑着，看上去充满理解。不安的感觉消失了。她的笑容深情，诚挚。那个眼神说，我们马上就走。不过，那天晚上他们驱车来到华盛顿的亚当斯甘草酒店，被白天的事情搞得筋疲力尽，还不习惯做夫妻，他们直接睡去了。

5 在第十街

一间前厅，玻璃门通往卧室，床挨着窗户。厨房狭长，盘子经常不洗。薇薇安对家务漠不关心，衣服和化妆品到处都是。但是，即便在潦草的妆发中，依然有一道荣光浮现出来。她有一种天生的吸引力，即便在没涂口红、头发披散着的时候也是如此，甚至尤其如此。

公寓位于第十街，一些古老的纽约家族长期居住在此，街道依然宁静，但离什么都很近，和附近的街道一起形成了一个独立的居住区，平凡而低调。薇薇安带来的镶框照片放在公寓里，有两张放在梳妆台上，照片里是她跃马的身姿，俯身贴近马的脖子，越过障碍，她戴着黑色的马术头盔，一脸纯洁和无畏。她精通骑术，这写在她的脸上，她知道如何让这种了不起的野兽在她身体下面自如地移动，竖起耳朵听从指挥，鬃毛舒展而凌乱，驾驭之道。她、贝弗莉还有克丽丝 · 温特，三个人刚从一场马术表演回来，下了卡车，风尘仆仆，穿着骑马裤。薇薇安表情动人，一头金发，慵懒地伸着懒腰，好像她是独自一人，才刚刚起床。十二岁，无忧无虑又自然，甚至有些顽皮。

八岁的时候，她把小脚丫摇摇晃晃地穿在母亲的高跟鞋里，手里假装拿着一根烟，出现在卧室门口，她的母亲正在梳妆，从镜子里看见了她。

“哦,亲爱的,”卡洛琳一边说,一边小心摆弄着珍珠项链,“你看起来真美，过来让我抽一口。”

其中的快乐。薇薇安噔噔噔跑过来，手伸向母亲嘴边。卡洛琳吸了一下，吐出一口看不见的烟：

“你都打扮好了，是准备去哪里参加派对吗？”

“不。”她说。

“你不是要出去吗？”

“不,我想我还是邀请一些男孩子过来吧。”薇薇安狡黠地说。

“一些男孩子？几个？”

“呃，三个或四个。”

“你不想只偏爱一个人吗？”卡洛琳说。

“大一点的男孩子们。看情况。”

一个没有危险的模仿的年龄，虽然也得视情况而定。过去，女孩子们可能十二岁就结婚了，未来的皇后在更小的年龄就被跪下来求婚，坡[1]的妻子是个十三岁的孩子，塞缪尔·佩皮斯的妻

[1] 指美国作家埃德加·爱伦·坡。

子只有十五岁，伟大的西班牙诗人马查多疯狂地爱上了十三岁的莱昂诺尔·伊斯格里多，洛丽塔十二岁，但丁的女神贝雅特丽齐更年轻。薇薇安和她们所有人一样无知，她快十四岁了还是个假小子。她喜欢扮成她母亲的样子，对父亲又爱又怕，自从会说话起，就和她姐姐吵个不停，以至于阿穆森多次要求他的妻子管一管。

“妈妈！”贝弗莉尖叫道，“你知道她刚才叫我什么吗？”

“她叫你什么？”

薇薇安踱着步子，在通往大厅的楼梯上侧耳听着。

“她叫我马屁股。”

“薇薇安，你说了吗？”卡洛琳对她说，“过来，你说了吗？”

薇薇安很坚定。

“没有。”她说。

“骗子！”贝弗莉哭了出来。

“说了还是没说，薇薇安？”

“我没说是马的屁股。”

也并不总是吵架，但总有可能发展到那一步。不过，随着时间的推移，薇薇安明显成了更漂亮的那一个，于是她们的立场固定下来，贝弗莉形成了她特有的生硬、尖刻的风格。相反，薇薇安变得更加女性化。尽管如此，她们还是形影不离地长大了。七岁或八岁的时候，她们就开始骑马打猎了。不过，薇薇安才是狩猎管理人的最爱。深谙这类事的斯坦普法官喜欢她的仪态。他看她穿着剪裁合体的骑马装，想象着她几年之后的样子，产生了一些父辈不该有的想法，虽然他并不是她的父辈，只是一个好朋友。那可以适当撇开一件事，但不会撇开另一件。对乔治·阿穆森而言，当法官习惯性地轻松说出“你漂亮的女儿”时，他感觉那是一种喜爱和尊重，甚至可以是一种头衔。好吧，既然这样，那他对薇薇安与自己关系的幻想也就并非遥不可及，他的老练和她的清新以一种不可思议却又恰当的方式结合在一起。这种念头——称其为一个计划是错误的——让他在薇薇安面前更加不自在，让他看起来比实际上更老、更呆板。他能感觉到这一点，但他越是尝试，越是无计可施。

在弗吉尼亚的第一个秋天，赛马季多雨而寒冷。田野一片泥泞，人们开车和走路经过的地方，草都被碾平。观看比赛的观众穿着笨重的衣服沿着围栏站成一排，带着四处跑的孩子和狗。在一排排汽车旁，人们三五成群地站着喝酒，这时一个健壮的身影从那里走过来，头上戴着一顶澳大利亚军帽，帽子一侧被别起来，边缘浸着雨滴的痕迹，带子系在下巴底下。这就是法官，他跟阿穆森握了握手，毕恭毕敬地向薇薇安致意，又点头跟鲍曼低语了几句。他们站在雨中交谈，法官只跟阿穆森一个人说话。马和骑手健步疾驰过广阔的绿色山坡，在远处显得十分渺小。法官还没有接受薇薇安的婚事。他想，可爱的女人总是屈尊嫁给笨蛋，但他站在能以常人之眼看待她的地方，在某个瞬间与她四目相对，他觉得那是深情的眼神，雨水从他棕色的帽子上滴落下来。

他们回到纽约后，薇薇安发烧了，四肢疼痛。她得了流感。

鲍曼为她在浴缸里注满热水，洗完后又给她穿上白色浴袍，把她抱到床上，他看着她睡在那里，一张湿漉漉的、没有烦恼的脸。为了不打扰她，那天晚上他睡在了沙发上，白天他去上班了，但回来照顾了她两三次。她的病似乎拉近了他们之间的距离，她躺在那里，虚弱到什么也做不了，但那成了不寻常的恩爱时刻。他读书给她听，为她端茶。两个中年男人，邻居，合住在他们楼下，在楼梯上拦住他，询问她的情况。那天晚上他们给她带来了一些汤，他们做的意大利蔬菜汤。

“她怎么样了？”他们在门口关切地问。

他们在卧室里能听见她咳嗽，拉里和阿瑟，他们是音乐剧院里的老资格，酗酒，靠房屋租金管制[1]住在这里。薇薇安喜欢他们，称他们为诺埃尔和科尔[2]，他们是在合唱团认识的。他们公寓的墙上挂满了装裱过的剧院节目单，还有年迈演奏家的签名照。其中有一张是格特鲁德·内森。格特鲁德，她太棒了！他们惊呼道。他们有一架钢琴，有时弹一弹，偶尔还能听见他们唱歌。薇薇安开始康复的时候，他们给她带来一个槽纹玻璃花瓶，里面是一束从十八街的花店买来的百合和黄玫瑰，店主人克里斯托司是一个优雅的男人，是他们共同的朋友，阿瑟曾经跟他交往过一段时间。

---

[1] 1943年纽约州实行了规定房租上限以及上涨限额的管制制度，将其作为一项临时性战时政策，战后这一政策继续沿用。租金管制的公寓，房租低于市价。

[2] 诺埃尔指前文提及的诺埃尔·考沃德，科尔指科尔·波特（Cole Porter，1891—1964），均为著名音乐家。

他也喜欢剧院以及跟剧院有关的一切，后来开了一家餐厅。

花开了近两周。他们去鲍姆家吃饭的那天晚上，它们还在那里。鲍曼没去过鲍姆家，薇薇安还没见过他们。她为此梳妆打扮，在熠熠生辉的鲜花上方，她对着门厅的镜子戴上耳环。

对于鲍姆的私人生活，鲍曼只有猜测。他想，那是欧洲式的，安全的。一个门卫奉命送他们上楼，他们穿过短短的走廊时，某户人家门后有只狗叫了起来。鲍姆亲自迎接他们进屋。第一印象是室内的密度。舒适的家具，层层叠叠的东方挂毯，到处都是书和画。看起来不像一对有孩子的夫妻住的房子，更像属于那些为各种事物留有充足时间的人。黛安娜从沙发里站起来，她正跟另外一个客人坐在那里。她先跟薇薇安打了招呼。她说，她一直很想见她。一个盛满酒瓶的托盘放在矮桌上，鲍姆在里面调了酒。另一个客人看起来十分随意。鲍曼起初以为他是个亲戚，结果他是个哲学教师，是黛安娜的朋友。

在餐桌上，他们聊起了书和一个名叫阿隆斯基的波兰难民写的书稿，这个人从华沙犹太区的覆灭中幸存下来，随后又在这座城市本身的覆灭中幸存下来。在纽约，他找到了通往文学界的门路。据说他很有魅力，但又难以捉摸。问题是，他是怎么熬下来的？对此，他的回答是，不知道，是运气。一切都不可预测，小到一只苍蝇都能杀死四个孩子的母亲。那怎么可能？如果她伸手拨去苍蝇的话，他说。

又来了一对情侣，一个葡萄酒撰稿人和他的女朋友，娇小，手指纤长，头发浓密，完全是黑色的。她很活泼，乐于交谈，像一个上了发条的洋娃娃，一个也能做爱的小洋娃娃。她叫凯蒂。他们在谈论阿隆斯基。他那本还没出版的书叫《救世主》。

“我觉得它令人不安。”黛安娜说。

“这本书有问题，”鲍姆赞同地说，“大多数小说，即便是那些最伟大的小说，也不会伪装成真实的。你相信它们，它们甚至成为你生命的一部分，但不是作为字面意义上的真实。这本书看起来违反了这一点。”

这本书语气颇为官方，缺少修辞，讲述的是莱因哈德·海德里希的一生，那个长脸、鼻子瘦削的党卫军指挥官，地位仅次于希姆莱，是所谓“最终解决方案”的秘密策划者之一。作为警察的总头目，他是第三帝国权势最高、最令人恐惧的人物之一。他身材高大，金发，性情残暴，具备非人的工作才干。他冰冷却英俊的外表，以及他淫荡的趣味都是出了名的。曾经发生过这样的一幕：他喝了酒在深夜回到家，猛然看见有人在黑黢黢的公寓里等着，他掏出手枪，连开四发，击碎了大厅里的镜子，那里面是他自己的影子。

他过去的真相被小心翼翼地掩盖起来。在他出生的小镇上，他父母的墓碑神秘地消失了。他的同学都很怕提起他，他早年作为海军学员的记录也不见了，只传说他因为和一个年轻女人发生纠葛而被开除。令人难以置信的是，那个被掩盖起来的事实是，海德里希是个犹太人。他的身份仅为一个很有影响力的犹太小圈子所知，这个小圈子依靠他获取消息，也从他那里获得保护。

最终，他背叛了他们，一方面也许是因为他并非犹太人，另一方面是因为他的结局和他们一样，最终都被死亡裹挟而去。他被任命为德占捷克斯洛伐克的总督，在布拉格附近的巡逻车中遭到暗杀，讽刺的是，发动这场袭击的是一群不知情的英国犹太人，暗杀行动是在英国策划和组织的。

这本书以其权威感和细节引人入胜，很难相信这些细节都是杜撰出来的。他被送往的医院的地板，当人们努力抢救他时，他在手术台上赤裸的躯体。希特勒派去了自己的医生。书中有令人毛骨悚然的真实感。捷克暗杀者在逃跑过程中投降了，但没能活下来。他们被困在一座教堂的地下室里，被占绝对优势的德军包围，自行了断了性命。一个名为“利迪策”[1]的村落被选来报复，所有与此事毫无关系的村民，男人，女人，儿童，都被杀死了。阿隆斯基写道，大地上一片沉寂，像一把上膛的德国手枪。

鲍姆并不相信，即使相信也是勉为其难。并不是因为他亲耳听到了枪声，他确实听到了，而是因为他怀疑其动机。他没有见过阿隆斯基，但他被这本书深深地困扰着。

“它的简洁”是他唯一能够想出来的优点。

---

[1] Lidice，位于捷克的一个村庄。在海德里希遇刺案中，利迪策被怀疑掩护刺客，遭德军报复性摧毁。

“海德里希的确受到过暗杀。”

“我根本不相信他是犹太人。这本书始终没把这点讲清楚。”

“希特勒的一个陆军元帅也有犹太血统。”

“哪一个？”鲍姆说。

“冯·曼施坦因。”

“确定是真的吗？”

“有这种说法。据说他私底下承认了。”

“也许吧。问题是，我相信这本书会让很多读者感到困惑。目的是什么呢？即便最终被证明是个虚构作品，它也能存在很长时间。我的感觉是，你必须尊重事实，尤其在这个题材上。毫无疑问会有人出版它，但我们不会。”鲍姆说。

他们坐出租车回家。鲍曼兴致很高。

“你喜欢黛安娜吗？”他问。

“她人很好。”

“我想是非常好。”

“是的，”薇薇安说，“但那个写酒的家伙……”

“他怎么了？”

“我不清楚他知不知道我们结婚了。他对我眉来眼去。”

“你确定吗？”鲍曼说。

他有一种满足感。他的妻子被人渴望。

“他说我的颧骨很漂亮，看起来像个史密斯学院[1]的女孩。”她说。

“那你说什么？”

“我告诉他是布尔茅尔学院[2]。”

鲍曼笑了。

“你为什么那么说？”

“听起来好一些。”

鲍姆家的晚餐。在某种程度上，这是进入他们生活的通行证，一个他渴慕的世界。

无数念头涌来，但他并没有真正思考。他听着浴室里微弱的声响，等待着。终于，他的妻子以一种熟悉的方式走了出来，一边出来一边关上灯。她穿着睡裙，他喜欢的背部有交叉带子的那一件。她上床了，像是根本没注意到他的存在。他充满欲望，好像他们刚刚才在舞会上遇见。他怀着期待静静躺了一会，然后向她低语。他把手放到她臀部隆起的地方。她没说话。他往上拉了拉她的睡裙。

“不要。”她说。

“怎么了？有什么事吗？”他轻声说。

---

[1] Smith College，美国一所私立女子学院，位于马萨诸塞州北安普敦，美国著名的文理学院，“七姐妹学院”成员。

[2] Bryn Mawr College，美国一所女子学院，成立于 1885 年的名校，“七姐妹学院”成员，位于宾夕法尼亚州的布尔茅尔。

她不可能没有同样的感觉。那种暖意，那种满足感，现在就让它变得更完整。

“怎么了？”他又问。

“没事。”

“你不舒服吗？”

她没有回答。他等待着，似乎等了太长时间，他的血液在震颤，一切都变得苦涩。她转过身来，轻轻吻了他一下，好像是在打发他。她突然变得像个陌生人。他知道他应该试着去理解，但他只感到愤怒。这是对他的无情，但他无能为力。他不甘心地躺在那里，无法入睡。这座城市本身黑暗而盛大，似乎空空荡荡。同一对夫妻，同一张床，但现在不一样了。

6 圣诞节在弗吉尼亚

圣诞节之前下了雪，然后天气变冷了。天空惨淡，乡村无声地铺展开来，田野被白色覆盖，带着坚硬的垄沟，那是它们被耕作过的痕迹。一切都是静止的。狐狸钻进洞穴，鹿安睡下来。从华盛顿沿着五十号公路出发，路上空空荡荡。最初，当乔治·华盛顿还是个测量员的时候，他把这条路布局成了几乎一条直线。在对面车道上，一辆开着前灯的早班车驶过来，先是照亮了半结霜的树，然后照亮了道路，最后才传来汽车驶过的平静声响。

他们在乔治·阿穆森家过圣诞——贝弗莉和布莱恩没在，去探望他的父母了——第二天去长树吃晚餐，长树农场，超过一千英亩的土地，几乎一直延伸到蓝岭。丽兹·伯翰农离婚的时候得到了长树。房子曾被烧毁又重建，取名叫“哈哈”。

傍晚，他们开车穿过铁门，门上挂着一块警示牌，写着一次只能通过一辆车。长长的车道向上延伸，道路两旁均匀地栽种着树木。终于，房子出现了，宽大的外立面有许多窗户，每一扇都亮着灯，仿佛这座房子是一个巨大的玩具。阿穆森敲门的时候，突然传来一阵狗叫。

“罗莱！拖鞋！[1]”一个声音在屋里喊道，然后开始咒骂。

丽兹·伯翰农开了门，她穿着一件淡紫色的碎花睡袍，露出一只丰满的肩膀，不耐烦地把狗踢开。她曾经是个女神，现在依然美丽。阿穆森吻了吻她，她说：

“亲爱的，我猜就是你。”她对薇薇安和她的新婚丈夫说：“你们能来我太开心了。”

她向鲍曼伸出一只小得出奇的手，上面戴着一只巨大的绿宝石戒指。

“我刚在书房，付账单，要下雪了吗？感觉上是这样。你圣诞节过得怎么样？”她问阿穆森。

她继续推开纠缠不休的狗，一只很小很白，另一只是大麦町犬。

“我们的圣诞节很安静。”她接着说。“你没来过这里吧？”她对鲍曼说，“房子最初建于1838年，但被烧毁过两次，最后一次是在半夜，当时我正在睡觉。”

她握着鲍曼的手，他感到一阵兴奋。

“我该怎么称呼你？菲利普？菲尔？”

她有漂亮的五官，现在相对脸来说变小了一些，多年来，这

[1]“罗莱”和“拖鞋”都是狗的名字。

张脸，连同她的钱，让她能够随心所欲地说任何话、做任何事。人们爱她，嘲笑她，认为她是这个行当里最不诚实的女骑手，禁止她去萨拉托加，她曾在那里的拍卖会上买回了两匹自己的马，而这是被严格禁止的。她拉着鲍曼的手，一边把他们带进房间，一边对阿穆森说着话。

“我正在付账单。我的天哪，维护这个地方真是要花一大笔钱。我不在的时候比我在的时候花得还多，你能相信吗？没有人看管。我差不多要打定主意卖掉它了。”

“卖掉它？”阿穆森说。

“搬到佛罗里达去，”她说，“和犹太人生活在一起。薇薇安，你太美了。”

他们走进书房，墨绿色的墙上挂满了马的图片，画作，还有照片。

“这是我最喜欢的房间。”她说。“你们喜欢这些图片吗？那边那一张，”她指着说，“是喀土穆，我爱那匹马，我死也不会跟它分开。1944 年房子起火的时候，我半夜跑出去，除了我的貂皮大衣和那幅画之外，什么都没带。那是我的全部家当。”

“伍迪不肯吃东西！”有个声音在另一个房间大声说。

“谁？”

“伍迪。”

一个头发精心梳成波浪状的男人来到门口。他穿着一件 V 领毛衣和一双蜥蜴皮皮鞋。脸上带着一种佯装关切的表情。

“去告诉薇拉。”丽兹说。

“就是她告诉我的。”

“特拉维斯，这些人你还不认识。这是我丈夫，特拉维斯。”丽兹说。“我嫁了一个从后院来的人。人人都知道你不该这样，但你无论如何还是做了，是不是，宝贝？”她爱怜地说。

“你的意思是说，我不是来自一个富裕的家庭？”

“这还用说吗。”

“好人自有好报。”他带着老练的笑容说。

特拉维斯·盖茨是名空军中校，但他身上有些东西带着隐隐的欺骗性。战争期间他去了中国，喜欢使用一些中文表达，他会说顶好[1]。他是她的第三任丈夫。第一任，泰德·伯翰农，很有钱，他的家族经营报纸和铜矿。丽兹那时二十岁，无拘无束，充满自信，这桩婚姻是当年轰动一时的大事。他们在乔治城的朋友家睡到了一起，疯狂地爱上了对方。他们应邀前往各地旅行，去加利福尼亚，欧洲，远东。那正是大萧条期间，他们登在报纸上的照片——在船上，或者在赛道上——是一剂止痛药，提醒着人们生活原本的样子和将来会有的样子。他们多次去白银山探望丽兹的妹妹劳拉，她是个酒吧歌手，总是穿着白色的或缀满珠子的裙子站在小小的舞台上，也是个酒鬼。她隔几年就要去白银山疗养。

战争期间，有一天晚上，他们三个人被困在了纽约，汽车出

[1] 原文为汉语拼音：Ding Hao。

了一些故障。旅馆到处客满，但是泰德认识一个经理，所以他们得以在韦斯特伯里找到一个房间。他们三个人不得不睡在一张床上。半夜，丽兹醒来，发现她丈夫正在对妹妹做着什么，她的睡衣撩到腋下。这段已经开始腐化的婚姻走到了它的第十年，然后在那天晚上画上了句号。

这时电话响了。

“要我接吗，小面包？”特拉维斯说。

“薇拉会接。我不想跟任何人说话。”

她抱起拖鞋，把她揽在怀里，贴在胸前，向鲍曼展示窗外的景色，远处是蓝岭山脉，视线中只有一两座其他的房子。

“又开始下雪了，”她说，“薇拉！谁的电话？”

没有回应。她又喊了一次。

“薇拉！”

“是的。”

“谁打的电话？你怎么了，聋了吗？”

一个枯瘦的黑人女子出现在门口。

“我没聋，”她辩解道，“是普瑞太太。”

“P. R. Y？”

“普瑞。”

“她说什么？他们要来吗？”

“她说普瑞先生害怕在这样的天气出门。”

“门罗回厨房了吗？让他拿些冰块过来。”她又对鲍曼和薇薇安说："来，我带你们简单看看房子。"

在厨房里，她停下来，逗弄一个尾巴上缺了几根羽毛的鹦鹉，试图让它说话。它被关在一个大竹笼里，为自己做了一张吊床。门罗不紧不慢地工作着。丽兹从钩子上取下一件风雨衣。

"天没那么冷，"她说，"我带你们看看马厩。"

阿穆森坐在客厅的大软垫长沙发上，翻着一本《国家地理》杂志，偶尔看一眼图片的文字说明。一个穿马裤和针织套衫的年轻女孩走了进来，漫不经心地坐到沙发另一端。

"你好，达林。"阿穆森说。

她是以一个叔叔的名字命名的，但她不喜欢这个名字，更喜欢人们叫她达尔。

"嗨。"她说。

"你感觉怎样？"

她看着他，差点笑出声来。

"被干翻了。"她说，懒洋洋地舒展着胳膊。

"你总是这么说话吗？"

"不，"她说，"只对你这样。我知道你喜欢。我爸爸打电话了吗？"

"我不知道。安妮·普瑞打过。"

"艾米特·普瑞太太？灰柳农场？我跟她女儿萨丽是同学。"

"我猜就是。"

“我骑过她所有的马，然后马夫们骑她。”

“你妈妈好吗？”阿穆森说，转移了话题，“她是个可爱的女人。很多年没见过她了。”

“她感觉好些了。”

“那就好，”阿穆森说，放下杂志，“我看得出来你感觉不错。”

“不管怎么说，每天早上都起来了。”

“你现在多大了，达林？”

“你为什么总叫我达林？”

“好吧，达尔。你多大了？”

“十八。”她说。

他站起来，从书架中间的吧台拿出一个玻璃杯。他继续寻找着什么。

“在下面的柜子里。”达尔说。

“你爸爸怎么样？”找到他要找的瓶子后，阿穆森问。

“他很好。给我也倒一杯吧？”

“我不知道你喝酒。”

“掺点水。”她说。

“清水就行吗？”

“是的。”

他倒了两杯。

“给你。”

“皮特·康纳斯也在这里。你是不是认识他？”

“我不知道认不认识。”

“他是我男朋友。”

“喔，不错。”

“他总跟着我。他想跟我结婚。我猜不出他想象的是怎么一回事。”

“我猜你年龄够了。”

“我父母也这么想。我最后可能会跟一个四十岁的马夫结婚。”

“有可能。但我认为那不会持续很久。”

“是的，但他会一直心存感激。”她说。

阿穆森未置一词。

“针织衫很漂亮。”他说。

针织衫不怎么合身，但仍旧漂亮。

“谢谢你。”她说。

“什么做的，丝的吗？看上去像过去间堡的小商店里卖的东西。你知道的，佩吉 · 考特经营的那一家，叫什么名字来着？”

“天井。你大概在那里买了很多东西。”

“我？没有，但是你的毛衣看起来像天井的。”

“是的。这是个礼物。”

“哦？是吗？”

“但我更喜欢葛分可商店的东西。”她说。

“算了，你没法选择礼物的来源。”

“我通常可以。”她说。

“达尔，你现在规矩多了。”

他们坐着喝酒。阿穆森低头看着自己的酒杯，但能感觉她的目光落在自己身上。

“你知道，我女儿薇薇安比你还大。”他说。

“我知道。我父亲可能会打电话过来，让我回家。”

“我猜，你也只能那样了。”

“我希望皮特的父亲会给他打电话。”

阿穆森看着她，骑马裤，一张平静的脸。

“你现在在哪里上学？”他说。

“我退学了。”她说。

他微微点头，像是表示赞同。

“你知道的啊。”

“不，我不知道。”他回答说。

“爸爸催我回学校，但我不想。你不觉得那是浪费时间吗？”

“我猜我没在学校学到太多东西。要不要再来一杯？”他问。

“你要把我灌醉吗？”

“我不会那样做的。”阿穆森说。

“为什么不？”

就在她说着话的时候，她的男朋友，皮特，走了进来。他有红红的嘴唇和波浪状的金发，他笑了笑，对打断他们谈话表示歉意。他是拉法耶特学院的一名学生，学法律。他能感觉到达尔有些恼火。他对她知之甚少，除了她表现出来的刁钻。

“呃，我是皮特·康纳斯，先生。”他说，介绍着自己。

“很高兴见到你，皮特。我是乔治·阿穆森。”

“是的，先生，我知道。”

他转向达尔：

“嗨。”他厚着脸皮坐到她旁边：“好像在下雪。”

雪现在下得越来越大，沿着成排的篱笆飞舞，光线开始黯淡下来。

主卧室里有一张超大尺寸的床，床头柜上放着药品和首饰，衣服堆挂在椅背上，丽兹正在和她的哥哥艾迪说话。收音机开着，包括浴室灯在内的所有灯都开着。床头柜上方的墙纸上，用铅笔写着各式各样的电话，都标注了名字，大部分是姓氏，但也有医生和克拉克·盖博。艾迪住在佛罗里达，这是她跟特拉维斯结婚后第一次见到他。他比她年长三岁，有一张不经世事的英俊脸庞。他做汽车生意。

“你的头发变灰了。”她说。

“谢谢你告诉我。”

“看起来不错。”

他瞥了她一眼，没有作答。她伸出手，亲昵地揉了揉他的头发。他没说话。

“噢，你还是那么漂亮。还记得在德沃尔家的聚会上，你盛装打扮穿着燕尾服的样子吗？你跟那时候一样好看。你站在台阶上抽烟，还把烟藏起来，生怕爸爸看见。你当时真是炙手可热。那辆大车。”

“乔治·斯图弗开着他爸爸的拉塞尔[1]。”

“我羡慕极了。”

“斯图弗家的拉塞尔。那天晚上我跟李·唐纳森坐在后座。”

“她怎么样了？”

“她切除了子宫。”

“哦，上帝啊，我恨医生。”

“看外表没什么两样。你这里有什么喝的吗？”

“没有，我尽量不放酒在身边。我不想让它成为一个问题。”

“说到这里，那个飞行员呢？你是怎么跟他搞到一起的？”

“亲爱的，别提这个。”

“他是个意外的收获。你是在哪里遇见他的？”

艾迪过去很喜欢泰德·伯翰农，觉得他跟自己是一类人。

“我们是在布宜诺斯艾利斯认识的，”她说，“在大使馆。他是使馆专员。碰巧遇到了。当时我很寂寞，你知道我不喜欢一个人生活。我在那里待了三个月。”

“布宜诺斯艾利斯。”

“我烦透了南美，”她说，“不管你去哪里，没一样东西是干

---

[1] LaSalle，凯迪拉克1927年推出的豪华轿车，是汽车工业史上第一辆由设计师代替工程师操刀设计的车型。

净的。他们太懒了，那些人。看我们乱扔在那里的钱，我真是火冒三丈。他们自己有足够的钱，我的天，他们有的是钱。你真该看看那些大牧场，有一千个人为他们工作。你真得亲眼看到。他们告诉我庇隆卷走了超过六千万美元。然后他们再找我们要钱。”

她沉默了一会。

“我真正想嫁的人是阿里·可汗，”她说，“但我从没走到那一步。我本来是最适合他的，但他娶了那个好莱坞婊子。不管怎么说，答应我一件事。答应我你会试着去了解特拉维斯。你能保证吗？”

窗外，雪在薄暮中倾泻而下。房间里舒适而安全。她想起了童年时的感觉，暴风雪带来的兴奋感，圣诞节和假日的喜悦。她能看见自己在明亮的房间中照镜子。她就像个电影明星。她把这些讲给艾迪听。

“没错，不过老了一点。”艾迪说。“答应我关于特拉维斯的事。”她命令道。“好的，但有点事需要你帮忙。”他手头有点紧，再加上过圣诞。他需要点东西来渡过难关。“多少？”“一报还一报。”他愉快地说。

晚饭时，他们坐在大桌子旁，互相隔得很远，谈论着肆虐的暴风雪和正在关闭的道路。不过，丽兹说，有足够的房间让他们每个人都留下来过夜。她想当然地认为他们会留下来。

“有足够的培根，足够的鸡蛋。”

艾迪正在跟特拉维斯聊天。

“我一直都想见到你。”他说。

“我也是。”

“你是从哪里来的？”

“最早是加利福尼亚，”特拉维斯说，“我在加利福尼亚长大。然后打仗了，你知道。军队。我在海外待了很长时间，差不多两年，飞驼峰[1]。”

“你飞过驼峰？那里怎么样？”

“起起伏伏，”他笑得像张宣传画，“五英里高的山，我们乱开一气。我失去了很多好朋友。”

薇拉正在上菜。门罗被派到楼上整理床铺。

“你还在飞吗？”艾迪问。

“哦，当然。我眼下从安德鲁斯起飞。”

“我听说你们飞行大队有个黑鬼上将。”艾迪说。

“现在是空军了。”特拉维斯说。

“我总听人们说飞行大队。”

“他们把它改了。现在是空军。”

“真有一个黑鬼上将吗？”

---

[1] 驼峰（the Hump）指 1942 年滇缅公路被日军切断后，一条用以转运战略物资的空中航线。航线经过被视为“空中禁区”的喜马拉雅山脉，飞机只能紧贴山峰飞行，起伏如驼峰，故得名。

“亲爱的，闭嘴吧，”丽兹说，“快闭嘴。”

薇拉已经回了厨房，随手关上了门。

“留住一个好帮手已经够难了。”丽兹说。

“薇拉？薇拉了解我，”艾迪说，“她知道我不是在说她。”

“你在哪个分部，艾迪？”特拉维斯问他。

“我？我不在哪个分部。军队不要我。”

“为什么？”

“通不过体检。”

“哈。”

“我在金杯赛上赛马，那是我干的事。”艾迪说。

后来他们进屋到壁炉边喝咖啡。丽兹坐回沙发，把两只赤裸的胳膊放到垫子上，然后踢掉了鞋子。

“给我拿拖鞋来，亲爱的。”她对特拉维斯说。

他站起身，一言未发，给她拿来拖鞋，但没帮她穿。她弯下腰，轻声嘟囔着自己穿上了。

“你真让人受不了。”她对艾迪说。

“你什么意思？”

“你真让人受不了。”

皮特·康纳斯晚饭时几乎没有说话，他试着简短地跟阿穆森单独聊了几句。他犹豫不决，需要一些建议。是关于达尔的，他爱上了她，但不确定自己处在什么位置。

“今天下午你跟她说话的时候，我的意思是说，我进来的时候，她就不说话了。我想知道那是不是跟我有关。我知道她很尊敬你。”

“我们没在谈论你。她是个很有活力的女孩，”阿穆森说，“这种人可能会很难相处。”

“你是怎么跟她相处的？”

“我想如果她不希望你在身边，她会让你知道的。我的意思是说，耐心点。”

“我不想让自己看起来没骨气。”

“当然不会。”

在某种程度上，这是他害怕留给别人的印象，与他的希望和祈求背道而驰。还有梦。他无法想象任何人做过那样的梦。她就在这些梦中，它们是关于她的。她一丝不挂，坐在一个扶手椅中，一条腿漫不经心地搭在胳膊上。他靠近她，身上的棉睡袍敞开着。她看上去无动于衷，却又默许着，他跪下来用双唇对准她。他捧着她的腰，像捧着一件容器一样把她送到自己嘴边。他们经过一面昏暗的银镜子，他能在里面看到自己，当他把舌头挺直的时候，她的腿晃来晃去，踢了起来。在梦中，某种程度上也是在现实中，她向后仰着，他用一个平稳的动作把她放置在自己邪恶的勃起上，就在这时，洪水涌了上来。

过了一会，他们都去睡觉了，只有丽兹和特拉维斯还在玩纸牌。雪继续飘落，不过在凌晨的某个时刻，雪停了，夜空中出现了星星。天气变得更冷了。

早上，透过半结霜的窗户，可以看到大片白茫茫的田野，上面没有一个脚印，完美无瑕。白色一直延伸到远处，延伸到天际。两只狗跑了出去，在雪地上到处飞奔，一边跑，一边留下一条彗星似的白色轨迹。

他们一个接一个地来到楼下餐厅吃早饭。丽兹和达尔是最后到的。鲍曼和薇薇安刚刚吃完。阿穆森仍坐在桌子边。

“早上好。”他说。

“早上好。”丽兹的嗓音有点沙哑。“看这雪。”她说。

“终于停了。一场真正的暴雪。不知道公路会不会开。早上好。”达尔坐下来的时候，他对她说。

“早。”几乎是一声呢喃。

“你父亲来过电话了。”薇拉端来咖啡的时候告诉她。

他们坐着吃培根和鸡蛋。特拉维斯加入了他们。皮特是唯一没有出现的。

那天晚上发生了一件可怕的事。当大家都上了床、一切终于安静下来的时候，等待了很久的皮特穿着裤子和贴身内衣走进大厅，小心翼翼地关上身后的门。灯光昏暗，一切都陷入沉默。他悄悄地走近达尔的房间，脸贴着门框，轻轻呼唤她的名字。

“达尔。”

他等待着，又轻轻叫了一声，语气更为凝重。

“达尔！”

他担心她睡着了，又叫了一遍，他克服着自己的恐惧，轻轻敲了敲门。

“达尔。”

他站在那里，身不由己。

“我就想跟你说说话。”他正要说。

他又敲了一遍。他刚敲完，心怦怦直跳，门微微打开了，露出了乔治·阿穆森的脸，他用低沉、威严的声音说：

“睡觉去。”

丽兹整个上午都在打电话，决定要不要去加利福尼亚。她想去圣塔安尼塔，正在询问那里的天气，还有她的马能不能跑。最后她终于做了决定。

“我们要去。”

“你确定吗，亲爱的？”

“是的。”

艾迪都看在眼里，没有发表意见。后来他说：

“他不会在这里待很久。她会跟别人结婚的。”

不会是阿里·可汗，他已经离婚了，准备娶一个法国模特，就在这时，他在一场车祸中丧命。丽兹在报纸上读到了消息。她从未真正放弃跟他结婚的念头。这一直是个美梦。上午他们会去纳伊看马训练，树林中仍飘着薄雾。他穿着李维斯牛仔裤和一件夹克，然后他们会一起回家吃早饭。她会是一个王子的妻子，皈依伊斯兰教。但是阿里死了，泰德后来娶了别的人，她的第二任丈夫搬去了新泽西。她仍然有很多朋友，有些朋友是这样交上的，有些是那样，然后她骑马。

薇薇安喜欢过圣诞节，喜欢回家。她看得出丽兹喜欢菲利普，那天早上就连她那兴致高昂的父亲，似乎也更加接受了他。他们都说着再见，阿穆森向丽兹告别，然后是达尔，她的男朋友身体不舒服。两人简单交谈的时候，他擦去了她嘴角边的一点鸡蛋。他用的是自己的餐巾，很有慈父的风范。

“丽兹 · 伯翰农真是你父亲的表妹吗？”鲍曼后来问。

“他们只是互称表兄妹，我不知道为什么。”薇薇安说。

他们驱车返回华盛顿的时候，世界仍旧一片白茫茫，雪疾驰过路面，如同一阵烟。广播里说，目前华盛顿市区的温度是华氏二十二度[1]。高速公路消失在风的咆哮中。一片冰封中，皮草包裹着薇薇安的脸，平坦的道路在下面无声无息地流逝。告别了弗吉尼亚，告别了大片的土地，告别了与世隔绝的奇特感觉，他要带薇薇安回家——实际上那并不是他在做的事，但却给了他幸福的感觉。

---

[1] 约等于零下六摄氏度。

7 女祭司

艾丁斯在皮尔蒙特找到了一座房子，那是位于哈得孙河上游的工业小镇，安静，闭塞，甚至被遗忘了，离市区大约半个小时的路程。去往小镇的交通从不繁忙。卡车不允许上路，只有小汽车，里面通常只有一个人。那是一幢朴素的白色房子，石棉瓦污渍斑斑，房子下面的道路一直蜿蜒延伸到造纸厂和河边。楼下是厨房和一个房间，二楼有两间卧室和一个设施陈旧的浴室。一片狭长而破败的草坪，还有一个花园。前门的台阶紧挨着街道，由两块不规则的大石头砌成。街道沿着山坡急剧下降，几乎直直通向前市长开的酒水商店，他对镇上发生的一切依然了如指掌。

他一看到这栋房子就认出了它，他小时候周围全是这种房子，小小的南方房子，不是医生或律师的房子，甚至不是他父亲的房子。他父亲经营种子生意。艾丁斯曾经很爱他父亲，他年纪太大，无法参加战争，但他无论如何还是去了，1943年他休假回家，穿着卡其裤，衣领上别着交叉步枪徽章，一个不朽的形象。在南方，男人们都是那样回家的，穿着军装，这是一种传承。那是在奥维德，南卡罗来纳——按照他们的发音，是噢-维德——牡蛎壳车道，锡皮广告牌，教堂，装在棕色纸袋里的威士忌酒瓶，还有在商店和办公室工作的白肤卷发女孩，你生来就注定要娶她们当中的一个为妻。这一切都在他的血液里，深深地镌刻其中，像瓶盖或锡箔片被踩进平坦的集市地面。还有谈话的天赋，所有事情的历史，一遍又一遍的讲述，直到你了解了这一切，家族和姓名。下午或者傍晚时分，人们坐在阴凉的门廊上，用慢吞吞、耐人寻味的声音谈论着什么人发生了什么事。在他的记忆中，那些年里，时间以不同的速度流逝着，多半静止不动，好像你步行着去各处，而当路途遥远时，你又开车急行。镇子不远处有一条河，不宽，水流得很慢，几乎看不出来，但依然流淌着，水面上一条条平静而稀薄的涟漪，河水凝滞而冰冷。在河的两岸，视线所及之处空无一物：树木，河岸，一条流浪狗沿着道路小跑。半围起来的拆车场里，到处都是汽车残骸。沿着道路再往前走，有天晚上，一个人开着车直直撞向了一棵树，坑坑洼洼的车门敞开着，引擎也不见了。

他来自那里，现在它已在身后了，但依然存在，就像你写字的时候留在下面一张纸上的印记。他保留了那些深厚的东西，家庭观念，尊重，最终还有一种荣誉。他母亲最珍视的财产是一张老式餐桌，用制作小提琴的红木制成，从十八世纪开始就属于她家了。他也记得海岸，记得通往海岸的那条激动人心的路，尽管那是一条很长的路。小时候他们去那里消夏。低矮的海岛，大片大片的沼泽草地，沙滩，还有翘首的船只，好像在等待晾干。皮尔蒙特的房子最吸引他的地方，就在于它很像海边的房子。从那里，他能俯视宽广的河流，河面辽阔，静止得如同一块石板，有时它又生机勃勃，在阳光下起舞。

有天晚上，他在派对上认识了一个名叫黛娜的女孩，高大，四肢柔软，一双黑色的眼睛，门牙之间有道缝。她告诉他，她来自得克萨斯州，跟一个男人离婚了，虽然严格来说那不是真的，她把那个男人描述为一个著名的诗人。弗农 · 贝泽勒——艾丁斯从没听说过他——也来自得克萨斯州，的确发表过诗歌，她说，而且和其他诗人是朋友。她语气紧张，但很爱笑，慢吞吞的音调里充满了生命力。她有一个孩子，一个小男孩，目前住在她父母家。他叫利昂，她说，然后耸了耸肩，好像在说这名字不是她选的。一个女人陷入爱河，结了婚，现在又带着几近愚蠢的友好态度站在你面前，几乎像个求婚者，穿着高跟鞋，独自一人，没有男人，这一切都是怎么回事？艾丁斯看出来，她是天真的，以这个词本真的含义。也是滑稽的。他第一次去接她的时候，她的额头上贴了一块透明胶带，贴在那里预防皱纹，然后她忘记取下来了。

“那是什么？”他问。

她伸手去摸。

“哦，天呀。”她尴尬而困惑地说。

她给他讲自己的事，她生活里的故事。她说她喜欢唱歌，她参加过唱诗班。学校里不允许涂口红，但在唱诗班可以涂，甚至可以化点妆。她们的脸怎么了？镇上的人们总问。

她读的瓦萨学院[1]。

“你读的瓦萨？瓦萨在哪里来着？”

“在波基普西。”

“你为什么选瓦萨？”他说。

“其实，我应该是个聪明人，不是应该，”她说，“我确实很聪明。”

她说，她喜欢瓦萨，它像一个英国公园，古老的砖楼，高大的树木。她们住在那里，就好像瓦萨属于她们一样，在那里她们会穿着睡衣去教室。不过吃晚饭的时候，你必须戴白手套和珍珠项链。一个名叫贝丝·安·瑞斯比的女孩不肯戴这些东西，没人能强迫她做任何事。他们不许她去吃晚饭。他们告诉她，你必须戴上你的白手套和珍珠项链。所以她就只戴着白手套和珍珠项链过来了，其他什么都没穿。艾丁斯听得神魂颠倒。他盯着她看。

“你在看我的牙齿吗？”她说。

“牙齿？没有。”

“它们是不是太大了？但牙医说我牙口很棒。”

“你的牙齿很漂亮。你小时候是什么样子的？”他说。

---

[1] Vassar College，享誉美国的顶尖文理学院，位于纽约州波基普西市，成立于1861年，是全美最早授予女性本科学位的学院，属于著名的“小常春藤”。

“哦，是个好孩子。我在学校成绩很好。还有，我对埃及很着迷。我到处跟人说我是个埃及人，我母亲很恼火。我门上有个牌子，上面写着‘即将进入埃及’。你想听几个埃及词吗？”

“当然。”

“雪花石膏，”她说，“绿洲。”

“开罗。”他说。

“我想是吧。他们拥有历史上第一位伟大的王后，也是最出名的，纳芙蒂蒂。当你死后，你的心脏会和一根象征着真理的羽毛比较重量，如果通过了审判，你将获得永生。”

她喜欢他听她说话的样子。

“法老是一个神。”她说。

“当然。”

“他死的时候……”

“神会死吗？”

“就是以他的方式离开，回到其他神中间。”她说，好像是在安慰他。

九月，他们去皮尔蒙特待了一天，在枯谢的小花园里吃午餐。太阳依旧温暖。她穿着蓝色短裤和高跟鞋，光着腿，鞋跟上有斑斑的裂痕。他们有说有笑。她希望被喜欢。后来他们进了厨房，喝了些酒。艾丁斯侧身坐在桌旁。她一句话没说，在他面前跪下来，开始有些笨拙地解他的衣服，因为她近视。他的裤子拉链一颗齿一颗齿地溶化了。她有点紧张，但它跟她想象的几乎一模一样，阿比斯公牛。他的阴茎光滑，开始膨胀，几乎落入她的口中，她鼓起勇气开始了。这是信徒的行动。她以前从没这样做过，没为她丈夫做过，没为任何人做过。就是这样，做你以前从未做过、只是想象过的事。光线柔和，天色向晚。它差点自己弹出来，后来她在日记中写到，他一定也在想这件事。它准备就绪。这太自然了。曾经，在她儿子利昂一岁半的时候，她在他的生殖器上系了一根白色的带子，并没有什么意味，只是为了衬托它们，它们如此完美。她一度希望坦白这件事，去告诉什么人，而做这件事就像坦白，就像告诉了尼尔。像一只靴子刚好套在一条丰满的小腿上，她继续做着，越来越有把握，她的嘴巴只发出微弱的声响。她尽可能地做好，她不想结束，但已经太迟了。她能从他的动作，然后从他的呼喊中分辨出来，巨大的意外，好像量很大——她差点被噎住。有那么一瞬间，她为自己的勇气感到骄傲。他还在她的嘴巴里。她没有动弹。过了很久，她坐了回去。

艾丁斯没说话，也没动。她不敢看他，担心自己做错了事。但是她想做，这是因为她的“ka”，生命能量。人们说，跟从你的欲望吧，只要活在这世上，就没有回头路。她站起来，去水槽边洗脸。水龙头下有褐色的锈迹。她洗完脸，走进客厅，坐在一把椅子上。透过窗户，她看到阳光中有一只白色的蝴蝶，正在用纯洁、狂喜的姿势上下飞舞。过了一会，艾丁斯走过来坐到沙发上。

“别坐那么远。”他轻声说。

“好。那你介意吗？”

“介意？”

“在埃及我就是你的奴隶了。”

“天呐，黛娜。”

他想说些什么，但又不确定该怎么说。

“在游泳比赛上……”她说。

“什么游泳比赛？”

“学校里的游泳比赛。男孩子们都穿着小小的丝质泳裤，你能看到他们有些人……硬了。他们忍不住。这让我想起那些。”

“小男孩们？”

“不光是小男孩。”

“我希望他们都是我一个人，而你在看着我。”

她知道他都懂。她感觉自己身体里的神性在飞升。

“不，我不介意。”他说。

“我从来没这样做过。”

“我相信你。”

他意识到她误会了。

“我的意思是这很完美，但我相信你。”

“我觉得应该为你做。真的很棒吗？”

作为回应，他慢慢地吻了她，完全吻在双唇上。

她害怕说出什么愚蠢的话。她低头看着自己的手，然后看着他，又低下头。她觉得难为情，但也没那么难为情。

“我也许应该跟你结婚。”她说。又补充道：“不过我已经结婚了。”

她的儿子一直和外祖父母住在得克萨斯州，直到她和弗农的事情解决为止。在他过来生活之前的那一个多月里，她和艾丁斯住在奥林匹斯山。他们整天躺着，对他而言，就像躺在一具美丽的大理石圆柱旁边，一具能平息欲火的圆柱。她的土丘芳香、温暖，像有一个看不见的太阳。他那粗大的、亚述式[1]的部位轻抚她的嘴唇，扼住她的呻吟。事后他们像小偷一样睡了过去。房子的侧面沐浴在阳光中，秋天的凉爽空气从窗下渗透进来。

他们很晚回家，她挽着他的胳膊，长腿摇摇晃晃，走路时低着头，好像喝了酒。他筋疲力尽地躺在床上，像一个假期临近尾声的士兵，她骑在他身上像骑一匹马，她的头发遮住了他的视线。他爱她的一切，她小小的肚脐，她蓬松的黑发，她的双脚，连同早晨修长、裸露的脚趾。她的屁股光彩照人，像正在烘烤中，她大声喊叫的时候就像一个垂死的女人，一个缓慢而艰难地抵达圣殿的女人。

“你干我的时候，”她说，“我感觉走了很远，就要穿过去，再也回不来了。我感觉我的头脑就要失控了，好像要疯了一样。”

---

[1] 古代亚述人被认为是好战、黩武的民族，《圣经》中多有对其征战过程中各种暴行的描述。

利昂在家时，他们没法那样做，但即便和她一起去购物，也是他们的二人世界。黛娜穿着夹克和牛仔裤，斜靠在柜台上看东西，磨旧的蓝色布料像只手套一样紧紧裹住她的屁股。

利昂五岁，戴着眼镜。不是个擅长运动的男孩，但他有精神。面对那个出现在他母亲卧室和生活里的陌生人，他只是短暂而有所保留地表现出了怨恨和敌意。他本能地知道艾丁斯是谁，意味着什么，但他喜欢他，他需要一个父亲，也需要一个朋友。

“看，”他带他参观自己的房间时说，“这是我放书的地方。这是我最喜欢的一本，讲橄榄球的。还有这本，在里面你可以了解到一切。你能了解星星的知识，海洋中最深的洞在哪里，还有关于雷暴的知识，怎么预防它们。这是我最好的一本书，还有这个！”他大声说：“这是我写的故事。全都是我自己写的，以后你可以看。还有这个！是讲士兵的。”

他拿起另一本书。

“你知道吗，你和你妈妈在肚脐眼那个地方连在一起，当你在你妈妈的……那个地方叫什么来着？就是女人下面长了毛的地方，你知道的……”

艾丁斯踌躇着，但是利昂继续不以为意地说着。

“他们在里面打个结。他们把它剪断，会很痛。他们打个结，然后塞进你的身体里，真的！”

他透过眼镜片向上看，看他是否相信。

在院子里，他教艾丁斯玩游戏，边玩边制定规则。

“那里！”他边踢球边喊，“如果踢中那里，就相当于进球。我得了一分！”

“哪里？”

“那里！”他喊道，把球踢向了另一个点。

“公平竞争。”

“哦，好吧。”利昂说，但很快，他又想给艾丁斯看别的了。

弗农·贝泽勒过着另一种生活，他和一个名叫玛丽安的女诗人住在汤普金斯广场附近，偶尔见见他的儿子。因为他的所作所为，他注定成为一个永远不会消失的父亲。有一天，他给黛娜打电话，要黛娜去见他，他正在考虑回得克萨斯州，想在离开之前见她一面。

“你想让我带上利昂吗？”她问。

“利昂怎么样？”

“他很好。”

“不，不要带他。”贝泽勒说。

他让她去机场见他。黛娜差点没认出他来，他看上去瘦削而苍白，心神不宁。她忍不住想帮助他。他是她爱过的反叛者和诗人，她觉得，她生命中有很多东西都是属于他的。

“跟你一起生活的那个女人，我认为她没有好好照顾你。”

“她不用照顾我。”

“好吧，应该有人照顾你。”

“那是什么意思？”

“你看上去不太好。”黛娜告诉他。

他佯装没听见。

“你还在写作吗？”她问。

那是件神圣的事，他一直是它的信徒。因为它，一切都可以被原谅。

“没有，”他说，“目前没有。我可能会去教一段时间书。”

“去哪里？”

“我不确定。”

他沉默了。然后他说：“生为鼹鼠，想没想过？”

“鼹鼠？”

“生来就是瞎子，没有眼睛，眼睛被封上。一切都在黑暗中。生活在狭窄、寒冷的地下通道里，担心着蛇，老鼠，任何可能在那里，又长了眼睛的东西。在地底下，没有一丝光亮的地方，寻找一个伴侣。”

看着他令人难受。

“没有，”她说，“我从没想过这个。我生来就有眼睛。”

“有点慈悲心吧。”他说。

似乎花费了很大的力气，他试着点上一根烟，把它放在唇间，然后划了根火柴，全神贯注地点上，抖掉火柴，扔进烟灰缸。他用颤抖的手指把香烟从嘴里拿出来。

“不是因为喝酒。”他说。

“不是吗？”

“我喝酒，但不是因为那个。我只是有点越过了红线。玛丽安不喝酒。她是个月光浴者。她喜欢脱掉衣服，坐在月光里。”

“她在哪里干这个？”

“她能在任何地方做。”他说。

“弗农，我们为什么不离婚呢？”

“我们为什么要离婚？”

“因为我们不再是真正的夫妻了。”

“我们永远都是夫妻。”他说。

“我不这么觉得。我的意思是，我觉得这没有意义。”

“他们会写关于我们的歌，”他说，“我能写一两首。老利昂怎么样了？”

“他是个好孩子。”

“是，我知道他会的。”

“离婚的事怎么说？”

“好。”贝泽勒说，若有所思地抽着烟，没再说什么。

他的航班终于开始广播了。

“好吧，我想我们要过一阵子再见了。”他说。

他吻了吻她的脸颊。这是她最后一次见他。不过，她来自得克萨斯州，那里的人都很忠诚，她也保留着对他的忠诚，以一种倨傲的方式，对这个曾经是她丈夫的男孩，曾经掳走她的人，他命中注定要成为一个著名的诗人，或者一个歌手。他曾经弹着吉他，用低沉的嗓音为她唱歌。

他的家人雇了一位奥斯汀的律师，通过纽约的同事处理了离婚事宜。她获得每月四百美元的儿童抚养费，她自己没有索要任何东西。艾丁斯拥有了一个事实上的儿子。

伟大的出版人并不一定是伟大的读者，伟大的读者也很少能成为伟大的出版人，但鲍曼介于两者之间。通常，在深夜的城市，当车水马龙的声音消逝之后，鲍曼坐在那里读书。薇薇安已经上床了。唯一的光亮是他椅子旁边的一盏落地灯，他的手肘旁放着一杯酒。他喜欢读书，以寂静和威士忌的金黄色为伴。他喜欢食物、人、谈话，但读书是取之不尽的乐趣。音乐的快乐之于别人，就等于书页上的文字之于他。

早上，薇薇安问他几点上的床。

“十二点半。差不多那时候。”

“你在看什么书？”

“埃兹拉·庞德在圣伊丽莎白[1]的事。”

薇薇安知道圣伊丽莎白。这在华盛顿是精神错乱的同义词。

“他在那里干什么？”

“可能是因为人们不知道还能拿他怎么办。”

“我是说，他做了什么？”

---

[1] 指圣伊丽莎白医院（St. Elizabeth Hospital），美国联邦政府于 1855 年设立的一家精神病院，位于华盛顿东南部。

“你知道他是谁吗？”

“我知道得足够多。”她说。

“嗯，他是个卓越的诗人，一个被放逐的人。”

她不想问那是什么意思。

“他为意大利的法西斯分子做过一些广播节目，”鲍曼解释说，“战争刚开始时，这些节目在美国播放。他对银行利息的罪恶、犹太人、美国的地方主义这类东西很着迷，在广播上谈论这些问题。有天晚上。他在罗马吃晚饭。听到了日本轰炸珍珠港的新闻，然后他说，上帝啊，我完蛋了。”

“他听起来也没那么疯。”薇薇安说。

“没错。”

他想继续聊聊埃兹拉·庞德，介绍《诗章》的主题，或许把其中最精彩的一两首读给她听，但是薇薇安的心思已经去了别处。他不是很好奇它们去了哪里。他转而回想起几天前和一位作家共进午餐，他在学校只读到七年级，但没有解释原因。他的母亲给了他一张借书证，然后告诉他，去读那些书吧。

“那些书。她就是这么说的。她本来想做个老师，但她还有这些孩子。她是个失望的女人。她说，你来自体面、勤奋的人家。严肃的人家。”

严肃是个纠缠了他一生的词。

“她是在试着告诉我一些事。像所有骄傲的人那样，她不想直接说出来。如果你不明白，那就太可惜了，但是她想把这件事传递下去。这是一件遗产。我们没有遗产，但是她相信它。”

他叫基斯·克劳利，是个孱弱的男人，说话的时候眼睛总是看向一边。鲍曼喜欢他，也喜欢他的作品，但他的小说不畅销，两三千本就是全部了。他又写了两本，其中一本是鲍曼出版的，随后销声匿迹。

8 伦敦

他在黑暗中醒来，听到一阵剧烈的啪嗒声。下雨了，雨滴正敲打着窗户。他在暴雨中出生，暴雨天总是让他快乐。薇薇安蜷缩在他身边，正在沉睡，他躺着聆听倾盆大雨。晚上他们要动身去伦敦，他和鲍姆，雨下了一整天，卡车巨轮溅起的水雾一路伴随着他们去往机场，出租车的雨刷器刮个不停。鲍曼的期待丝毫没有减弱。他觉得他一定会喜欢英格兰，喜欢他上大学时曾向往过的那个城市，富庶，梦幻，有许多传奇人物，伊夫林·沃笔下精致的男男女女，弗吉尼亚们，凯瑟琳们，简们，狭隘，笃定，对自身之外的生活仅有微弱的用心。

他们肩并肩坐在飞机上，鲍姆平静地读着报纸，飞机引擎的轰鸣越来越响，他们动起来，飞机在颤抖和咆哮中起飞，雨水模糊了舷窗。伦敦，鲍曼心想。时间正是早春五月。

早上，在破碎的云层下，是一个绿色的、未知的英格兰。他们从希斯罗机场坐出租车进城，出租车发出缝纫机似的声响，司机不时用难懂的语言发表高论。然后是乏味、漫长的城市边缘，最终变成了角度怪异的街道和维多利亚时代的砖房。他们拐上一条宽阔的林荫道，摩尔大街，路过一个绿树成荫的公园，黑色铁栅栏一闪而过。在路的尽头，很远处，有一座巨大的白色拱门。他们疾驰在错误的一边[1]。鲍曼被这个城市傲慢、陈旧的样子吸引住了，杂乱，各种古怪的名称。但关于它最重要的一点，即它与欧洲大陆的分离，他仍旧一无所知。

战争已经结束十五年了，但其幽灵仍萦绕不散。英国赢得了战争——在这场战争中，没有一个家庭，无论是平民还是贵族，不曾卷入其中——经历了令整个国家措手不及的早期打击，经历了那被认为坚不可摧、代表国家之象征与荣耀的战舰在远方的沉没，经历了 1940 年的绝对灾难：军队被送往法国，与法军并肩作战，然后发现自己被围困在英吉利海峡的沙滩上，深陷绝望的混乱，没有装备，没有供给，所有东西都在撤退中丢弃，全靠战斗到最后一分钟，德军让步，才在能找到的所有大船小船上被送回家，筋疲力尽，溃不成军。使命仍未完成：看起来没完没了、难以想象其规模的挣扎，沙漠战争，拯救苏伊士运河的决心，天旋地转的空中战争，在黑暗中倒塌的巨幕，一座座陷入火海的城市，来自远东的灾难性消息，死伤者名单，撤退准备，永无休止

[1] 大多数国家的车辆靠右行驶，而在英国是靠左，“右”的英文单词 right 还有“正确”的意思，因此这里说“左”是“错误的一边”。

的对抗……

英国赢了。它的敌人跌倒在废墟中，忍饥挨饿。城市里尚存的东西充满了死亡和恶臭的气息，妇女为了香烟出卖自己的身体。但是，像个受了重创却不知怎么挺立到最后的战士，英国也付出惨重的代价。战争结束十年后，食物配给制仍在实行，旅行困难重重，货币无法带出国门。为胜利而鸣的钟声已经沉默了很久。战前的生活一去不返。午饭后，一位编辑掐灭了烟，平静地说："英国完蛋了。"

他们先是待在一个编辑朋友艾迪娜·戴尔家里，在一种被称为排屋的小居民区，房子最里面是厨房，厨房外有一个砖墙环绕的花园，几棵树。她是一位古典学教授的女儿，但不整齐的牙齿和随性的态度却使得她仿佛来自一个更为广阔的天地，某个巨大的乡村庄园，里面书画成堆，装潢破败，还有出了名的不检点。她有一个女儿，希丽，和一个苏丹人十年婚姻的结晶。女儿的肤色柔和动人，六岁或七岁，对母亲满怀依恋，她总是站在母亲身旁，用手环绕着她的腿。她是只瞪羚，深棕色的眼睛里有最纯洁的白色。

艾迪娜交往的男人是个高大、优雅的人物，阿勒克塞·帕罗斯，来自希腊一个显赫的家庭，可能结婚了——他对这件事闪烁其词，情况比看起来更复杂。眼下他是个百科全书推销员，但即便衣衫不整、满屋找烟的时候，他给人的印象仍是一个生活终会有着落的人。他高大，肥胖，能毫不费力地取悦男人和女人。艾迪娜喜欢这种男人，她父亲就是这种类型，她有两个私生子兄弟。

阿勒克塞之前去了西西里，头一天晚上刚回来，顺路去了伦敦一个俱乐部。他在那里很出名，他嗜赌成性。他喜欢一只手拿着筹码闲逛，下意识地用拇指抚摸它们。他赌博不讲要领，只按直觉出牌，看起来是一个得此天赋的人。经过百家乐牌桌的时候，他可能会突然冲动地出手下一注。一种地中海式的作风，有钱的埃及人会如此行事。要不是容貌不佳，阿勒克塞应该会是个人物，一个小花花公子，一个国王。

他站在轮盘赌桌旁，听着象牙球打转的声音，一种漫长的、渐次衰退的声音，结束于一记命中注定的咔嗒声，它掠过数字之间的分区，陡然落入其中一个。Vingt-deux, pair et noir.[1] 22，他出生的年份。有时候也会出现其他重复的数字，但他不会有那种感觉。赌桌旁有一些年轻人，一个男人穿着破旧的西装，在手中的卡片上记录着出现过的数字，然后在红或黑上下个小赌注。Faites vos jeux[2]，庄家说。又来了几个人。污浊的空气中一些看不见的东西把他们吸引到某张赌桌旁。Faites vos jeux. 一个穿晚礼服的女人推门进来，一个年轻女人，人们侧身站在椅子中间，粗呢桌布上堆着厚厚的筹码。一有人下注，就会有两个人跟上。Rien ne va plus[3]，庄家喊道。轮盘在旋转，越转越快，突然间，象牙球被

[1] 法语，意为“22，双和黑”。

[2] 法语，意为“下注”。

[3] 法语，意为“不能再下了”。

一只手娴熟地抛出，在边缘正下方朝着反方向快速旋转。就在那时，阿勒克塞在 6 上押了五十镑，仿佛跳上了一艘正在离泊的船。象牙球发出优美的旋转声，百听不厌的声音，充满了巨大的可能性。他铁了心要赢上一千八百镑，镇定而专注地等待着，那五六秒钟的时间显得如此漫长，好像断头之刃正在抬起。随后，旋转减速，沉寂，直到最后一瞬，出现一记斩钉截铁的跳跃，象牙球毅然落向一个数字。不是 6。作为一个老练的赌徒，他没有表现出冲动或懊悔。他又押了几次五十镑，然后转去了另一张赌桌。

早上，他端着咖啡坐在花园里，和解之园，他这样称呼它。他穿着白衬衫，坐在金属圆桌旁，像一个伤员待在医院的露台上。你没办法跟他生气。他没提前一天晚上的事，而是谈起了巴勒莫，帕拉–尔玛[1]，没有标识的城市。

"绝对的，"他说，"不管你去哪里，没有一条街是有标识的。所有东西都破破烂烂。"

他从压坏的烟盒中取出香烟，把烟捋直。他做一切事的姿态都像个幸存者，并仍将幸存下去，似乎他不知何故已然洞悉了人生。

"肮脏，遍地罪行，我猜。"艾迪娜说。

"西西里？是的，没错，"阿勒克塞认可道，"有些犯罪行为，

[1] 原文 palla-irma，与 Palermo（巴勒莫，即西西里首府）的希腊语发音近似，似调侃阿勒克塞的希腊口音。

但你看不见。绑架，抢劫女人——所以我没带你去。”

“害怕我被绑架吗？”

“是的，我们已经为一个被劫持的女人打过仗了。”他说。

“你拿他能有什么办法。”她无助地对鲍姆说。

“我们去美国旅行吧，”阿勒克塞承诺，“找辆车，穿越这个国家，去圣路易斯，去芝加哥，看看北美大平原。”

“是的，一定，”她说，“我一直盼着呢。”

她借口离开了，其实是去卧室的地板上做瑜伽，她的四肢在静谧的空气中温柔地游动，试图寻得启示。上午剩下的时间她用来读书。

这里是伦敦，杰明街和新邦德街上目中无人的店铺；房屋的铭牌上写着前住户们如雷贯耳的名字：鲍斯韦尔，勃朗宁，莫扎特，雪莱，甚至乔叟；承袭帝国时代神秘荣耀的卫队，化身为大饭店门前身着银边制服的门童；会员制的俱乐部；书店，餐厅；排屋、寓所、道路、庭院、半圆街区、广场、林荫大道、巷子、公园、大楼、马厩，无不有长长的详细标识；许多狭窄甚至简陋的旅馆，房间里不带浴室；拥挤的交通；人们永远不会知道的那些秘密——在这样一个伦敦，他才开始了解出版业的地形图：一个来自不同国家但相互熟识的人际网络，这些人对同一类书感兴趣，拥有相似的书单，同样重要的是，他们是朋友，或许不那么亲密，但至少是同行和竞争对手，并通过这些关系和共同的志向，最终成为朋友。

总的来说，他们都是有才干的人，甚至是上等人，有些很有原则，有些则不然。最显赫，或者至少被谈论最多的英国出版商是伯纳德·维贝格，一个快五十岁的矮胖男人，长着一张十八世纪的脸，很容易被画成漫画：大鼻子，有点尖的下巴，还有一对短胳膊。他曾经是德国难民，战前一文不名地来到英国，最初几年跟别人合住一个房间，唯一的享受是每周到多尔切斯特喝一杯咖啡，周围全是吃一顿饭至少要花三十先令的人。他下决心有一天要成为其中一员。

他从出公版书开始，把这些书做得考究漂亮，营销紧跟潮流。他出版了一些格调不高的女性回忆录，获得巨大成功，这些女人从年轻时起，就靠着摄政时代[1]伦敦一个又一个男人走上了攀升之路。他不顾公众的愤怒情绪，出版了一些角度清奇的关于大屠杀的书，包括一本名为《集中营的朱丽叶》的畅销书，写了一个漂亮犹太女孩的种种传说：为了生存下去，她在集中营做慰安妇，一个德国军官爱上了她。这既是对无数受害者的侮辱，也是对幸存者的谎言。维贝格用傲慢的语气聊到这件事。

“历史是衣橱里的衣服，”他说，“穿上你就明白了。”

他多少是在指涉自己的人生和家庭，他的家人都死在了东欧的恐怖噩梦中。他把这些抛在身后，指甲光洁，衣装昂贵。他喜

---

[1] 指 1811 年至 1820 年，英国国王乔治三世之子威尔士亲王乔治（后来的乔治四世）摄政的时期，乔治三世因精神疾病被认为不适合统治，于是他的儿子以摄政王的身份代理统治。

欢音乐和歌剧。他有一句名言，说他的出版社是按照交响乐团的方式组织的：低音小提琴和鼓在后面，也就是说，大部头的作品是基础，然后逐渐过渡到长笛、双簧管和单簧管，是一些分量没那么重的书，但令人愉悦，能成车地卖出去。他对鼓更感兴趣——他希望诺贝尔奖得主能把书签给他，好让他拥有一座美丽的房子，举办一场又一场宴会。

他拥有了房子，其实是一套俯瞰摄政公园的双层公寓。房子很豪华，挑高的天花板，墙面漆成深沉、柔和的色泽，上面挂着画和照片，有一幅大尺寸的培根作品。书架上放满了书，听不到街道上的嘈杂声，取而代之的是一片贵族式的宁静，仆人正在上茶。

罗伯特·鲍姆和维贝格天生投缘，多年来成交过几笔大生意，各自都声称对方获益更多。

艾迪娜有不同的观点，这也不仅仅是她的观点。

“的确有一些出色的德国犹太难民，”她同意，“优秀的医生，银行家，戏剧评论家。他不是其中之一。他来这儿找到了阿喀琉斯之踵，英国人基督教式的体面教养被他占了便宜。他做了很多糟糕的事。那本犹太女孩爱上纳粹军官的书——你没法不在那里跟他划清界限。当然，他爬上去了。他进不了上流社会，但他雇用出身最好的女孩，给她们钱。好吧，这就是他的真实情况。罗伯特懂我的感觉。”

在科隆，多少能跟维贝格配成一对的是卡尔·玛利亚·勒尔，他也是个相貌丑陋的人，继承了父亲创立的出版社，喜欢坐在办公室的地板上，喝着威士忌跟作家们聊天。他有三个秘书，都在某个时期跟他有染。其中一个，欧娜，经常在周末跟他一起出去，表面上是去探望他住在多特蒙德的母亲。另一个更年轻的很勤奋，不介意工作到很晚，因为她还没有结婚。有时，这个夜晚会在一个很受艺术家欢迎的休闲餐厅里落下帷幕，餐厅开到很晚，充满晏晏谈笑，然后他们去勒尔家，在镶板装饰的图书室里喝上一杯。卡佳，这第二个秘书，在勒尔家备有换洗的衣服，甚至还有自己的浴室。西尔维娅，第三个——在换了数次工作之后，她实际上是升职了——曾陪他去法兰克福和伦敦的书展，去博洛尼亚那一次尤其令人难忘，他们在一家名为黛安娜的餐厅用餐，一侧是绿叶覆盖的露台，他们住在巴格里奥尼酒店[1]。经常有很长一段时间他不会跟她上床，然后旅行和她相对而言的新鲜感又让他兴奋起来。她来床上的时候，总是用小臂环抱着一双巨乳。西尔维娅生气勃勃，身上趣事不断。有一次，在汉堡一个海滨酒吧，一个水手邀请她去跳舞。卡尔·玛利亚并不介意，但水手又提出给她二十五马克，让她跟他上楼去。她拒绝了，他又把价格提到五十。他尾随她回到酒吧，提出要给她一百马克。卡尔·玛利亚探身向前，说："Hör zu. Sie ist meine Frau[2]——她是我妻子。我

[1] Baglioni Hotel，意大利酒店品牌，被视为古典奢华风格的典范。

[2] 德语，意为"你听着。她是我妻子"。

不在意，我觉得你快要接近她的价格了。”

水手喝醉了，但他们设法甩掉了他，回了酒店，在华丽而空荡荡的酒吧里喝了最后一杯，大笑起来。勒尔能一直喝个不停。

瑞典出版商是个温文尔雅的男人，为出版社买下了纪德、德莱塞，安东尼·鲍威尔，还有普鲁斯特和热内。他出版俄国作家的书，蒲宁和巴别尔，然后是那些了不起的流亡作家。他去过俄国，他说，那是个可怕的地方，像一个巨大的监狱，人不得不放弃所有希望，但俄国人却是他见过的最美好的人。

“我对他们的喜爱难以言表，”他说，“他们跟我们不同。出于某些原因，他们身上有一种你在别处寻不到的深度和真情。这可能是没完没了的暴政的结果。阿赫玛托娃，我很想出版她的作品，但被人抢走了。她的丈夫被处死了，儿子在监狱里待了很多年。她住在一个小单间里，处在秘密警察的监视之下，无时不在担心被捕。朋友们看望她时，会说些不相干的事应付窃听警察。她把诗写在一张卷烟纸上，举起来，让朋友们记诵，等他们点头确认后，她就划根火柴把纸烧掉。你去这些俄国人家里，跟他们坐在一起，通常是在厨房，即便只是喝喝茶，他们也会对你交出灵魂。”

伯格伦自己身上没有那些崇高的品质。他有一副银行家的外貌，高大，冷淡，牙齿不齐，一头金发已经变得灰白。他穿西装，总是搭配着背心，习惯摘下眼镜阅读。他结过三次婚，第一任妻子有钱有房产，一座建于一个世纪之前的老房子，里面有网球场，有石头步道。她很传统，但精于世故，当伯格伦在一次宴会上设法把她介绍给自己的新情妇时，她或许并非完全不知情，他这么做是为了听听她的意见，或者说，是因为他相信她的判断。

那个情妇成了他的第二任妻子——他后悔离婚了，他爱过他的第一任妻子，但是生活已经翻了新篇。第二任妻子，比比，很时髦，但喜怒无常，待人苛刻。她攒下的账单通常是个很令人不快的意外，她对东西的花费漠不关心，比如酒。

伯格伦为女人而生。对他而言，女人是生活的主要理由，或者代表了生活的主要理由。他不是个难相处的人，虽然有时候看起来不易沟通，但其实他是个文明人，风度优雅。并不是他孤僻离群，而是因为他的思绪总在别处。他通常避免与人争执，但在比比那里总是失败。纳克斯托姆加顿有一家酒店，是他安顿来访的作家们的地方，当家里变得过于混乱时，他就去那里。经理认识他，前台服务生也认识他。女酒保在杯子里搅动碎冰，清空杯子，然后倒入一种瑞士酒，锡永，他喜欢这酒。

一天下午，他经过一个橱窗，一个女孩正在里面摆弄一具模特，二十多岁，穿着黑色紧身裤。她察觉到他站在那里，但没有看他。他站了比预料中更长的时间，无法从她身上挪开眼。她，不是那个商店女孩，而是某个跟她很像的人，成了他的第三任妻子。

谁能说出他们生活里看不见的部分？她好相处吗？她是否光着身子站在他两膝之间，腹部裸露，屁股翘起，像主教跟前的孩子？在内心深处，一种无法挣脱的冷酷感阻止他获得真正的快乐，虽然他娶了漂亮的女人，或者说拥有了她们，但生活远非至善至美，但他又无法想象没有她们的生活。过去，饥渴来自食物，食物总是不够，大部分人营养不良、忍饥挨饿，但新的饥渴来自性，没有性，忧惧一如饥荒。

和凯伦在一起，伯格伦没有觉得自己更年轻，但也有好的方面：在这把年纪，性不再仅仅是寻欢作乐，更让他感觉与神秘相连。几年前，他偶然看见了一件美妙的事——他母亲背对着他，在穿衣服，她那时七十二岁了，臀部曲线优美，腰肢坚挺。这就是他的基因，说不定他能永葆青春。直到有一天他看到了另一幕。凯伦和她的闺中女友穿着轻薄的泳装，无忧无虑地躺在草坪上晒日光浴，她们并排俯卧，聊着天，一条腿不时高高踢向太阳，抚摸着她们赤裸背部的太阳。他穿着衬衫坐在石头台阶上，正在读一份手稿。有那么一会儿，他想下去坐到她们身边，但感到有些尴尬，他知道无论她们谈的是什么，她们都会停下来。他没去猜想谈话的内容，吸引他的仅仅是她们虚度年华的样子，而他自己的本性，则远没有那么愉快、那么兴致勃勃。他点上一支烟，平静地吸着，重读了几页手稿。她们正站起来，捡起她们的浴巾。从那一天起，他接受了他和他爱的女人们（主要是他的妻子们）之间关系的真相，正是这一真相导致了他在五十三岁的自杀，罔顾他的地位、他的智慧和他获得的高度赞誉，那是他和凯伦分开的第二年。

9 舞会之后

很多客人已经到了，另一些正跟他一起上楼。邀请是随口发出的，维贝格说，他要举办一场化装舞会，你何不来参加呢？鲍曼登上宽大的楼梯，跟他一起的有一个戴金白色面具的朱诺，还有一个戴着大角头盔的银装维京人。豪华公寓的门敞开着，里面都是来自另一个世界的人：一个穿大红十字束腰外衣的十字军战士；几个穿绿衣服、戴着长长草编假发的野人；几个穿晚礼服、戴着黑色面具的人；还有特洛伊的海伦，穿着淡紫色的长袍，希腊式交叉背带覆盖在完全赤裸的背上。鲍曼的服装是在最后一分钟找到的，一件红绿相间的骠骑兵盘扣夹克，搭配他自己的裤子。维贝格按照传统英国人对于异国情调的理解，打扮成了一个帕夏[1]。在楼梯平台上，一支六人的管弦乐队正在演奏。

人群中寸步难行。他们不是文化界人士，至少从谈话来看

[1] Pasha，奥斯曼帝国行省总督、军队统帅及其他高级军政官员的称号。

不是。有大使馆和社交界的人，有电影工作者，还有利用这个夜晚亮相的人。一个女人把舌头伸进一个男人的嘴里，还有一个女人——鲍曼只看到她一次——打扮成餐厅服务员，穿很短的短裤，双腿在钢灰色的丝袜里闪闪发光，像春风得意的蜜蜂一样穿梭在几群人中间。维贝格只跟他简单交谈了几句。鲍曼一个人都不认识。音乐继续演奏。两个天使站在管弦乐队旁边抽烟。午夜时分，穿着白色夹克的服务生开始供应晚餐，生蚝和冷牛肉，三明治和点心。有一些穿着漂亮丝绸衣服的身影。一个鼻子有食指那么长的老妇人贪婪地吃着东西，跟她一起的男人在用亚麻餐巾擤鼻涕，真是个绅士。还有，知情的人会知道，那个客人名单上被删掉的高级妓女最终还是来了，作为公然的挑衅，她在一间卧室里一个接一个地口交了五位男客人。

鲍曼没什么东西可看了，也没地方可站，他看着桌子上一组镶着厚厚银相框的照片，衣着光鲜的夫妇或单个的人，站在他们的房子前或者花园里，其中一些题写着名字。他身后一个声音说："伯纳德喜欢头衔。"

"是的，我正在看他们。"

"他喜欢头衔和有头衔的人。"

那是一个女人，穿着黑色丝质长裤，戴着海盗头巾，搭配着一对金耳环。这是不怎么用心的装扮，很可能只是她平时的穿戴。她也长着一个长鼻子，但是很美。他忽然紧张起来，明确无误地感到自己会说些蠢话。

“你是大使馆的人吗？”她问。

“大使馆？”

“美国大使馆。”

“不，不，不是，我是个编辑。”

“跟伯纳德一起？”

她是怎么认识他的？他感到好奇。但是，当然，那里几乎每个人都认识他。

“不，一个美国出版社，布莱登鲍姆。你知道吗，”他坦率地说，“你是我今晚聊天的第一个人。”

一个服务生在他们旁边。

“你想喝一杯吗？”他问。

“不，谢谢你。我喝太多了。”她说。

他已经看出来了，从她的眼神，还有她动作中的某种迟疑。

“你跟什么人一起来的吗？”他不由自主地问。

“是的，跟我丈夫。”

“你丈夫。”

“按照大家的说法。你说你叫什么名字？”

她叫伊妮德·阿莫尔。

“夫人，”他说，“阿莫尔夫人。”

“你怎么老提这个。”

“我不是故意的。”

“没关系。你是长期待在伦敦吗？”

“不是。”

“下次再来吧。”她说。

“希望如此。”

她似乎失去了兴致，但走开的时候，她按了按他的手，像在表示安慰。他没在人群中再次见到她，虽然有那么多光彩夺目的人物。她可能已经离开了。他在门口桌子的一张名单上找到了她丈夫的名字。将近凌晨三点，出现了一些奇形怪状的身影，一个男人打扮成猫头鹰的样子，身上缠着几块碎布做羽毛，一个女人戴礼帽、穿着紧身衣，睡倒或晕倒在沙发上。他穿着束腰外衣从他们身边经过，如同从历史中幸存下来的孤独身影。

他住的酒店在女王门附近，房间很简朴。他躺在那里，想知道她是否记得他。他意识到了那个晚上的美妙之处。很快就要四点钟了，他很疲惫。他沉沉睡去，醒来的时候太阳完全升起来了，穿过窗户照亮了整个房间，街道对面的建筑在阳光中闪闪发光。

电话簿上登记了 E. G. 阿莫尔的名字。鲍曼想打个电话，但拿不定主意，他试着鼓起勇气。他知道这是一件鲁莽的事，所以穿衣服的时候犹豫了五六次打还是不打。会是她接电话吗？终于，他拿起了电话。他能听见电话响了，在哪里响的，他不知道。几阵铃声之后，一个男人的声音说，你好。

“请找一下阿莫尔夫人。”

他确定那个男人能听见他的心跳声。

“好的，哪位？”

“菲利普 · 鲍曼。”

电话被放下了，他听见一个声音叫她。他的不安加剧了。

“喂。”一个冰冷的声音说。

“伊妮德？”

“哪位？”

“呃，我是菲利普 · 鲍曼。”

他开始解释他是谁，他们在哪里见过面。

“是的，当然。”她说，但听起来公事公办的样子。

他问她能不能出来吃午饭，因为如果不问，他将永远不会原谅自己。

一阵停顿。

“今天？”她说。

“是的。”

“嗯，那就得晚一点了。一点之后。”

“好的，我们在哪里见？”

她建议在富勒姆路上的圣弗雷迪亚诺餐厅，离她住的地方不远。就在那里，一直等待的鲍曼看到她进来了，穿过一张张桌子。她穿着一件灰色套头衫，一件类似麂皮夹克的上衣，一个不可企及的女人，然后她看到了他。他有点笨拙地站起身来。

她笑了。

“你好。”她说。

“你好。”

他的男子汉气概好像突然之间回到了他身上，好像它一直跃跃欲试地等在什么地方。

“我不敢给你打电话。”他说。

“真的吗？”

“那是个超人的举动。”

“为什么？”

他没有回答。

“昨天晚上你又跟别人说话了吗？”

“只有你。”他说。

“我不相信。”

“是真的。”

“你看起来没那么内向。”

“我不内向。我只是找不到聊得来的人。”

“是的，所有那些苏丹和克里奥帕特拉。”

“是个奇妙的夜晚。”

“我想是的，”她说，“说说你自己吧。”

“可能和你看到的差不多。我三十四岁了。也许你看得出来，我现在已经有点难以自持了。”

“你结婚了吗？”她若无其事地问。

“是的。”

“跟我一样。”

“我知道。我跟你丈夫聊过几句。”

“是的，他正在去苏格兰的路上。我们处得不是很好。恐怕我不是很理解婚姻的状况。”

“怎样的状况？”

“就是他不断去找别的女人，然后我不断试着去阻止。这令人厌倦。你跟你妻子关系好吗？”

“在某种程度上。”

“在哪种程度上？”

“我不是指特定的程度。我是说只能到某种程度。”

“我觉得你无法真正了解任何人。”

她原本来自开普敦，出生在当地医院的台阶上，那天晚上她母亲只能去到那么远，她永远离不开派对。但她是彻头彻尾的英国血统，小时候搬到了伦敦。虽然表面看不出来，但她已经被毁掉了。她的美毫不设防。事实上她丈夫有另一个女人，一个可能会继承一些钱财的女人，但他还没准备好离婚。维贝格劝她无论如何不要离，她没有收入，维持现状对她更好。他的意思是说，在他看来，这符合所有外表上的体面，很具有粉饰的效果。

“你怎么认识维贝格的？”

“他是个了不起的人，”她说，“他认识每个人。他对我一直很好。”

“怎么好？”

“哦，在很多方面。比如说，他允许我装扮成海盗。”

“你是说昨天晚上。”

“嗯。”

她对他笑着。他无法把目光从她身上移开，她说话时嘴角的动作，轻微、漫不经心的手势，她的气息。她就像另一种语言，和他的完全不同。

“男人肯定成群结队地追求你。”

“不是你想的那样，”她说，“你知道发生了什么吗？最可怕的事情。”

那时她在北安普敦附近，车出了事故，她有点受惊，去了一家小旅馆，最后在那里吃了晚饭，在壁炉边喝了杯酒。她开了一个房间，晚上准备上床的时候，听见门外有两个男人在低声交谈，然后，他们试图进入房间。她看见门把手动了。走开！她喊道。房间里没有电话，他们可能知道。他们隔着门说，他们只想聊聊天。

“今晚不行，我很累，”她说，“明天吧。”

门把手又动了，不断被试着。只是聊天，他们向她保证，他们知道她明天就不在这里了。

“会的，会的，我明天还在这儿。”她保证道。

过了一会儿，外面安静下来。她在门口听了听，然后战战兢兢打开门，没有看见任何人，她拿着东西逃了出去。她开车离开，行李在车里咣当作响，她整夜都睡在车里，在一座正在施工的房子附近。

“好吧，你运气不错，不是吗。”他说。他握住她纤细的手。

“让我看看。”他说。“这是你的生命线”——用手指抚摸着，“从这根线来看，你会活很久，我想大概八十多岁。”

“我得说我并不指望那样。”

“好吧，你会改变主意的。我在这儿看到几个孩子，你有孩子吗？”

“不，还没有。”

“我看到两三个。线在这儿断开了一点，很难确定。”

他坐在那里，握着她的手，有那么一瞬间，那只手亲昵地环绕住了他的手。她笑了。

“能帮我一个忙吗？”她说，“吃完午饭跟我过来几分钟，好吗？隔几家有个商店，那里有一件我看了好久的漂亮裙子。如果我试穿一下，你能告诉我买还是不买吗？”

在那家小巧而时髦的商店里，她试了两件裙子，而不是一件。她从帘子后面走出来，轻轻地转着圈，过后才想起把内衣肩带推到衣服下面，那上面的白色光芒似乎是一种纯洁的象征。她说再见的时候，仿佛一场戏落幕了，就像从剧院走出来，重新回到大街上。他经过许多橱窗，在里面看到自己的样子，停下来细细打量着自己。他感觉占有了这座城市，不是那座维多利亚式的城市，有着深色木头内饰和乳白色大理石大厅，有着摇摇晃晃开过的红色巴士和没有尽头的门窗，而是另一座城市，能够看到，却无法想象。

她答应来吃晚饭，但迟到了，他等了二十分钟，感觉自己在酒吧里越来越显眼，然后意识到她不会来了。也许是因为她丈夫，也许是因为她改变了主意，但无论哪种情况，他都被排除在外。他意识到了自己的无关紧要，甚至是卑微，然后她走了进来，这种感觉突然就变了。

“对不起，我来晚了，”她说，“原谅我。你等了很久吗？”

“没有，没什么。”

那几分钟的不快瞬间消失了。

“我跟我丈夫打电话，像往常那样吵了一架。”她说。

“你们吵些什么？”

“哦，钱，什么都吵。”

她穿着套装和黑色的丝绸衬衫，看上去好像一切困难都是遥远的事。她坐在靠墙的长凳上，他就坐在她对面，能够尽情地看着她，然后意识到了她为他们两人投下的光芒。

吃饭的时候，他说：

“你曾经坠入爱河吗？”

“坠入爱河？你是说恋爱？是的，当然。”

“我的意思是陷入其中。你永远不会忘记。”

“你这样说很可笑。”

她说，她还是个小女孩的时候就坠入爱河了。

“你当时几岁？”

“十八岁。”

那是她一生中最非凡的经历。她说，她被施了魔法。那是在锡耶纳[1]，她是个学生，在一群十几岁的男孩女孩中间，没有真正意识到那种强烈的……那里有一个摩天轮，你不断上升再上升，有时候就停在那里，那天晚上，在最顶端，她身边的男孩开始说一些最激动人心、难以置信的事情，在她耳边疯狂地低语。然后她坠入了爱河。她说，再也没有过那样的夜晚。

再也没有过。鲍曼感觉沮丧。她为什么这么说？

“你知道是怎么回事，”她说，“太不可思议了。”

她谈论的是过去，但也不仅仅是过去——他无法确定。她的存在新鲜、未被玷污。

“不可思议，是的，我懂。”

她还没来得及关上公寓的门，他就开始疯狂地拥抱和亲吻她，贴着她的脸颊说一些她无法理解的话。

“什么？”

但他没有重复。他正在解开她衬衫领子的搭扣，她没有阻止他的手。在卧室里，她脱下裙子，站了一会儿，抱着自己，又脱掉剩下的衣服。她的光芒。英格兰站在他面前，在黑暗中赤裸着身体。其实，她一直都很孤单，她已经准备好了被爱。他从来没有如此确定自己的感受。他亲吻她赤裸的肩膀，然后是她的手，她修长的手指。

她躺在他身下。他克制着自己，但她表示不必如此。他们没

[1] Siena，意大利城市，位于托斯卡纳地区南部。

有说话，他不敢说话。他用龟头碰了碰她，然后毫不费力地进去了，只有龟头，其余部分都忍住了。他掌控了自己的生命，积聚着力量慢慢进入，像一艘船那样沉下去。她发出一声细微的哭喊，一只野兔的哭声，好像它碰到了刀刃上。

事后他们躺着，直到她从他下面抽出身来。

“天啊。”

“怎么了？”

“我湿透了。”

她在床头柜上摸索着，点燃一根烟。

“你抽烟。”

“偶尔。”

他的眼睛现在习惯了周围的黑暗。他跪在床上吮吸着她，这不再是任何事情的预先准备。他并不疲倦。他看着她抽烟。过了一会儿他们又做了一次。他抓着她的手腕把她拉到自己身上，像一条被撕破的床单。最后她轻轻哭喊起来，他又一次射得太快，但她瘫软下去。床单湿漉漉的，他们移到另一侧睡下，他像个孩子一样躺在她身边，心满意足。这不同于婚姻，未经批准，但婚姻许可了它。她的丈夫在苏格兰。这是未着一词的赞同。

早上，她还在睡梦中，嘴唇微微张开，像个夏天里的女孩，金色的头发剪得短短的，裸露着脖子。他在想要不要用碰触或者爱抚将她唤醒，但大概是因为他的凝视，她苏醒过来，在床单下面伸直了双腿。他把她翻过去俯卧着，好像她是个物品，好像他们已经约定好了。

他坐在浴室的浴缸里，海滨度假胜地常见的那种巨大的白色浴缸，水轰隆隆地灌进来。他的视线落到一套小小的白色内衣上，挂在浴巾架上晾干，架子和窗台上摆满瓶瓶罐罐，她的乳液和面霜。他凝视着它们，当温热的水升上来时，他的思绪也开始漂浮不定。水淹没到肩膀时，他又继续往下滑了一点，沉浸在一种涅槃的境界中，不是因为摆脱了欲望，而是因为成就了欲望。他在城市的中心，伦敦的中心，它将一直属于他。

她穿着一件刚到膝盖的浅色睡裙，倒了茶，一只手按压着壶盖。天还很早。他正在给自己的衬衫系上扣子。

“我觉得自己就像斯坦利 · 凯切尔[1]。”

“那是谁？”

“是个拳击手。报纸上登过一篇关于他的著名报道。中量级拳王斯坦利 · 凯切尔，昨日早晨死于枪杀，当时他正在为一个女人做早饭，而凶手正是女人的丈夫。”

“很精彩。是你写的吗？”

“不，这是一个著名的开场白。我喜欢开场白，它们可能很重要。我们的开场白就很重要。很难忘记。我想……我不确定当时我是怎么想的，但一部分是，这不可能发生。”

[1] 斯坦利 · 凯切尔（Stanley Ketchel，1886—1910），美国职业拳击手，二十四岁时在密苏里州的一个牧场中被杀。

“我想这一点已经被推翻了。”

“是的。”

两人沉默地坐了一会儿。

“问题是，我明天就得走了。”

“明天，”她说，“什么时候回来？”

“不知道。我也不确定。大概要看工作安排。”

他补充道：“希望你不要忘记我。”

“你可以放心。”

他把这些话装进口袋，用手指一遍一遍地摩挲，连同她跟照片一样清晰的形象。他想要一张照片，但阻止了自己去索要。下次他会自己拍一张，放在办公室的书页间，照片上什么也不写，没有名字，没有日期。他可以想象有人无意中看到它，问，这是谁？他会二话不说，把照片从他们手中夺走。

10 科纳斯维尔

像过去很多年那样，卡洛琳·阿穆森住在杜邦圆环的一间公寓里，公寓的陈设从一开始就不是特别时髦，她住进去之后更是多年未变，一样的长沙发，一样的休闲椅和灯具，厨房里一样的珐琅餐桌，早上她坐在那里抽烟、喝咖啡，看完报纸后就听广播和她最喜欢的主持人，她用略显沙哑的嗓音、一种浸透了阅历和酒精的嗓音跟朋友们重复他的奇谈怪论。形形色色的女人，离婚的，已婚的，都是她的朋友，其中包括伊芙·兰伯特，她们从小就认识了，伊芙嫁入了兰伯特家族，也嫁给了成吨的钱。她依旧经常被邀请去兰伯特家，偶尔跟他们一起出海，虽然宽脸、爱运动的布里斯·兰伯特通常并不跟妻子一起出海，而是跟另外一个同伴，据说是一个写社会新闻专栏的年轻记者。那艘船提供了绝对的私密性，传言说，布里斯和他的女朋友整天光着身子航行。话就是这么说的。但人们又是怎么知道的？卡洛琳想。

她和朋友们一起吃午饭，下午或晚上经常玩纸牌。除了婚姻最成功的伊芙，她依旧是她们当中最漂亮的。在她看来，其他人要么嫁入了下等阶层，要么嫁给了无趣的男人，推销员和助理经理。华盛顿很沉闷。每天下午五点，成千上万的政府办公室就空了，政府工作人员——就像乔治·阿穆森一直抱怨的那样——在花了一天时间浪费他的血汗钱之后，都回家了。他说，政府应该被废除，整个该死的玩意儿，没有它我们过得会更好。

卡洛琳的房租由阿穆森支付，这对他来说不算个负担，因为他的公司管理这栋楼，他可以把租金包括在其他费用里，一般开支。她每月有三百五十美元的赡养费，再从她父亲那里获得一点额外的生活费用。这些钱不够举办宴会或者赌博，但她时不时去赌马，或者在好天气里穿戴整齐，跟苏珊·麦肯一起去皮姆利科[1]。苏珊差点嫁给一个巴西外交官，本该这样的，但在利河伯过了一个灾难性的周末后，他开始跟另一个女人约会，那个女人在乔治敦开了一家古董商店。事后她跟卡洛琳坦白说，她当时太小心眼了。

卡洛琳则没有不开心。她很乐观，仍有生活可供盘算，既包括过去的，也包括将来的。她并没有放弃再婚的念头，这些年来交往过几个男人，但他们无一合适。她想要的那个男人首先应该满足的条件是：如果他们跟阿穆森狭路相逢——这迟早会发生——阿穆森会怀疑自己是不是犯了个错误，虽然她还在愤怒，

[1] Pimlico，位于美国马里兰州巴尔的摩，是皮姆利科赛马场所在地。

并不在乎他怎么想。

在她已然停航的生活中，她知道自己喝得太多了，虽然一两杯酒能让你感觉更像自己，而且人在喝酒的时候也更活泼，更有魅力。

“不管怎样，你会觉得自己更有魅力。”苏珊同意这一点。

“这是一回事。”

“你还和弥尔顿·戈德曼交往吗？”苏珊漫不经心地问。

“没有。”卡洛琳说。

“发生什么事了。”

“实际上什么都没发生。”

“我以为你喜欢他。”

“他是个很好的人。”卡洛琳说。

他本人和他的地产就在康涅狄格大道远一点的地方，但她仍然很清楚地记得他小时候的照片，他穿着一件几乎是裙子的衣服，长长的卷发垂在两边，就像你有时会在纽约看见的戴黑帽子、穿黑外套的男人[1]。这让她意识到，她不能跟他结婚，不能跟她认识的这个人结婚。她想着布里斯·兰伯特，也想着弗吉尼亚的生活，尽管她不再是其中的一部分。但她自己的生活仍在继续，相似的一周又一周，一年接着一年，然后你开始忘记时间。

然后一天早上发生了一件不好的事。她醒来时胳膊和腿都不

[1] 暗指犹太人。

能动了，当她试着拿起电话时，她的词句也开始走样。她无法正确地发音，它们填满她的嘴巴，出来时变了形状。在医院里人们告诉她，她中风了。恢复将是一个漫长、缓慢的过程。十天后，她坐着轮椅上了飞机，飞去了她父亲在东海岸马里兰剑桥附近的家。贝弗莉安排这些事，把她带去机场，安顿她上飞机，但有三个孩子的贝弗莉无法做更多，现在薇薇安不得不去帮忙了。

房子位于科纳斯维尔一条安静的路上，一座美丽、半废弃的旧砖房，历史差不多可以追溯到内战时期。卡洛琳的父亲沃伦·韦恩买下了这座房子，用来度假和安度晚年，但事实证明，修复工作超出了他的能力范围，即便有他的儿子库克，也就是薇薇安的舅舅的帮助。沃伦·韦恩曾是克利夫兰的一位建筑师，广受好评，他把一些优秀的品质和漂亮的外表遗传给了女儿，儿子却继承得很少，他也学建筑，却从未拿到执照。长期以来，他都在父亲的办公室工作，实际上是父亲在无形中养活了他。他几乎没有朋友，也没有结婚。他和一个离过婚的女人约会了四五年，最后向她求婚。他用建议的口吻说，也许他们该结婚了。

“不，我不这么认为。”她平静地说。

“我以为你想结婚。现在我向你求婚。”

“就这样吗？”

“是的。”

“我不这样想，”她说，“无论如何这不会有结果的。”

“到目前为止一切都很好。”

“那可能是因为我们没有结婚。”

“你到底想要什么？”他问，“你知道吗？”

她没有回答。

房子年久失修，很是凄凉。砖头堆在一边，通往前门的人行道只完工了一半，一部分是砖，剩下的是泥土。屋内是未上漆的石膏板，被垒起来取代旧的灰泥墙。地下室的小窗户玻璃都破了，薇薇安能看到那里放着一堆空酒瓶。她发现那是库克的。她不知道的是，还有很多开给剑桥的酒水店以及用来“兑现金”的支票，库克在上面签了他父亲的名字。老人知道这些事，但没有找儿子对质。他的关节炎让他很痛苦，现在又加上女儿生病不能自理，他已经无法应付日常生活的重任。但他热爱乡村。他们的房子靠近一片开阔的田野，在那里你能看到天气的变化，阳光泛起涟漪，有时还能看到风。在附近的小水湾里，他看见一只白鹅，在那里和鸭子生活在一起。每当头顶有飞机经过，那只鹅都会抬起头来，边看边煞有介事地说着什么。他也跟着从头到尾看它穿过天空。

薇薇安睡在一个未完工的房间里，那里本来预备做她外祖父的书房。第一次她待了两周，做饭，带母亲去医生那里复诊，一周去一次理发店，好让她振作起来。她体贴和同情她的母亲，但她是她父亲的孩子。父亲教会了她骑马、打猎和打网球。她比贝弗莉更喜爱这一切，而且十之八九也更爱她父亲。他是一个象征了那么多东西的男人，也许有点固执，但除此以外，他就是你梦寐以求的那种人。

虽然现在卡洛琳除了喃喃自语之外做不了更多事，但每当薇薇安提起库克，她都会翻白眼。这是她表达感受的较明显的迹象之一。她脸上挂着空洞的笑容，嘴巴里充满挣扎的声响，但她的眼睛却流露出一种会意的神情，会意和理解。蒂克，沃伦·韦恩那只黑色的拉布拉多犬，安静地躺在她脚边，每当有人走近，就用粗大的尾巴敲打地板。像家里其他成员一样，他也见过更好的日子。他的动作有点僵硬，口鼻上有白色的斑点，但他性情很好。库克，连胡子都懒得刮，穿着一件没了形状的毛衣，带他去散步。

“他们相处得怎么样？”薇薇安回到纽约后，鲍曼问道。

“库克正在花光所有的钱，房子也毁了。”薇薇安说。

“你母亲怎么样？”

“不是很好。我想她没法在那里待很久。他们照顾不了她。你知道，你必须帮她穿衣服之类的。我得再回那里去。”

“她是不是该去什么疗养院？”

“我不喜欢这个主意，但她大概也只能那样了。”

“贝弗莉能帮上忙吗？她离得近多了。”

“贝弗莉自己也有麻烦。”

“什么麻烦？她的孩子？布莱恩？”

薇薇安耸耸肩。

“酒瓶子的麻烦，”她说，“这是我们家的传统。”

当她再次动身去马里兰的时候，默认的共识是她可能不得不多待几周，而当她到达科纳斯维尔时，情况似乎变得更糟了，她很快明白了原因。银行账户被透支了，老人不得不做些什么。薇薇安洗碗的时候，他穿着拖鞋和浴袍坐在早餐桌旁，终于开了口：

“库克，听着，我要和你谈谈。”

“什么事？”

“我必须说说这事，你有在任何东西上签我的名字吗？”

“签你的名字？没有。签什么？我签过两三次。”他说。

“只有两三次？”

“两次。最多两三次，”他开始不安起来，“当时你为了卡洛琳的事忙得顾不上。”

“顾不上什么？”

“去银行。”库克说。

韦恩静静地坐着。

“你知道，战争期间，我在法国的时候……”

坐在未完工的房子里，面对着他不成器的儿子，他几乎记不起那场战争了。他无法追索他是如何一路走到今天的。库克一脸厌倦和戒备。

“冬天，天很冷的时候，”老人说，“我们会在地上倒一大圈汽油，点着了，然后在飞之前跳进去取暖。他们说，你们做这个干什么，你们不怕被烧死吗？反正我们一个小时之内就可能死掉，所以又有什么区别呢？”

他曾是飞行大队的一名侦察员，有一些穿军装的照片。他意识到自己已经跑题了。

“我不明白。”库克说。

“你不明白什么？”

“你这些话的重点。”

“重点是，我会死，银行账户会被清空。什么也留不下。房子会在你周围倒塌，然后你还有卡洛琳要照顾，那就是结局。”

“几张支票而已。只是为了给你省点麻烦。”

“我希望你知道怎么做。”韦恩说。

到达一周后，在未完工的书房里，薇薇安靠墙坐在她外祖父的黑色书桌旁，写了一封信。亲爱的菲利普。信的开头是这样写的。

她总是写最亲爱的菲利普。这是无心的疏忽还是另有隐情？菲利普读着这些奇怪的陌生词句，有一种不祥的预感，一阵寒意掠过全身。不会有人知道伦敦的事。那是另一个世界，另一个完全不同的世界。他紧张地读下去。卡洛还是老样子。她说话很困难，我觉得她厌倦了试图让别人理解她，她放弃了。但你可以从她的表情中看出一些事。主要是我带她出去，我和外公。除此之外我们看电视，她还经常跟我一起在厨房里坐着。房子的事几乎没怎么处理。库克真没用。我不知道他在镇上或在后面的工棚里干些什么。但这不是我写信的原因。

鲍曼翻了一页。他快速地读着，心怀忐忑。

我不知道该怎么说，也不知道为什么会这样，但一段时间以来，我感觉我们没有太多共同之处，已各自分道扬镳。我不是在讨论哪件具体的事（？）

在这里，他的眼睛跳了过去。那个问号吓到了他，他不知道那是什么意思，但什么也没有。我想我不能怪你。我也不怪我自己。也许事情总是这样，但一开始我没有意识到这一点。我真的不属于你的世界，我想你也不属于我的世界。我想我也许应该回到适合我的地方去。

这些话莫名其妙地穿透他，像某种致命的东西。这是一封告别信。她离开前的那两个晚上，他们做了爱，枕头折叠起来放在她身体下，像个肚子疼的无辜的裸体孩子，他感觉她以一种前所未有的方式投入了进来，也许是因为他们做爱的方式，也许是因为他们的亲密又达到了新的层次。但是现在，他怀着一种猛烈而尖锐的悔恨发现，他错了。她一直在回应着别的东西，一些只有她自己知道的东西。

爸爸听我这么说可能会大发脾气，但我不想要任何东西，任何赡养费。我不想余生都靠你供养。我们结婚时间没那么长。如果你能给我三千美元帮我过渡一下，那就很好。老实说，我还不错，对不对？我们真的不适合对方。也许我会找到合适的男人，也许你会找到合适的女人，至少是某个更适合你的女人。

她的爸爸。鲍曼自己的生命中从未有过一个强大的男性形象来教他如何做人，他不由自主被他的岳父吸引了，尽管他们之间有切实的距离。他们之间没有联结——他不知道他的岳父会怎么想，也不知道他会怎么做。他记得，在弗吉尼亚那场暴风雪中，他们都留下来过夜，第二天吃早饭的时候，他坐在那里往一片吐司上涂黄油、喝咖啡，放松得近乎可耻。他对此记忆犹新。

写了那封信的第二天，薇薇安碰巧看到她舅舅库克推着一辆手推车，从房子那边走过来，里面堆满了东西。她惊愕地看到有一条前腿悬挂在边缘。她急忙跑过去，库克正把手推车放到前门。

“怎么了？他受伤了吗？”她焦急地问。

“我在工棚边发现了他。”库克说。

狗闭着眼睛。她握住了他的爪子。

“他死了吗？”

“我想是的。”

“你最好给兽医打电话。你最好告诉外公。”薇薇安说。

库克点了点头。

“他就躺在那边。”他说。

她的外祖父出来看了看。他戴着一顶旧草帽，像个乡村律师。他们能听见卡洛琳含混不清地喊着什么。韦恩抚摸着狗的爪子，然后慢慢地，好像想到了别的什么事，他开始温柔地梳理它那漂亮的黑色皮毛。

“我们要不要给卡特医生打电话？”薇薇安问。

“不，不，”韦恩说，“打给他也没用了。”

眼泪顺着他的脸流下来。他似乎为他们感到羞耻。卡特医生是个罗圈腿的兽医，左眼看不见东西——有一次，他被击中了头部。他会举起一只手说："比方说，我看不见我的手。"

库克沉默地站在那里，在他父亲看来似乎无动于衷。韦恩想起了库克小时候的样子，调皮但是很好相处，还有渐渐发生在他身上的那些事。他想到了即将发生的场景：库克阴沉着脸，依旧帅气地走下楼梯去面对法院拍卖，赤裸着双腿，穿着他的灰色佩斯利印花晨衣，一头乱蓬蓬的银发。他已经花光了所有的钱，疲惫不堪，看上去好像犯了头疼。

"来吧，你们想要什么？"他会说。

完全不知道他会怎么做。卡洛琳颓然坐在轮椅中，不再试着让自己被听懂。

11 过渡期

一开始充满苦涩，独自一人，被遗弃了。枕套变脏了，他自己清洗。他感到愤怒，同时又意识到她是对的。他们一直过着一种表面的生活，本质上她无事可做，包括操持家务。毛巾总是潮乎乎的，被褥草草堆起，窗台上布满污垢。他们为此争吵过。他以聊天的口气问道，她为什么不能稍微打扫一下？

她不屑回答。

“薇薇安，你为什么不花点时间打扫一下家里呢？”

“这不是我的志向。”

她的用词，不管那是什么意思，惹恼了他。

“你的志向。什么意思？志向？”

“那不是我人生的目标。”她说。

“我明白了。那你的人生目标是什么？”

“我不想说。”她说。

“我的目标又是什么？”

“我不知道。”她轻蔑地说。

他被激怒了，差点一拳把桌子打坏。

“见鬼！你说不知道是什么意思？”

“我的意思就是我不知道。”她说。

试着谈话是没用的。他几乎无法躺在她身边的床上，疏离感是如此强烈。看起来是她在发射这种疏离感。他都有些发抖了，无法入睡。最终，他拿起他的枕头，睡到了沙发上。

如今，再也没有其他人的存在，哪怕是看不见的存在，也察觉不到另一个人的情绪或者习惯。房间里一片寂静。只剩下卧室里她那幅镶框的照片，略带亚洲风情的眼睛，微微上翘的鼻子，上唇像一把弓。夜里，他坐着读书，肘边放着一个加了冰块的玻璃杯，威士忌的琥珀色，还有它淡淡的芬芳。她说过的话仍然铭刻在他的记忆中，他知道它们不会很快被遮盖。

“我给过你机会。”她曾经告诉他。

她不再多说什么。他的机会，就是已经发生的那样吗？

“薇薇安和我分开了。”

“啊，”艾丁斯说，“很遗憾听到这个消息。什么时候的事？”

“一周前。”

“我真的很遗憾。是彻底分开吗？”

“我想是的。”

“啊，天啊。我们一直把你们看作一对镀金的夫妻，马球，私房钱……"

"没什么私房钱。还有，她的父亲非常小气。我甚至不记得他有没有送过我们结婚礼物。"

"太糟了。你打算怎么办？不如来皮尔蒙特跟我们住一段时间吧？那是个工薪族的地方，但很不错。有几家餐厅和一些酒吧。奈亚镇有一个电影院。从厨房餐台旁，好吧，在我们家那也是餐桌，你能看到河边的风景。"

"听你这么说，感觉很吸引人。"

有那么一瞬间，他几乎就要动心了，无忧无虑的田园生活，依山而建的老房子。他能想象那种节奏，在晨光熹微的时候开车驶入，然后晚上离开，有时候待到很晚，车流已经变得稀少。树木之上是清澈的夜空。

"我会没事的。"他说。

"这个消息太突然了，但是，记住，门真的为你敞开。我们甚至能在床上腾出个地方。"

他们沉默地坐了一会儿。

"我记得你的婚礼，"艾丁斯说，"开车驶过美丽的乡村。那栋漂亮的房子。那个喜欢大胸女人的法官怎么样了？"

"我已经有段时间没见过法官了。"鲍曼说。

不过，薇薇安回去后不久就碰巧见到了法官，虽然说"碰巧"是不准确的。斯坦普法官听说了消息，转达了他的慰问。他邀请她去红狐饭店吃饭，并非没有丝毫紧张，虽然他永远可以辩称自已是位世交，甚至是位叔叔。他穿着一套精致的灰色西装，头发梳理得一丝不苟。一如既往地，在一段礼貌但又磕磕巴巴的交谈之后，他分享了一些他认为她会感兴趣的消息。他要买下霍利斯庄园，不是附近的农场住宅，而是祖拉街那栋大房子。他说这些的时候看着桌布，然后瞥了薇薇安一眼。

“我恨那座房子，”薇薇安说，“我讨厌住在里面。”

“啊。”受伤的法官说。

“跟你没关系，”薇薇安说，“只是我一直都不喜欢那座房子。”

“啊，我不知道。”

他知道她有话就直说。在某种程度上，这很适合他。她是他见过的最理想的女人。他们并不总是有机会聊天，真正的聊天。法官鼓起勇气说：

“其实，还有别的房子。”

她一时不确定他在说什么。

“法官……”

“叫我约翰。”他说。

“你想……？”她笑着说。

他不是那种笑起来会让人放松的人。当他宣布一项判决或者一项费用的时候，他不会笑。在这个场合，他想清楚地表明他有多么认真。尽管如此，他的表情还是稍微温和了一点。

“我已经经历过一次糟糕的婚姻。”薇薇安说。

法官经历过三次了，尽管他认为自己无可指摘。

“你为什么不考虑一下吉恩 · 克里文杰？”薇薇安轻声建议道，并不知道富有而活泼的克里文杰夫人在第一次见面时就立刻拒绝了法官。

“不，不，”他抗议道，“吉恩……我们没有共同点。在那些真正的、深刻的事情上，我们没有共同点。”

薇薇安不想听，甚至不想猜那些事情是什么。

“我觉得我们保持朋友关系就好。”她颇为坚定地说。

法官远未气馁。他感到满足，他已经取得了进展。至少他已经向她表白了，那么他可以再耐心一点。当他们起身离开的时候，他或多或少暗示着餐桌和他们的午餐，建议说 ：

“就你我之间，好吗？就你我之间。”

鲍曼把消息告诉了母亲。他本不想面对她的失望或疑问，但这是不可避免的。他回家过周末，他没法在电话上告诉她。

“薇薇安和我分开了。”他说。

他不由自主感到一阵羞愧，仿佛承认了一场失败。

“哦，天呀。”贝阿特丽丝说。

“其实这是她的主意。”

“我明白了。她解释原因了吗？发生了什么事？”

“我真的不知道是什么原因，我们只是不适合对方。”

“她会回来的。”贝阿特丽丝预言道。

“我不这么认为。”

一阵沉默。

“就是这样吗？”他的母亲问。

“这样？我不知道是不是就是这样。你的意思是说有没有别的男人？没有。她妈妈中风了，虽然我不确定跟这有多大关系。一点点吧，也许。”

“中风？她死了？”

“没有，她在马里兰她父亲那里。薇薇安正在帮忙照顾她。”

“嗯，我真的很遗憾。”他母亲说，到底遗憾什么，他不知道。

她不是真的遗憾，她感到一阵不合时宜的喜悦。

“我几乎不了解薇薇安，”她带着惋惜的语气说，“她从来不让我接近她。我想知道这是我的错吗？也许我应该再努力一些。”

“我不知道。”他坦陈。

他很冷静地接受了，贝阿特丽丝想，或许这意味着漠不关心。如果是这样，那就太好了。

“人们会欺骗你。”她轻声说。

“是的。”

当然有她不知道的事，那些信，装在边缘有红蓝虚线的信封里，来自伦敦的信，我花了几个小时，试图不去想你。那封独特的、令人激动的信还装在他的衣服口袋里。他把它放在那里，以便能时不时地拿出来再读上一遍，在街上，如果他想看的话，或者在他的书桌旁。

“为什么从欧洲来的邮件要花这么长时间？”午饭时，他问一个老经纪人，“飞机过去只要几个小时。”

“战前不需要花那么长时间，”经纪人说，“那时一封信花四天，或者五天。起航之前，你得先把它送到船上，五天之后在伦敦交付。有了飞机，我们只损失了一天时间。”他说。

伦敦终于放晴了，她写道。她真像条蜥蜴，渴望躺在游泳池边晒太阳，或者做一只睡莲上的青蛙，不是大青蛙，而是那种苗条的、绿色的，很会游泳。他知道，她水性很好。她告诉过他。

在拒绝了各种邀请后，她躺在床上写信。我非常想念你，他对她写道，我每天想你十四次。我只想知道，我什么时候能再次拥有你？每天早上醒来的那半个小时，我都会静静躺着，沉浸在对你的思念中。我能感觉到你睁开眼睛，寻找着我。他对她还不够熟悉，不能表达他实际感受到的粗暴欲望，他无比渴望，但对自己也不够确定。他想写的是，我爱你的身体，我想飞快地脱下你的衣服，像拆开包装，把包装纸从一个神奇的礼物上撕扯下来。我想你，白日里做着梦，幻想着。你是多么美丽。我绝对的爱人。

最后，他把这些话写了下来。他为她的轮廓倾倒，她璀璨的笑容，她的裸体，还有她在那个高贵、遥远的世界里所穿的美丽的衣服。

你让我完全活了过来，她回信说。

那年夏天，他听说卡洛琳去世了，他的岳母，前岳母。他喜欢过她，她喝醉时那种天生的泰然自若，而她又总是喝醉。她的嗓音有点沙哑，但她从容待之，好像那是她舌头上的一粒烟草渣，好像她能停下来，用一根手指把它擦去。她咳嗽了一声，先是落入沉默，随后落向地板。薇薇安就在地板上发现了她，她要么是当场死去，要么在救护车来的时候就已经死了。鲍曼送去了一大束鲜花，百合和黄玫瑰，他记得她喜欢这些，但他没有收到任何回应，哪怕是来自薇薇安的简短消息。

12 西班牙

十月他们去了西班牙。她以前去过那里，不是跟她丈夫，而是结婚前去的，跟朋友们一起。英国人喜欢西班牙。像所有北方民族一样，他们喜欢法国南部和意大利，阳光下的沃土。

马德里的天空是辽阔的淡蓝色。和其他大城市不同，马德里没有河流，绿树成荫的宽阔街道就是它的河流，阿尔卡拉大街，普拉多大道。警察带着黑帽子，阴沉着脸站在各个角落里。这个国家在等待。佛朗哥，年迈的独裁者，残酷内战的胜利者——这场内战保留下来一个天主教的、保守的西班牙——他依旧掌权，但正在为永生和死亡做好准备。在离城市不远的地方，一座纪念碑式的陵墓被开凿进花岗岩山坡，烈士谷。数以百计的人，监狱劳力，正在努力建成这个神圣的地方，在这里，西班牙长枪党的领袖将长眠在一个四十层楼高的十字架之下，被游客、神父、外交官造访，直到与他并肩作战的最后一位勇士也离开。西班牙有明亮的天空，却被笼罩在阴影下。在一家书店里，鲍曼设法说服了那个谨慎的店主卖给他一本洛尔卡[1]的《吉卜赛谣曲》,那是一本禁书。他给伊妮德读了其中一部分，但她并无兴趣。普拉多美术馆一片漆黑,好像被遗忘了,甚至被抛弃了,无法看到那些杰作。他们在竞技场附近一家斗牛士们喜欢的餐厅里吃饭，也去一些很嘈杂的餐厅，它们开到很晚，然后去丽兹酒店的酒吧喝酒，那里的酒保似乎认识伊妮德，尽管她从未在那里住过。

他们去托莱多待了一天，接着去了塞维利亚，那里，夏日流连忘归。正如那位诗人所说，这个城市的嗓音引人落泪。他们步行穿过高墙间的小巷，她穿着高跟鞋，露出双肩，然后他们坐到寂静的黑暗中，这时吉他响起深沉的和弦，连空气也凝滞下来。一声又一声不祥的和弦，吉他手纹丝不动，神情庄严，直到坐在他旁边椅子里的一个女人——在那之前都没人看见她——举起双臂拍起手来，第一声仿佛一声枪响。她用狂野的嗓音呼喊着一个词，Dalé, dalé ![2]她一遍又一遍地喊着，Dalé, dalé ！催促着吉他。一开始，她慢慢地咏叹或者吟诵——她不是在唱歌，她只是在背诵那些一直都广为人知的事，一遍又一遍，吉他如同鼓声，催人入眠，无休无止，这是吉卜赛断续调。她唱得好像正在交出自己

[1] 加西亚 · 洛尔卡（García Lorca，1898—1936），西班牙戏剧家、诗人。西班牙内战爆发初期，他支持第二共和国的民主政府，反对法西斯主义叛军，后被佛朗哥的军队残忍杀害。佛朗哥当权后，直至七十年代，他的作品一直在西班牙遭禁。诗集《吉卜赛谣曲》是洛尔卡 1927 年发表的成名作。

[2] 西班牙语，意为“来吧，来吧！”。后同。

的生命，好像正在召唤死亡。她来自乌特雷拉[1]，她呼喊着，佩拉托的故乡，贝纳达和菲尔纳达的故乡[2]……

她双手举到脸旁，响亮而有节奏地拍着手，她的嗓音充满痛苦，在一片无明中歌唱，紧闭着双眼，她赤裸的手臂，耳朵上的银耳环，还有长长的黑发。这是她的歌，但它属于维加[3]，属于广阔的平原，被太阳晒得黝黑的劳作者，还有闪烁的热浪。她在倾诉生活中的绝望、苦涩和罪恶，她不停地猛拍着手，一个叫乌特雷拉的地方，在故事发生的房子里，情人离开赴死。一个穿着黑裤子的长发男人突然出现在黑暗中，他的钢头鞋跟在木地板上发出爆裂的声音，双臂悬在头顶。伴随着无休止的和弦，女人的歌声更激烈了，鞋跟野蛮、坚实的击打声，银色，黑色，男人瘦弱的身体弯曲成“S”形，狗在黑暗中朝着房子小跑，水流涌动，树的声音。

后来，他们坐到一个面朝窄街的酒吧里，不发一言。

“你觉得怎样？”他说。

她只回答说：“上帝啊。”

后来，在房间里，他开始疯狂地吻她，她的双唇，她的脖子。他褪下她肩膀上的裙带。你永远无法拥有这样一个人。戴着枷锁

---

[1] Utrera，位于西班牙，斗牛和弗拉门戈的起源地。

[2] 佩拉托（El Perrate）、贝纳达（Bernarda）和菲尔纳达（Fernanda），都是著名的弗拉门戈歌手。

[3] 加尔西拉索·德·拉·维加（Garcilaso de la Vega，1501—1536），西班牙“新体诗”的第一位伟大诗人，出生于托莱多。

的旧日生活已经在他身后，好像在某种启示下改变了形状。他们像从事一场暴力犯罪那样做爱，他抱住她的腰，一半是女人，一半是花瓶，不断增加着动作的力度。她痛苦地喊叫，像只濒死的狗。他们像受到重创一样倒了下去。

他醒来的时候，光线击打着窗帘纤细的蕾丝。泡澡让他恢复了力气。她仍在沉睡，看起来甚至没在呼吸。他站在那里，惊奇地看着她，她的手慢慢地从床单里伸出，抚摸他，然后把毛巾推到一边，温柔地握住他的阴茎。她躺在那里，一言不发地凝视着。它开始膨胀。一滴透明的小水珠落在她的皮肤上，她举起手腕，把它舔掉。

“我嫁错了人。”她说。

她趴在那里，他似乎在她两腿之间跪了很久，然后开始轻轻摆弄她的腿，不慌不忙地，像支起一个三脚架。在晨曦中，她没有一丝瑕疵，她美丽的背部，她丰满的屁股。她感觉他慢慢进来了，她把手伸向下面，它就在那里，正在成为她的一部分。缓慢而深沉的节奏开始了，几乎一成不变，但随着时间逝去似乎变得越来越猛烈了。外面，街道完全沉默，隔壁房间的人们都在沉睡。她开始大叫。他试着慢下来，克制着它，让它继续下去，但她颤抖得像一棵快要倒下的树，她的呼喊声从门下面流泄出去。

他们过了九点才醒，阳光照亮了整整一面墙。她从浴室回来，又上了床。

“伊妮德。”

“嗯？”

“能问你一些实际性的问题吗？”

“你说什么？”

“我刚才没用什么措施。”他说。

“好吧，万一发生什么意外……万一发生什么意外，我就说是他的。”

“男人有外遇的时候，还跟自己的妻子上床吗？”

“我想是的，但我们情况不一样。他已经一年没碰我了。一年多了。我想你能看出来。”

“真让人失望。我还以为是因为我。”

“就是因为你。”

外面，阳光倾盆如雨。在大教堂里，哥伦布的遗骸被存放在一个精致的棺材中，被四尊国王的雕像高高托起：阿拉贡、卡斯蒂利亚、莱昂，还有纳瓦拉。宝物箱中仍有来自新世界的金银财宝。

塞维利亚是唐璜之城，安达卢西亚，爱之城。它的诗人是加西亚·洛尔卡，黑头发，黑眉毛，一张女人似的尖脸。他是同性恋，是二十世纪二三十年代西班牙复兴的天使，他的书和戏剧充满了纯粹而致命的旋律，他的诗色彩斑斓，富含浓烈的情感和绝望的爱。他出生在一个富裕的家庭，但他的同情和爱都给了穷人，那些一生都在焦灼的土地上劳作的男男女女。他渐渐鄙视对他们毫无帮助的教堂，他是个剧作家，吉卜赛人的朋友，音乐是他的至爱。在郊外的房子里，他在楼上自己的房间弹钢琴。他的颜色是绿色，也是银色，这是夜晚河水的颜色，也是河水灌溉滋养的平原的颜色，广阔而肥沃的平原。

诗人的声名，一出现就与众不同，这也发生在洛尔卡身上。1936年，他在内战刚开始时遇害，被右翼同胞逮捕并处以极刑，埋葬在一个无名的坟墓中，他被迫亲手为自己掘了这个坟墓。他写的一切、他所主张的一切，都成了他的罪行。至美之物的毁灭是一件自然的事，毁灭成全了它们。关于死亡，洛尔卡说，无须哀悼，那是生命的一种奇景。

在他最伟大的诗当中，有一首是悼念他的朋友的，一位本已退役的斗牛士，但为了向自己的姐夫、伟大的何塞利托致敬，又回到了圆形斗兽场。他穿着或许有点过紧的绣花套装，出现在了外省的斗兽场上，人群中响起了一声呼喊，尖锐的牛角像刀子一样划破了紧身裤，还有裤子下面白花花的肉。

被戳伤两天后，百合喇叭撑开绿色腹股[1]，伊格纳西奥·桑切斯·梅希亚思死在了马德里的一家医院里，他坚持要接受治疗。在如丧钟一般深沉的礼仪声中，那场著名的葬礼开始了。A las cinco de la tarde，在下午五点钟。热浪仍未消散。那个在劫难逃的男人，仍旧穿着被撕破的套装，躺在一个小小的诊所里。

在下午五点钟。

诗行不断重复向前。一个少年带来白布，在下午五点钟。移

[1] 参见洛尔卡《伊·桑·梅希亚思挽歌》，王家新译。

动的灵柩成为他的床，在下午五点钟。坏疽此刻从远处袭来，在下午五点钟。伤口像太阳一样焚烧，在下午五点钟。悲痛的人群挤破了窗户。[1]

洛尔卡说，一个人因为死而活下去，因为被记住而活下去。1934年梅希亚思的死，像是他自身之死的演练，事先显影，但仍然未知。即将撕碎整个国家的暴风雨已在积聚。拿着白布的男孩正在赶来，石灰桶准备好了，斗牛场上平整的泥土已经在阴影中。

在受难周期间，他第一次对着满屋子吉卜赛人读了这首《伊·桑·梅希亚思挽歌》，那天晚上，他睡在了一个吉卜赛舞女的白色大床上，你的呼吸在我脸颊上孤独地升起。

那天，他们在一家酒吧楼上的餐厅里吃饭，服务生不得不举着托盘走上狭窄的楼梯。餐厅是露天的，没有围墙，只有一个帆布遮篷。他们坐在同一边，但跟她坐在一起，意味着要接受所有人的注视。那条河在他们下面缓缓流淌。

"Almejas[2]是什么？"

"你在哪儿看到的？"

"这里，"他说，"Almejas a la Casera[3]。"

---

[1] 同引自王家新译本。

[2] 西班牙语，意为"蛤蜊"。

[3] 西班牙语，意为"汽水蛤蜊"。

“不知道。”

他们点了炸牙鳕、小鱼和土豆。隔着帆布顶篷也能感觉到太阳的暖意。所有桌子都坐了人，其中一张坐着几个德国人，正在大笑。

“那就是瓜达尔基维尔河。”鲍曼指着下面说。

“那条‘大河’。”

“我喜欢名字。你的名字很好听。”

“臭名昭著的阿莫尔夫人。”

“我也喜欢把手放在你身上。”

“是的，我知道。”

“你知道？”

“嗯。”

他们继续前往格拉纳达。太阳炙烤下的乡村，透过他自己的映像，从火车车窗外漂浮而过。那里有丘陵，有山谷，有成千上万的橄榄树。伊妮德睡着了。从梦里或者从某种未知的事物中，传来一声微弱的、孩子般的鼾声，仅有的一次。她看起来从未如此宁静。

远处，村庄附近的小山丘上，有一座被树木环绕的白色房子，他可以跟她在里面生活，卧室下方是宁静的花园，凉爽而翠绿，通往阳台的门俯瞰着它，在充满爱的早晨，阳光斜映在地板上。她洗澡时开着门。晚上他们会开车去一个城市——他不知道是哪座城市，附近的城市，它们都很神奇——然后在漫天星辰的深夜返回。

与此同时，他又对她充满不确定感，不得不如此，尤其当她沉默或退缩的时候。他觉得自己只是她思绪的对象，或者更糟，甚至不是她思绪的一部分。有时候她很快地瞥他一眼，像是在审视。他知道不应该流露恐惧，但有时候，她的冷静使他不安。有时她离开去办事，去药店或者去领事馆——她总是懒得解释为什么要去领事馆——他会突然间确凿地感觉到，她是真的离开了，等他回到酒店，就会发现她的行李不见了，前台服务生什么都不知道。他会跑到街上找她，在人群中寻找她的金发。

事实就是，跟某些女人在一起，你永远不会有把握。他们已经旅行了十天，他觉得他了解她，在房间里他了解她，至少大部分时间如此；坐在酒店栗色的吧台边，他也了解她。但你不可能在所有时间都了解另一个人，了解他们的所思所想，即便发问也毫无帮助。她甚至不承认那个帅气的酒保的存在，那么沉浸在她的思绪中，无论她当时在想什么。酒保习惯了被人赞美，几乎闷闷不乐地等在几步远的地方。然后伊妮德说，一想到要回伦敦，她就觉得讨厌。

“我也是。”鲍曼说。

她没说话。

“你丈夫。”他继续说。

“哦，部分是因为我丈夫。好吧，不仅仅是一部分。我不想离开这里，你为什么不搬到伦敦来？”

他没想到她会这样说。

“搬到伦敦，”他说，“你要离婚吗？”

“我想离婚，但现在不行。”

“为什么？”

“哦，有那么几个原因。钱是一方面。他一分钱都不会给我。”

“你不能上法庭要吗？”

“想想就很累。争吵，法庭。”

“但你会获得自由。”

“自由和孤身一人。”

“你不会孤身一人。”

“这是句承诺吗？”她说。

他们没有一起回伦敦。他从马德里坐飞机回纽约。他旁边的座位碰巧没有人，他在那里看了一会儿窗外，然后坐回来，带着放松的心情和深深的幸福。西班牙渐渐消失在他们脚下。她把他带到了这里，他会记得很久。阿方索十三世饭店高大而宽阔的台阶，银行家和民族主义将领们都曾经行走在上面，如同登上祭坛。丽池公园里的土路，一排排白色的雕像。

在洛尔卡诗集的扉页，他仔细写下那些酒店的名字，瑞娜·维多利亚，道罗，戴尔·卡德纳尔，西蒙。他们睡在放了四个枕头的床上，迷失在一片白色之中。在西班牙语中，表示裸体的词是desnudo。她说，这在任何语言中都是一样的。

他点了一杯酒。客舱广播结束了，只有引擎发出低沉、稳定的声响。不知为何，他好像从窗外看到自己坐在那里，而他也在思考着自身。他能看见自己，整个儿的自己，从握着杯子的手，一直到脚。他是多么幸运。他能看见另一位乘客的腿，头等舱的一位乘客，穿着灰色西装的腿。无论那个人是谁，他都感觉自己比他优越，比所有人都优越。她说，你闻起来像块香皂。他刚洗了澡。你把男人的味道都洗掉了。它还会再回来的，他说。那条穿西装的腿让他想起了纽约，想起了办公室。他想起了格雷琴以及她脸上的斑痕，以及这斑痕如何让她变得更有魅力。他想起了圣诞节在弗吉尼亚遇到的那个女孩，达尔，到处嗅着性的气息。如果你碰巧是那个人，她立刻就是你的了……如果你碰巧是那个人，这样的事情发生了，他在西班牙，和一个女人在一起，这个女人给了他至高无上的感觉。他已经超越了某个界限。她金色的头发，苗条的身材。他看到自己如今变成了另一种男人，他曾经渴望的那种，一个完整的男人，习惯了奇迹的发生。伊妮德抽烟，偶尔抽上一根，慢慢吐出浓烈的香气。丽兹酒店的灯光让她变得更美了。她高跟鞋的声音。没有其他人，再也不会有第二个人了。

晚秋时节，他吃完午饭回到办公室。天越来越冷，街上一张张脸庞被风吹得更加清晰。天空没有颜色，建筑物的玻璃闪着光，一如每天的早些时候。办公室安静得出奇，大家都出去了吗？令人恐惧的凝滞。他们没出去，而是在听新闻。发生了一件可怕的事。总统在达拉斯遭到了枪击。

13 伊甸园

在皮尔蒙特小小的白色房子里，艾丁斯和他的妻子以及利昂在一起，过着哲学王的生活。房子依旧装饰简洁，长沙发旁边有两把带靠垫的旧柳条椅，一张破旧的东方地毯。卧室里有书，一张竹制的床头柜，还有一种和谐的感觉。他们一无所求。他们吃饭的桌子放在厨房兼餐厅里，艾丁斯经常喜欢坐在那里看书，香烟在琥珀烟斗里燃烧，他感到房子在他周围、在他肩上，他的妻子和利昂睡在楼上，而他，像阿特拉斯一样，支撑着这一切。

他们不修边幅地在镇上出入，按艾丁斯的说法，那是一种油漆工的风格，当地人似乎喜欢这种风格。他穿大衣和西装外套，系着围巾，穿运动长裤，还戴一顶浅顶软呢帽，但他进城的时候会好好打扮一番。他开车，通常独自一人，每当穿过乔治·华盛顿大桥的时候，看着远处开阔的地平线，他都有一种兴奋的感觉。晚上，离城市越远，开车越自由，车流也变得越稀少，回到家时，他身体中仍旧鼓噪着些许曼哈顿的能量。

很长一段时间内，他们都是人人羡慕的新婚夫妇，一对免除了习惯、亲密乃至历史束缚的夫妇。在派对上，当他们站着和人们交谈时，她会偷偷握住他的拇指。晚上，他们躺在床上，听着楼梯的嘎吱声，看着电视，几乎懒得去叫利昂关灯。大河陷入沉默的夜晚。雨滴落下的夜晚。冬天，整座房子都吱吱作响，夏天又像在孟买。因为利昂在，他们不能再像威廉 · 布莱克和他的妻子那样赤身裸体坐在花园里，但在床头板上，她刻了一个小小的标识，上面写着“乌穆达”（Umda），那是埃及的国王或首领。他只穿睡衣的下半身。

他们在镇上还有附近的美景村里交到了朋友。一天晚上，在斯波尔多内餐厅，他们遇到了一个神情有些忧郁的画家，名叫史丹利 · 帕姆，长得像但丁的画像，就是他初次遇到贝雅特丽齐时的样子。他住在河边的煤渣房里，旁边有个小小的画室。他和妻子玛丽安分居了。他们结婚十二年，有个九岁的女儿，名叫艾瑞卡。艾瑞卡 · 帕姆，艾丁斯暗自想。他喜欢它的发音。艾瑞卡和利昂。不常见，但很时髦，他们的父母都离婚了，至少分开了。帕姆分居是因为他的妻子泄了气，放弃了他：他走投无路了。他在纽约没有画廊，没有声誉。他每周在纽约市立大学艺术系教三天课，剩下的时间在他的画室里画画，那些画往往只有一个颜色。

帕姆在女人那里运气不佳，但还没有放弃希望。他在酒吧尤其缺乏运气。在城里，他停下来喝一杯，有个女人似乎独自一人，他试探着说：

“一个人来的？”

他会被一眼看穿。

“不。朋友帮我拿酒去了。”她说。

帕姆没看到其他的人，只好问道：

“你从哪里来？”

“从月球。”她冷冷地说。

“哈，我从土星来。”

“看起来挺像的。”

他分居一年多了。他向艾丁斯坦陈，世事难以理解。有些很成功的画家根本不比他强。有些人似乎做什么都很轻松。有天晚上，他心血来潮地给玛丽安打电话。

“嗨，宝贝。”

“史丹利？”

“是的，”他有些气势汹汹地说，“是我。”

“我刚才没听出你的声音。你听起来很奇怪。”

“是吗？”

“你在喝酒吗？”

“没有，我挺好。你在干什么？”他更加随意地问道。

“有事吗？”

“你到这边来怎么样？”

“到哪边？”

他决定本着时代的精神，勇往直前。

“我想干你。”他飞快地说。

“哦，天呐。”她说

“是的，我是认真的。”

她换了话题，他显然喝了酒，或者听了什么。

“你自己过得怎么样？”她问道。

“没事。我在想我们的事，你为什么不能友好一些。”

“我一直很友好。”

“我真的很孤单。”

“那不是孤单。”

“那你叫它什么？”

“我不能去。”

“为什么？为什么不能做一个好心的女人。”

“我一直很好心。很多很多次。”

“但现在于事无补。”他说。

“你会挺过去的。”

她又跟他聊了一会儿。最后她问，他是不是感觉好些了。

“没有。”他说。

后来有一天，他带着自己参加的一个展览的通告去了村礼堂，一个穿紧身针织套衫的黑发女孩也在那里，看起来很随和。她叫朱迪，比他年轻，他们聊了一会，他的画家身份让她很感兴趣。她说，她以前从没见过画家。她顺路载他回皮尔蒙特。在路上，她开车的时候，他好像出了神，把一只手伸进了她的皮夹克，像个摇滚明星。她二话不说就成了他的女朋友。不久，他告诉她，他有个主意，就是开一家餐厅，像纽约那种画家和音乐家常去的餐厅。它将是意大利式的，他已经取好了店名，西罗尼[1]，这是他崇拜的一个画家的名字。

“西罗尼。”

“对。”

朱迪很热心。她说，她会帮忙打点一切，做他的合作伙伴。帕姆看到一场梦即将成真，那种永不落幕的幻梦。西罗尼会在城里的某个地方，但第九街也有一个备选的地址。朱迪更喜欢城里，她不喜欢离群索居的感觉，尤其在晚上。

“你为什么会想到来这里？”她说。

“嗯，弯道那边的一个老房子刚好在出租。玛丽安也不喜欢这个主意。”

“这和玛丽安有什么关系？”朱迪说。

史丹利明白了他们相处不来，甚至对朱迪和他一起过夜感到不自在。在路边，他让她把车往前停一点。

“怎么了？你怕有人看见我吗？”

“不是那样的，是因为艾瑞卡。”他说。

“玛丽安不知道你有女朋友吗？再说，这关她什么事？”

“玛丽安跟这件事一点关系都没有，她怎么想都无所谓。我

[1] 指马里奥·西罗尼（Mario Sironi，1885—1961），意大利现代主义大师。

根本不在乎她怎么想。”

“不，你在乎。”朱迪说。

史丹利对此感到困扰。他的确总跟妻子聊天，朱迪在的时候她也经常打电话来。谁都看得出来他在和谁通话。但他是个艺术家。他觉得他不应该被资产阶级的思想或行为所束缚。他求着玛丽安写了一封信，信里说他可以自由地去见任何他喜欢的人，跟任何他喜欢的人做爱，但她拒绝说在任何他喜欢的地方、以任何他喜欢的方式。

朱迪读了信，哭了起来。

“怎么了？”

“哦，天呐。”

“什么？”

“你竟然要经得她的准许！”

尽管史丹利已经为西罗尼餐厅画出了前台和吧台的彩色草图，但一件无关的事终止了这一切。执政多年的市长，一个在城里有家室和很多亲戚的男人，跟塔泽潘银行的一个出纳员发生了关系。一天晚上，他们在他的车里性交，一个勤勉的警察照亮了车窗。出纳员声称自己被强奸了，随后重新恢复了镇定，市长试图跟警察解释，但很不幸的是，那是警察局局长。他哀求警察不要记录在案，但无济于事，结果便是将整个城市分为两个阵营的敌对状态，市长的妻子站到了警察那一边，行政陷入瘫痪。西罗尼的开业申请被无限期地搁置了。

有一天，在城里的世纪俱乐部，艾丁斯和一个成功的文学经纪人一起吃午饭，俱乐部环境不凡，到处都是书籍和肖像。经纪人名叫查尔斯·德洛维特，穿着考究，腿有点跛，据说是滑雪的时候发生了意外。他一只鞋的鞋底很厚，但并不明显。德洛维特是个时髦的男人，对女人很有吸引力。他拥有一些大客户，据说包括诺埃尔·考沃德，还有传言说他在西港有一艘游艇，夏天会在上面举行派对。他的办公室有一个女神游乐厅[1]的陶瓷烟灰缸，上面的浮雕是一双舞蹈演员的长腿，边缘还刻着一行字——Plaire aux femmes, ça coûte cher[2]——女人们很昂贵。他做过编辑，喜欢作家，实际上是爱他们。很少有作家是他不喜欢的，或者毫不具备他喜欢的品质。但也有例外。他痛恨抄袭者。

“佩内洛浦·吉列特[3]，科辛斯基[4]，”他说，“真是骗子。”

他说，做编辑的时候，他买书；作为一名经纪人，他卖书，这比决定要不要买一件东西容易多了，最好的地方在于，一旦你卖出一本书，你的责任就结束了。出版商承担下了一切。如果书

---

[1] Folies Bergère，巴黎的一家卡巴莱咖啡厅（cabaret），位于第九区。演出以华丽的服装、堂皇的排场以及异域风情著名，并时有裸体表演。

[2] 法语，意为“取悦女人，花费不菲”。

[3] 佩内洛浦·吉列特（Penelope Gilliatt，1932—1993），英国小说家、电影评论家、剧作家。

[4] 耶日·科辛斯基（Jerzy Kosinski，1933—1991），波兰裔美国小说家，纳粹大屠杀的幸存者，代表作为《被涂污的鸟》。

卖得好，你也跟着成功；如果卖得不好，总还有更多的手稿在那儿等着。你还有机会看到一个作家的成长和进步，他说，这是一种联结。

德洛维特的创新之一是他宣称所有的投稿都会被读到。他收取一笔费用。一群审稿员被命令读个不停，随后写下退稿信。叙述感不够强烈……多些人物描写，或许能找到出版商……读到这些部分我们非常兴奋……不太符合我们的口味……去你的口味！一个愤怒的作者在回信中这样写道。

他的另一个点子是竞价，而不是按照惯例，一次只提交给一个出版商然后等候回复。出版商们起初拒绝参加，但后来他们慢慢放下了身段，如果一本书有足够的前景，或者作者的名气足够大，他们愿意相互竞价。

那天的午餐上，对话亲切而无所不包。德洛维特身上散发着金钱的气息，双排扣西装和看上去从未打过结的丝质领带。艾丁斯发现自己被吸引了。

“告诉我，尼尔，你在做什么？薪水是多少？”

啊呀！艾丁斯想。他往那个数字上加了几千块，毫不犹豫地说了出来。德洛维特做了个“少来这套”的手势，至少没把它当真。他表示，这不可能。

“我能不能把这看作一份工作邀请？”艾丁斯问。

“当然。”德洛维特说。

他们当场敲定了一个新的薪酬。

罗伯特·鲍姆知道编辑们总是愿意接受更多的薪水或更高的职位，他依靠公司的声誉来弥补这些差距。他和德洛维特打过交道，多多少少了解这个人，也听传言说，他代理的作家们从未获得自己应得的版税，尤其是那些难以追踪的外国版税。他简明扼要地形容德洛维特：

“他是个骗子。”

艾丁斯理了发，在英美百货公司买了一件新的秋季战壕风衣。他预见到了一种适合自己的生活。一开始，他大部分时间处理些细枝末节，跟那些不太重要的客户打交道，其中包括几个南方作家，有一位最初是密苏里的牧师，艾丁斯觉得他有一种自然的天赋。

这些都是通过邮件完成的。艾丁斯自己打字或者让秘书来做，给他们写信，告诉他们哪些地方拒绝了他们的作品，也许再附上一两句来自编辑的鼓励。他会说，他们现在可以去试试《哈泼斯》或者《大西洋月刊》了。他试着安慰他们。他喜欢作家，喜欢某种类型的作家，尤其是那些酒鬼，或者跟他讲同样方言的。前牧师写过一个引人落泪的故事，讲了农场上一个骨瘦如柴的妻子和一头瞎了眼的母猪，但似乎没人想要。作家苦涩地说，弗兰纳里·奥康纳已经穷尽了南方故事的所有可能性。

艾丁斯同情他们。他几乎能听见他们拉长的嗓音[1]。他们用的

[1] 美国南方口音的一个特点是拉长的元音。

是乡村免费邮寄地址。前牧师之外的另外一个作家和自己年迈的父亲住在偏远的乡村。艾丁斯觉得自己让他们失望了。你应当按照人们的期望行事,这就是准则。五岁的时候你被期望去田里工作,你去了,而且这样做多半会更好。你被号召去为国家效力,你去了,事后也不会放在心上,就像他的父亲或他之前的那些人,南方投降之后,他们步行数百英里回家,试着重新开始他们的生活。

事到如今,有一天他向德洛维特建议说,他们应该像某些出版商那样,给这两个作家发预付款,甚至给他们发月薪,但这个主意直接被忽略了。艾丁斯很晚才知道,西港的游艇原来没有发动机。与此同时他了解了更多细节,了解了如何去做一名经纪人。黛娜来城里,据她说就是随处逛逛,吃晚饭,偶尔他们三个人在城里过周末,住在第五大道尽头一个稍显破旧的大旅馆里。

艾丁斯的跨年夜是在皮尔蒙特度过的,跟史丹利和他的女朋友一起,在斯波尔多内餐厅。女服务生腿脚不灵便,到了那天晚上结束的时候,她累得坐到了他们中间。新年的早晨寂静而明亮。艾丁斯在自己舒服的床上早早醒来。黛娜正在酣睡,脸上有一种他从未见过的宁静和纯洁。他感觉蓬头垢面,却精神焕然,充满欲望。他把被子往下拉了一点,把她抚摸到半睡半醒,他的手放在她的后腰,继续贸然向前。他感觉到了她肯定的回应。他们可以听见他们的儿子在楼下,他们小心翼翼地不发出动静,迎接新的曙光。事后他们躺在各自的臂弯里,半睡半醒。新的一年。1969 年。

14 摩拉维亚

一位老作家，威廉·斯旺伦，仍因早期的一两本书而备受尊重。他提交了一本小说，但他们不得不拒绝，一本美国版的《死于威尼斯》，写得足够优美，但已经过时了。为了向他传达这个坏消息，鲍曼邀请这位老人共进午餐。斯旺伦解释说，他不能来吃午餐，他们在他的公寓里见面会更方便些。面对这种坦率，鲍曼迟疑了一下，但最终还是同意了。

一座传统的白色砖楼，淹没在第二大道的其他建筑中，跟他预料的有所不同。一个小小的门厅，电梯由不穿制服的门卫操作。斯旺伦穿着格子衬衫，戴着领结，过来开了门。这是个狭小甚至局促的公寓，唯一的风景只有对面的其他建筑。家具没有特别的风格，一张沙发床，几个书柜，一间关着门的卧室——斯旺伦和一个名叫哈罗德的伴侣在一起生活很久了——厨房旁边有一张很大的镶框画，冰蓝色，画中是一个裸体的年轻人，阳具垂挂在两腿之间。斯旺伦一边说话，一边在它下面的饮料桌上准备冰茶。

他仍旧帅气，尽管他的嘴角有烟熏的斑点，头发已是枯萎的白色，那是金发的命运。他谈的都是奇闻逸事和各种流言，好像他生下来就认识你——他认识所有人，萨默塞特·毛姆，约翰·马昆德，葛丽泰·嘉宝。他在欧洲生活了很多年，主要是在法国，认识罗斯柴尔德家族的人。

他们坐着，愉快地畅所欲言。斯旺伦明显喜欢有人陪伴。他谈论美国艺术文学院的八卦，形迹可疑的会员，还有诗人之间的争吵。也谈论古代世界的同性恋，希腊人双腿之间的乐事，以及他自己得淋病的经历。治好它花了十八个月时间，一位法国医生每天在他身上插管子，用弱蛋白银涂抹伤口。

他们谈天喝茶。鲍曼等待恰当的时机提小说的事，但斯旺伦聊起了桑顿·怀尔德[1]邀请他去酒店房间吃饭的那个晚上。

“他有点被我出了名的同性恋倾向吓到了，”斯旺伦说，“我们每人面前都放着一瓶波本威士忌和一桶冰块，本打算聊聊普鲁斯特，但我不记得都说了些什么。我只记得我们喝了太多酒，我又兴奋又疲惫，不得不说我要回家睡觉了。怀尔德整夜不睡，去一个又一个酒吧，跟任何可能的人聊天。他非常害羞，但在一个奇怪的城市里，他这么做是为了发现能吸引普通人的东西。他没什么亲人。他有一个弟弟，妹妹在疯人院。”

---

[1] 桑顿·怀尔德（Thornton Wilder，1897—1975），美国小说家、剧作家，曾于1927年和1938年两次获得普利策奖。

斯旺伦出生在俄亥俄东部一个农场，有一双农民的宽大手掌。他说，在阿利根尼山脉，地底下经常有煤，农民们在工作一天后，会下山挖一点煤出来。他们在地下挖的时候，会留下摇摇晃晃的煤柱，柱子，来支撑矿顶，当矿脉最终耗尽时，他们会撤走，一边走一边挖掉煤柱。他们称其为“拉柱子”。

他说，这就是他目前在做的事。拉柱子。

结果，鲍曼太喜欢他了，以至于改变了对书的想法。他们接受了它。但不幸的是，书没卖出几本。

这段时间，一切都笼罩在越战的阴影下。许多人，尤其是年轻人的反战热情被点燃了。没有尽头的死亡者名单，可见的暴行，从未兑现过的胜利的承诺，直到战争看起来像个不成器的孩子，永远不能被信任，不能被改变，但又必须被接受。

与此同时，似乎在某种程度上是为了疗伤，一股新的艺术浪潮出现了，像是突然之间，意想不到的潮流涌进来。其中一部分是绘画，但也有欧洲电影，带着它们的新鲜和坦率。它们似乎提供了一种在其他地方正岌岌可危的人性的证明。出于一种莫名其妙的尊严感，鲍曼拒绝穿着军装去参加反战示威游行，但他坚决反对战争，哪个有思想的人不会呢?

相形之下，他过着一种外交官式的生活。他拥有地位，享有尊重，具备有限的财力。他的工作是跟个体打交道，有一些极具天赋,有一些也令人难忘。穿着绒毡拖鞋的奥登总是很早到，先喝五六杯马提尼，然后再喝一瓶波尔多，布满皱纹的脸被烟雾萦绕。玛丽莎·内洛，与其说她本人是个诗人，不如说是诗人的情妇，一边走上楼梯，一边用糟透了的法语背诵波德莱尔。这是一种超越其自身事务的生活，拥有历史的视角，建筑的视角，以及人类行为的视角，包括西班牙那些白晃晃的下午，百叶窗紧闭，一缕阳光在黑暗中燃烧。

他搬去了六十五街的一间公寓，离很久以前他等着和金德里根谈话的那间藤蔓覆盖的大宅不远。他有一个清洁女工，每周来三次，同时帮他采购，采购清单连同需要她处理的特别事项都写在厨房的一个小黑板上。他偶尔才在公寓里吃晚饭，她有时把晚餐做好后放在烤箱里。通常他在外面吃饭，去餐厅或者私人聚会。他可能会出现在电影院或剧院。有时，他心血来潮地连票都不买就去剧院，西装革履地站在剧院外面，带着一块衬衫后背板做的标语牌，上面写着“求购，单人票”，这个办法很少失败。在歌剧院，他最喜欢《阿依达》和《图兰朵》，坐在白色脸庞环绕的黑暗中，完全被伟大的咏叹调和对世界的确定感所征服。

出版聚会时有举办，渴望在这个行当谋生的年轻女士穿着黑色礼服，容光焕发。这些女孩住在小公寓里，衣服堆在床边，夏天拍的照片在一旁卷曲着。

他热爱他的工作。生活从容而明确。夏天，工作日变短了，每个人都在星期五中午离开，有时一直到周一中午才回来，他们去了康涅狄格或者温斯科特的房子，那些旧房子，如果你幸运的话，十年前能以极低廉的价格买到。他尤其喜欢一位编辑亚伦·阿瑟的房子，一座几乎完全被树木掩映的农舍。另一些房子总是带来生活秩序井然的印象，放着朴素餐柜的厨房，旧窗户，婚姻的舒适感以通常的面目出现，有时这超越了一切——清晨的早餐，交谈，深夜时分，没有任何放纵或衰朽的迹象。

在生活中，你需要朋友和一个好的居所。他拥有朋友，出版界内外都有。他认识人，也为人所知。他以前的室友马尔科姆·皮尔森和他的妻子安西娅，通常还有他们的女儿，经常一起来逛城里的博物馆，或者去一家画廊看看，他认识那里的老板。马尔科姆老了，看不惯很多事，拄着拐杖走路。我老了吗？鲍曼想知道。他很少思考这些事。他从来没有特别年轻过，换言之，他年轻了很长一段时间，现在正处在自己的真实年龄，老到可以享受文明的馈赠，但相对于原始的欢愉来说，又没那么老。

人们向他寻求意见，甚至寻求安慰。他喜欢的一位女编辑有张阅历丰富的脸，能在一瞬间识人断事，跟自己的儿子一直相处得不好。他三十岁了，精神状态不稳定，从来无法找到自我。他一度转向上帝，变得虔诚。他去耶路撒冷朝圣，整天读《圣经》。他向他母亲坦白说，他的激情“是属于绝对的”。她当然吓坏了。像时时遭受折磨的灵魂那样，他格外友善而温和。他的父亲已经放弃了他。

他能做的其实微乎其微，只能聆听并试着安慰她。心理医生已经失败了。而他，不知为何，仍能带来帮助。

在人们眼中，他是一个没有成家，但有着绝佳条件去组建家庭的男人。以四十五岁的年龄而言，他看起来很年轻。他没有灰发。似乎与生活和睦相处。他也被视为一个有些神秘的人物，有力量实施一场近乎神奇的转变，把一个人变成作家。人们认为那是他的赐予。坐在他旁边的金发女人坦白说，她喜欢读书。那是在一座摆满艺术品的大公寓里举办的十二人晚宴，公寓里有一架三角钢琴，两个不分主次的房间，一间摆放了舒适的椅子用来喝酒，另一间放了一张很大的餐桌和一张自助餐台，角落里有张沙发，还有可以眺望公园的窗户。

她说，她喜欢读书，但唯一的问题是她从来记不住读过什么——《多娜 · 弗勒和她的两个丈夫》——这是此时此刻她唯一能想起来的书名。

“嗯。”鲍曼说。

这时他刚咬了一口东西。

“你出版哪种书？”她问。

“小说和非虚构。”他简单地说。

她好奇地看了他一会儿，好像他说了什么奇妙的话。

“再跟我说一遍你的名字。”

“菲利普 · 鲍曼。”

她沉默了，然后说：

“那是我丈夫。”她指着桌子对面的一个男人。

他是个律师，鲍曼听人介绍过了。

“你想听个故事吗？”她问。“那时我们住在科德角一位朋友的房子里，有个建筑师也在那里，很不错的家伙。他本来有个约会，但女方没有露面。他刚刚离婚。他娶了一个女演员，婚姻只维持了一年。这让他非常痛苦。你结婚了吗？”她若无其事地问。

“没有，”鲍曼说，“我离婚了。”

“那太糟糕了，”她说，“我们已经结婚十二年了，我和我丈夫。我们是在佛罗里达认识的——我是佛罗里达人——放学后我四处闲逛，在一家古董店工作，正在挂照片，他看到了我，然后爱上了我。他看到了这个金发 WASP[1]——你知道，男人们脑子里总想着这些事——确实如此。”

越过她，在女主人身后，鲍曼能看见灯火通明的厨房入口。

“你在看什么？”

“那边地板上刚跑过一只老鼠。”鲍曼说。

“老鼠？你眼神一定很好。很大吗？”

“不大，是只小老鼠。”

“不管怎么说，你想听剩下的故事吗？”

“我们讲到哪里了？”

“建筑师……”

“离婚的建筑师。”

“对。终于，那个女人，他的约会对象，出现了。她穿着紧

[1] WASP，指 White Anglo-Saxon Protestant，即白人盎格鲁-撒克逊新教徒。

身礼服。她完全不适合他。我是说，她隆重登场。我过去也经常穿成那样。我知道。问题是，”她突然说，“我疯狂地爱上了这个家伙。他离婚了，他那么脆弱。晚饭后我在沙发上睡着了，后来我抬头一看，他就在那里。我们聊了一会。他太帅了。他是个天主教徒。我产生了幻想，你知道吗？我本来可以放弃一切去得到他，但这在当时是不可能的。”

她正在喝葡萄酒。失去了她原本的镇静。她说：“你可能不明白，也许我没把故事讲对。他比我小两岁，但我们有真正的默契。我能告诉你一件事吗？我没有一天不想他。你可能总听到这样的故事。”

“不，并不是。”

“我是说，这只是幻想。我们有两个孩子，两个非常好的孩子，”她说，“我们是在佛罗里达认识的——那是 1957 年——现在我们在这里。你懂我的意思吗？一切都如此匆忙。我丈夫是个好父亲，他对我一直很好。不过那天晚上。我无法解释。”

她停顿了一下。

“他离开时吻了我。”她说。

她看向鲍曼的眼睛，又把视线移开。

那晚快要结束的时候，她在门口发现了他，一句话也没说就抱住了他。

“你喜欢我吗？”她问。

“喜欢。”他安慰地说。

“如果有人写下那个故事，”她说，“我不会介意。”

伊妮德从没问过他是不是喜欢她。他为她疯狂。在英国，他们驱车北上，去诺福克看一只狗，那里葱翠，平坦，到处是大房子和阴郁的城镇，马的国度。在纽马克特，四五个只穿衬衫的马童站在一个角落里，其中一个懒洋洋地对着墙撒尿。他们经过的时候，他冲着他们、冲着她，挥动他的老二。

“很好，”鲍曼说，“英国小伙子，就这样吧？”

“没错。”伊妮德说。

过了镇子几英里后，他们来到了一路寻找的房子，一幢刷着灰泥的矮屋，坐落在街道尽头。一个穿灰色毛衣的男人来开门，他的两颊各有一团生肉的颜色。

“戴维斯先生吗？”伊妮德问。

“是的。”

他一直在等他们。

“我猜你们很想见到他[1]。”他说。

他带他们绕过房子，来到屋后一个大铁栅栏前，当他们走近时，狗开始狂吠。更多狗加入进来。

“别理它们，”戴维斯说，“见见人对它们有好处。”

他们沿着栅栏一直走到快到尽头。“他在那里。”

[1] 原文如此。书中对赛犬使用的人称代词，有时是 it，有时是拟人手法的 he。

一只年轻的灵缇犬躺在狗窝一角，慢慢站起来，带着一股迟缓的尊严走到铁丝网前。他简直是属于国王的狗，全身白色，戴着灰色的背带，脑袋周围有一圈像头盔一样的灰毛。东方的统治者和他们的灵缇犬葬在一起。伊妮德把手指伸进铁丝网，去摸他的耳朵。

“他很漂亮。”

“还不足五个月大。”戴维斯说。

“你好。”她冲着狗说。

这条狗是一位朋友送给她的，叫摩拉维亚，它的父亲名叫杰克小子，有十分优良的纪录。戴维斯是名驯狗师。一辈子都和狗在一起。后来他告诉他们，他的父亲是个建筑工人，一心想拥有一匹赛马，但最终还是养了狗。它们吃得比较少。戴维斯已经取得了一些成功，但你永远说不准，它们也有可能让你失望。有些狗很有前途，但结果却不怎么样。它们生来就是为了赛跑，但不是所有狗都跑得好。有些爆发力很强，有些擅长远距离，有些野外赛犬喜欢在外面跑，另一些则喜欢沿着赛道跑。

“它们各有特点。”他说。

他通常对自己的期望持谨慎态度，对这条狗却颇有信心，尽管它还很小，但对破布娃娃非常专注，疯狂地捕捉它们，把它们叼在长长的白色牙齿中间。后来，他测速的成绩不错，跟其他两条狗一起训练起来也毫无困难。

结果，在他的第一场比赛，一切都乱了套。刚一开始，他就被另一条狗撞到了，一直没能甩掉大部队。他一路都被卡在队伍末尾。驯狗师在电话上说，这真令人失望。

“这看起来不公平。”伊妮德说。

“也许吧，但没有所谓公平的比赛。这不过是第一场，他只需要再次鼓起信心。”

他和其他几条狗跑了几次，表现出一定的速度，随后，在下一场比赛中，他获得了第四名。那次比赛在伦敦城外，伊妮德没有去。

第三场比赛在罗姆福德，他在二号起跑箱，赔率是20∶1。轨道上有东西快速飞过。门突然打开，它们跑了出来，他大部分时间都处在领先位置，接近终点时它们挤作一团，分不清彼此，但结果他以一头之距的优势胜出。“向评分员致敬！”人们呼喊道，吹响喇叭，比分太接近了——不是向裁判致敬，而是向决定赔率的人致敬。那周的报纸上出现了第一批赞扬，跑得好，还有不要换掉它。

他又赢了两场。这开始有了意义。最后五场赢了三场，报纸上写道，还有更令人印象深刻的，快成一团火，以四狗之距获胜。

鲍曼特意坐飞机去看它在白城体育场的比赛，白城是伦敦的著名赛道，把人们从剧院区吸引来，颇有魔力。那天晚上他和伊妮德在一起，感觉很兴奋。他们是一对赛狗夫妻。

在途中，他们停下来喝酒。酒吧附近是一家医院，吧台上方有一个标识，写着医护人员还有缝了30针或以上的病人享受八五折。赛道上人潮涌动，人们聊天，喝酒。漆黑的夜晚，阴云密布，感觉要下雨。摩拉维亚的赔率是 3∶1。戴维斯已经用专门的缓释擦剂为他擦了全身，肩膀，身体，一直擦到强壮的后腿，然后上下涂满每条腿，像在准备一场横渡海峡的游泳。接下来他给腿做拉伸，狗已经停止了反抗，静静地躺在那里。

他在第五个回合跑。狗被牵出来的时候，天下起了小雨。有两条白色的狗，摩拉维亚还有另一条，名叫科布加小子。人群渐渐安静下来。

“我从来没有这么紧张过，”伊妮德小声说，“感觉好像是我自己要去跑。”

鲍曼注意到，赔率由于某种原因降到了 3∶2。把狗放进箱子的工作开始了。突然，电动兔从黑暗中出现，箱子被弹开。它们跑起来，绕过第一个弯道时紧紧挨在一起，向赛道另一端跑去。雨下得更大了，银色的雨帘斜穿过光线。你很难分清那些狗，但有一只白狗靠近领头的位置。狗群飞奔，在雨中低低地蜂拥向前。很难想象它们是如何摆脱其他狗的。当它们转过最后一个弯道时，可以看到一条白狗的头和肩膀，就这样，它们越过了终点。是摩拉维亚。

雨仍旧很大，他在一把雨伞下面被戴维斯来回遛着冷却身子。当摩拉维亚被带上领奖台的时候，鲍曼从站在他们旁边的一个女人那里借了一把伞，带伊妮德走了过去。他迈着优雅的步伐，脑袋一侧的灰色斑点让他看起来像个戴着面具的亡命之徒。驯狗师举起他以示胜利，在戴维斯双臂间，他如同一只羔羊，舌头在张开的嘴里颤抖。伊妮德的狗。

事后他们一起喝了一杯，戴维斯很可能已经喝过了。他的脸上洋溢着喜悦。

“好狗，”他说了好几次，“太太，我希望你在他身上押了钱。”

“是的，一百镑。”

“他们降低了他的赔率。庄家用自己的钱下注来降低赔率。他们怕他，他们怕他。”

他说，他跟一个朋友住在城外。他比以往更健谈了。他兴高采烈地吐露心声：“他很有前途，对不对？”

他们在酒吧跟他告别，去迪恩街和几个人共进晚餐，其中有一个上了年纪的女人，长着一张令人惊异的脸，像颗李子，不过她有一副沙哑的嗓子。鲍曼被她吸引了。她用意大利语说了些什么，他没听清，但她拒绝重复。她说，她曾经嫁给一个意大利人。

“战后他被枪毙了。”

“枪毙？”

“是为了报复，”她说，“他知道这会发生。很多类似的事。他的姐姐，我的大姑子，一年前才去世，她曾在圣马可广场上朝温斯顿·丘吉尔的脸上吐口水。他们是法西斯主义者。我对此无能为力。我的丈夫在其他方面都很迷人。这都是很久以前的事了，你还太年轻。”

“不，我不年轻了。”

“你多大年纪？三十五岁？”

“我四十五了。”

“我记得法国殖民地博览会，1932 或者 1933 年，”她说，“塞内加尔军队穿着蓝制服，戴着红帽子，光着脚。那是一个不同的世界，完全不同。你的生活是怎样的？”

“我的生活？”

“有哪些重要的事？”

“好吧，”他说，“如果仔细回想，对我的生活影响最大的事，我得说是海军和战争。”

“男人们就这样，不是吗？”

他不确定自己说的是不是实话。他的意识只是不自觉地滑向那里。在他的诸多梦境中，那是最常重复的一个。

两周之后，为了备战德比狗赛，摩拉维亚在温布尔登跑了一次，然后在转弯时毫无理由地摔倒了。他腕关节骨折，不算严重，但躺在石膏里似乎让他感觉羞愧，好像知道人们对自己的期望。伊妮德抚摸着他的肩膀，光滑的白中带灰的毛发。他的小耳朵耷拉着。他的目光落向别处。

但是，骨头愈合得很慢。这是一件旷日持久的事。当他终于痊愈的时候，她去看他，但有些东西没再回来，某种不可见的东西，不管那是什么。他优雅而单薄地站着，和其他狗完全没有区别，但是他再也没跑过。

“我的心都碎了。”她说。

后来有人问起他时，戴维斯说：

“是的，他本来应该去参加德比大赛，但他摔了那一跤。事情总是那样。如果你真他妈的恨什么人，就给他买只灵缇犬。”

伊妮德送他去机场，这是一件她从来没有做过的事。当他们站着候机时，他感到一阵不安。不是因为她说的任何话，仅仅是因为那种沉默。事情正在流逝，而他无力阻止。他们是不会结婚的。她已经结了，对她丈夫负有某种奇怪的义务——鲍曼始终没弄明白那究竟是什么。她说过她不能去纽约生活，她的生活在伦敦，他只是其中的一个剖面，但他希望维持那种状况。

“或许下个月我就能回来。”他说。

“那太好了。”

他们在大厅说再见。他离开的时候，她轻轻挥舞她的手。

登机的时候他感到一阵空虚，还没到飞机起飞，又是一阵强烈的哀痛。好像他是最后一次离开，他看着英国在他身后缓缓掠过，突然想她想得要命。他本该跪下来。

冬天的一个晚上，在纽约广场饭店铺着地毯的走廊上，鲍曼迎面遇上一个穿蓝色裙子、身材有些走样的女人。是贝弗莉，他的前大姨子，她的下巴几乎完全消失了。

“喂，那不是纽约先生吗。”她说。

布莱恩在她身旁。鲍曼握了握他的手。

“你们在纽约有何贵干？”

“我要去下洗手间。”贝弗莉回答道。她对布莱恩说：“我去酒吧等你，不管它在哪儿。”

布莱恩纹丝未动。

“别理她，”等她离开后，他说，“我们来看几场演出，贝弗想去那个著名的橡树屋酒吧喝一杯。”

“就在前面。你看起来不错。”

“你也是。”

没有太多话聊。

“一切都好吗？”鲍曼说,“薇薇安怎么样,我们没有联系了。”

“她很好，变化不大。”

“又结婚了？我想我应该会听说。”

“不，她还没有再婚，但你猜谁又结婚了？乔治。”

“乔治？又结婚了？跟谁？”

“一个当地的女人，佩吉 · 阿尔古德。我想你不认识她。”

“她是什么样的人？”

“哦，你知道，她比他年轻大概十岁。她很好相处。以前结过几次婚。据说，她在第二次度蜜月的时候给她母亲寄了一张明信片，上面写着：阿尔古德也不古德[1]。可能只是个故事。我喜欢她。”

“哈哈，布莱恩，很高兴见到你。很不幸我们的生活……分

[1] 原文为“Algood no good, too”，即“阿尔古德也不太好”。

道扬镳了。丽兹·伯翰农怎么样？她还在那里吗？”

“她还在。我想她不再骑马了。我们不再被邀请去那里。贝弗莉有次说错了话。”

至于布莱恩，可以说他对自己的妻子很坦率，没有怨言。他随意地对待她，像对待坏天气那样。

“你们要看什么演出？”鲍曼问。

“《好友乔伊》[1]。”

“嗯，很好看。希望能再见到你。”

“我也是。”

---

[1] 《好友乔伊》(*Pal Joey*)，1940年首演的百老汇音乐剧，后来多次重演，剧作者为约翰·奥哈拉。

15 小木屋

六月一个炎热的日子，鲍曼从纽约驱车北上，一路沿着哈得孙河，行驶四个多小时来到查塔姆。由于诗人埃德娜·米莱[1]的缘故，那里一度是个圣地，她是一位爱神，二十年代的塞壬。鲍曼在这里待了两天，和他最喜欢的一位作家一起研究一部手稿。作家是个五十多岁的方脸男人，蓝眼睛，稀疏的头发，年轻时从达特茅斯辍学，然后去海上待了三年。他叫肯尼斯·威尔斯。他和他的妻子——第三任妻子，他看起来并不像个结过很多次婚的男人，他外表朴素，视力不太好；她本来是他邻居的妻子，然后有一天，他们两人直接去了墨西哥，没再回去——住在一座鲍曼很喜欢的房子里，在他心目中那座房子一直是个典范。那是一座朴素的木头房子，离公路不远，像一座农舍或者马厩。进屋要先

[1] 埃德娜·圣·文森特·米莱（Edna St. Vincent Millay，1892—1950），美国诗人兼剧作家。

穿过厨房。一边是卧室，另一边是客厅。主卧在楼上。室内的门不知为什么要比平常的宽一些，有些门的上半部分是玻璃。看起来像个小小的家庭旅馆，西部的旅馆。

白日漫长。夏日早早来临。太阳以令人目眩的力量照耀着乡间的树木。在沿途的城镇里，四肢黝黑的女孩们懒洋洋地走过那些看起来关着门的商店，家庭主妇们戴着头巾开车，她们的男人戴着坚硬的黄色安全帽，站在“前方施工”的警示牌旁。景色美丽却无动于衷，万物的虚空像唱诗班的声音一样升起，让天空更蓝、更广阔。

那一时期，在巴黎，为结束越战而举行的谈判冗长而徒劳，已经毫无成果地持续了一个又一个月。美国陷入了无休止的剧烈动荡，整个国家都被战争撕碎了。但奇怪的是，威尔斯似乎置身事外。他对棒球更感兴趣，远离其他激情。他是个书迷，他的妻子也是。他们划分了书架，各自的书分开放。铺着大理石的旧自助餐台上堆满了书，很多都是新的。旁边的墙上贴着一张博洛尼亚马乔列广场的明信片、一张比基尼女孩的照片，还有一张意大利面的图片，是从杂志上剪下来的。

“T T T。”威尔斯说。

“T T T？”

“乳头，尖塔，意大利饺子[1]。”

---

[1] 原文为“Tits, towers, and tortellini”，三个单词都是以 T 开头。

他咧嘴笑了，露出牙齿之间的缝隙，像海象的獠牙伸向不同的方向。还有一张黑白照片，一个德国女人在纳粹阅兵式上激动地哭泣；一张镶框照片在楼上，但没有人见过，上面是一个女人赤裸的双腿，下半身瘫倒在床上。他写精巧的犯罪小说，里面的侦探是个五十多岁的肥胖女人，名叫格温·戈丁，结过四次婚，第二次，也是最长的一次，嫁给了加利福尼亚一个高速公路巡警。她两次丧夫，一心想要再婚。她迷人、聪明，据威尔斯描述，化妆后就像变了一个人，或者像出自殡仪员的手笔。他做研究深入细致，工作起来像个农民，他肌肉发达的下巴让他看起来的确像个农民。他戴金属框眼镜，有时候一次戴两副，但需要凑近了细看时，他会把它们推到额头上。他的书很畅销，第一本就被买去拍电影，为一个相当成熟的明星量身定制。

威尔斯喜欢写作，喜欢坐在书桌旁读书，然后开始打字。他很少谈起他在海上的日子，劳动岁月，他这么称呼它：早上踉踉跄跄回家，衬衫下摆露在外面，手里拿着半打啤酒，还有一份淋病的病历。他记得萨摩亚的一间旅馆，那里的标牌上写着“厨房距离过远，故客房服务有限”。

“现在这个地方就不会。”他说。

他们就坐在厨房里。

“是什么让你决定住在这里的？”鲍曼问。

“我想离水远一点，”威尔斯说，“离开墨西哥之后——我厌倦了墨西哥，巨大的蚊子，他们叫作 animales[1]——我们就住到了圣克鲁斯，在弗雷德里克斯特德。我们在水边有一座旧的丹麦式船长别墅，有木制百叶窗，木槿花，棕榈树。你去过弗雷德里克斯特德吗？镇上几乎都是黑人。好像没有人在工作。银行挂着‘出租’的牌子，但到了晚上，你可以看到穿着白色晚礼服的黑人美女从酒店出来，走到街上。图书馆就在我们住的地方对面。你能看到高个子女学生四仰八叉坐在桌旁，胳膊悬在椅子上晃荡，男孩子整天对着她们窃窃私语。你会由此理解奴隶制意味着什么。那些书——没有一个人读书——被借出去的都是关于怀孕的。”

他的妻子，米歇尔——他叫她米切——是个冷静的女人，四十多岁，从容不迫，体贴他，容忍他。她了解他的观点和性格。虽然少有证据，但他们之间一定也有过某些不和。不过，从这对夫妻那里，鲍曼感觉到一股强大的力量把他拉向婚姻生活，一种结合在一起的生活，在乡村的某个地方，清晨，薄雾笼罩的田野，花园里的蛇，树林里的乌龟。与此相对的是城市里数不清的诱惑，艺术，肉欲，被放大的欲望。像一部拥有无限阵容的巨型歌剧，有喧嚣的场景，也有孤独的场景。

他感到一种缺失，缺失的未必是婚姻，而是生活中一个可触摸的核心，事情可以围绕它成形，并找到一个位置。他意识到是什么让他有了这种缺失感，是这座房子，威尔斯的房子，还有他

[1] 西班牙语，意为“动物”。

对维尔京群岛船长别墅的描绘。他想象出一座属于自己的房子，虽然只是模模糊糊地。不知为什么，他眼前出现的是它在秋天的样子。天在下雨，雨水模糊了窗户，他生了一堆火，以抵御寒冷。

他抽出时间去看。

“我感兴趣的是那种小房子，有一两个额外的房间。”他对中介说。

中介是个刻薄的女人，是附近高尔夫俱乐部董事会的成员。

“我不知道你说额外的房间是什么意思。”她说。

“那我们先看看怎么样？带我看一两个你最喜欢的。”

“你感兴趣的价格区间是什么？”

“比如说两千美元起吧。”鲍曼故意这样说去惹恼她。

“我没有那个价位的东西，”她说，“还有，我真的有生意要做。”

“我知道。告诉我，买个双卧室的房子要多少钱？”

“这完全取决于房子本身和它的地段。差不多六到二十万美元之间，高速公路南边的房子。”

“我不想要树丛里，树林里的房子。我想要座位置好的，向阳的。”他说。

很难说她是不是用心听了他的话。她带他看了几座了无生趣的房子。然后，在经过一个半小时的艰难跋涉、穿过一片树木环绕的空旷田野后，她在车道边放慢了速度，然后说：

“这个有点贵，但我想还是给你看看吧。”

她其实是在展示自己的权威。他们沿着一条笔直的、并未过度养护的长路行驶，头顶是树的影子。几乎阴森森的。一片浓绿。随后，道路出人意料地通向了小山坡上一座深色木屋，一座为山神而建的阿迪朗达克[1]风格的房子。房子坐落在一片空地上，但四周有高高的树冠，像一层云。这座房子名为"十字路口"，由斯坦福·怀特[2]设计，他的另一座伟大的房子，"飞点"，位于海边，毁于一场大火。

他们踏上宽大的木制台阶，进入宁静的室内，里面陈设舒适，没有驳杂的光线。地板被擦得锃亮，但并不刺目。窗户宽大而干净。房子呈十字形，两侧各有一翼，视野沿着各自的绿荫甬道一直延伸至田野。它几次易主，目前的价格以百万计。

他们又坐回车里时，鲍曼说：

"它值这个价。"

但他没有再去找那个中介。

他不喜欢那种看不起自己的女人，不管是出于什么原因。在一定范围内，他喜欢的恰恰是相反的类型。你很少能找到你追求的所有品质。这不是他花时间思考的问题。他有过各种风流韵事。随着他年龄的增长，女人也在变老，不会再做愚蠢或不负责任的事。但纽约越来越拥挤，女权运动改变了它。他通常穿着西装。

[1] 阿迪朗达克山脉（Adirondack Mountains）为美国纽约州东北部一处山地，以当地的一个印第安部落命名，意为"食树人"。

[2] 斯坦福 · 怀特（Stanford White，1853—1906），美国著名建筑师，代表作品有纽约华盛顿广场的拱形门、世纪俱乐部等。文中提到的"飞点"系他为大西洋游艇俱乐部设计的会所。

他总是穿西装去上班。在中央车站的自动扶梯上，一个面容姣好、神情镇定的棕发女孩对他说：

“你好，你要去哪里？”

“你说什么？”

“我说你是要去附近吗？”她说。

“我要去四十一街。”鲍曼说。

“哈，你有间办公室吗？”

他看不出来她想要什么。

“你问这些干什么？”

“哦，我只是想，我们可以交换电话号码，你可以打给我。”

“为什么？”他说。

“为了生意。”她简单地说。

他注意到，她的雨衣不是很干净。

“哪种生意？”

“你懂的。”

她肆无忌惮地看着他。她有一种局外人的尊严，一种西非人的尊严，也有一丝淡淡的疲倦。

“你叫什么名字？”

“我的名字？尤妮丝。”

他伸进口袋找钞票。掏出一张，放进她手里，一张十美元。

“不，”她说，“你不用这样。”

“拿着吧，尤妮丝，这是订金。”

“不用。”

“我得走了。”他说，然后走开了。

为了庆祝出版社成立二十五周年，鲍姆在一家法国餐厅举办了一场派对。来了一大群人，几乎都是鲍曼认识的。他看到格雷琴，在房间的另一边，她很久以前就自己做了编辑，在一家平装书出版社工作。她结了婚，并且做了母亲。他穿过人群去跟她打招呼。

“见到你太开心了。”他说。

当年她身上有种特质，使她可以不在意自己糟糕的斑痕，她现在依然拥有那种特质，虽然斑痕已经消失了。她光滑的额头和两颊上只剩一些淡淡的斑点，几乎看不出来。

“你好吗？”他问。

“很好，”她说，“你呢？”

“一样。你看起来很不错。很长时间不见了，多久？六年？”

“更长。”她说。

“感觉不出来。我们很想你。尼尔离开了，我猜你知道。他去德洛维特那里工作了。他投靠了敌人。”

“我知道。”

“你让他神魂颠倒，”鲍曼说，“不过那时你有男朋友。”

“我没有男朋友。”她说。

“我以为你有。”

“我当时结婚了。”

“这我不知道。”

“只是一次短暂的婚姻。”

“你那时看起来很单纯。”

“我的确很单纯。”

她依旧单纯，还有些害羞，他以前没有发现。

“我很想念尼尔，”他说，“这段时间我不常见到他。”

“他给我寄过一些诗，”她说，“我是说那时候。”

“我不知道。他备受煎熬。还有一些诗他没有寄给你。”

“真的吗？”

“哦，没那么可怕。”

“我那时不确定你喜不喜欢我。”她说。

“我？你这么说我很意外。我非常喜欢你。”

“尼尔不是我感兴趣的人。”她说。

以同样平淡的口吻，她继续说：“你才是。但我当时没有勇气。”

他感到手足无措。

“我那时结婚了。”

“这并不重要。”她说。

“你不该现在跟我说这些，我不知道，这太让人困惑了。”

“既然我都承认了，”她说，“或许我还可以说，一切都没变。”

说得相当直接。

“给我打电话吧，我很愿意见你。”她说。

她直视着他。他不知道该说什么。就在这时，她的丈夫从吧台拿酒回来了。他们三个人聊了一会儿。鲍曼有种感觉，感觉他们都知道。那天晚上他没再跟她说话。

当然，他现在看待她的眼光不同了。他很想给她打电话，但又感觉这是不对的，既是出于道德的考虑，也是因为别的原因。他们已经不是以前的他们了。不过，他欣赏她，欣赏以前那个有瑕疵的女孩，也欣赏现在这个镇静的女人。她仍处在能以裸体示人的年龄。他可以在下午离开办公室几小时，几乎每天下午都可以，她也可以。这不是言行失检，这是她应得的。

你是个傻瓜，他对自己说。早晨他看着镜子里的自己。他的头发变少了，但他的脸看起来依旧如常。他已经走到了这一步，他确信自己的能力，比如让作家们愿意把书交给他出版，如此等等。他知道，很多优秀的作家都是从记者开始做起，有时激情消退后，又以做回记者告终。他还知道，他有本事让人们跟他作对。这是随之而来的事。他能谈论一个又一个国家里蓬勃发展起来的书籍、作家和文学，不是通过一位伟大的作家，而是通过一整个群体，就好比为了真正的火，你需要足够的木头，仅有一两根大木棍是不够的。他继续谈论俄国作品，也许谈了太多果戈理，还谈论法国和英国文学。它们各自有过辉煌的时期，巴黎，伦敦。现在无疑是纽约。

“这位天才介意告诉我们他的名字吗？”桌对面一个男人问。

他跟某些诗人有交往，虽然不是那么密切，不是作为他们的编辑，如果编辑就是修改字词的话，因为诗歌基本上是不可侵犯的。诗歌的工作大都留给了麦肯，他被雇来或多或少是为了代替艾丁斯。他是东部人，拄着拐杖走路。他和格罗顿中学的室友都得过小儿麻痹症，他们两个人把受伤的足球队长从教堂里扶出来，染上了那种病。那时，二十世纪三十年代，每年秋天都有一种流行病——父母们生活在恐惧中。麦肯和一位英国记者结了婚，她为《卫报》撰稿，经常在外跑任务。

诗集销量很少。鲍姆过去常说，出版这些书是一种慈善行为，这样说主要是为了刺激麦肯，但对于出版社的声誉而言，它们是一种重要的装饰。很少有人在大学毕业之后还读诗，所以诗人们为了出人头地所进行的斗争就更激烈了，而获得一个重要的奖项，或者一个稳固的学术地位，通常是强烈的自我推销、阿谀奉承和相互妥协的结果。也许有些诗人生活在偏远的城市，过着像卡瓦菲斯[1]那样单调的生活，但是鲍曼认识的那些却非常世故，甚至都市气十足，颇为适应他们畅游于其中的潮流，在前行中摩肩擦踵，先遇上一个耶鲁年轻诗人，又遇上一个伯林根奖[2]获得者，然后一个普利策奖得主。

---

[1] 卡瓦菲斯（Cavafy，1863—1933），希腊诗人，生于埃及亚历山大，少年时代曾在英国待过七年，后来除若干次出国旅行和治病外，终身生活在亚历山大。

[2] 伯林根诗歌奖（Bollingen Prize for Poetry）系为奖励美国诗歌界成就卓著者而设的奖金，其基金由慈善家保罗·梅隆于 1948 年捐赠。

他一直没找到可以买的房子，转而租了一个，在布里奇汉普顿附近的一条窄路上，路的尽头是一块立在沙滩上的黄色牌子——“此路不通”。唯一的近邻是一个跟他年龄相仿的男人，名叫威尔，很友好，把车停在厨房门口的草地上。

春天快结束的时候，鲍曼开始外出过周末。一种生机勃勃的生活差不多在那时候开始了。他认识了很多人，被邀请去吃晚餐。他买了几箱好酒，以便可以带几瓶给女主人。房子总是不上锁。他喜欢坐火车来，火车上有酒吧车厢，座位可以预订。有时他开车，下午一点之前就出城，以避开最拥堵的路况，或者等到晚上九十点钟，那时候道路更加通畅。

相比他余生的日子，这一切是拼凑起来的、临时的，但日子无忧无虑，让他有机会更好地了解这个地区，使之更加属于自己。当合适的房子终于出现时，他会毫不犹豫地买下。他像威利一样把车停在沙地草坪上，感觉很像回到了家。

16 萨米特

贝阿特丽丝遇到了一些困难。从表面看她几乎没有变化，还是一直以来的样子，但她变得健忘了。她经常想不起自己的电话号码或者某个很熟悉的人的名字。她知道他们的名字，事后也会想起来，但一时间说不出来就很尴尬。

“我一定是疯了，”她说，“再问一遍，那是谁？”

“德佩特里斯先生。”

“没错。我这是怎么了？”

没什么。真的。她七十多岁了，各方面都很健康。她儿子每隔一周来看望她一次。只是她很少再去城里了，她说萨米特有她需要的一切。她去过纽约很多很多次，去看演出，去逛商店，但都是很久以前的事了。

“很多年了。”她说。

“不，不是，”鲍曼说，“我们去了博物馆，你不记得了吗？”

“是的，没错。”她纠正自己说。

是真的。当时她就想起来了。但之前她忘了。

然后她的平衡开始出现一些小问题。房子里总是有花，通常是黄色的长寿花，她也打扮得很漂亮，但一天下午走过餐厅时，她意外地摔倒了。她说，感觉地板在脚底移动了一下。她的手臂撞到了餐桌的边缘，划了一道长长的口子。她去了急诊室，随后按照常规去见了自己的私人医生。他留意到她眼睛一眨不眨，手上有轻微的、有规律的颤动，帕金森病的征兆。

她告诉她姐姐，不知道为什么她的手会抖。

“它有点抖，但如果我动一动它，它就不抖了。看到了吗？”

“伸出你的手，”多萝西说，“你说得对，没事。”

但后来在厨房里，贝阿特丽丝摔了一个杯子。

“是的，我没事，”她说，“但你看，我连个杯子都拿不住。”

“没事，”多萝西说，“别动，我把它打扫干净。”

“不，多萝西，让我来。我能干好。这是我这周打破的第二只杯子了。”

她的平衡继续出现问题，她对它不再那么有把握，而且她变得有点弯腰驼背。年龄不是慢慢到来的，它倏忽而至。某天还什么都没变，一周之后，一切都变了。可能用不了一周，它能发生在一夜之间。你还是同一个人，仍旧是同一个人，然后突然某天早上，你的嘴角出现了两条清晰的、无法擦除的纹路。

然而，结果并不是帕金森病，虽然很长一段时间内医生都认为如此。贝阿特丽丝又摔倒了两次，应付日常任务也变得笨手笨脚。最后，多萝西搬来跟她住到了一起。当弗兰克被诊断出脑瘤并且精神失常的时候，花儿餐厅被卖掉了。他跟一个女服务员私奔了。多萝西将其形容为精神失常。

“但他得了肿瘤？”

“哦，是的。”

鲍曼把它理解为姨父感到了预兆，想要最后一次张开收折已久的翅膀。他在大西洋城的一家医院住院，然后和一个叫弗朗希尔的女人一起离开了。

“你有他的消息吗？”鲍曼问。

“没有，”多萝西说，“但是，你知道，他是个疯子。”

事实上，他们再也没有听到他的消息。

随着时间的推移，几乎不经意间，贝阿特丽丝开始出现幻觉，或假装出现幻觉。尤其到了晚上，她能看到并不在场的人，和他们交谈。

“你在跟谁说话？”多萝西问。

“卡鲁索先生。”贝阿特丽丝说。

“他在哪里？”

“那儿。那不是卡鲁索先生吗？”

“我没看见任何人。那里没有人，贝阿特丽丝。”

“就是他。他不肯理我。”她解释道。

卡鲁索是那家葡萄酒和烈性酒商店的老板，或者曾经是老板。多萝西确信他已经退休了。

贝阿特丽丝还知道，她住的不是自己的房子，虽然她一开始没有跟谁说。她已经在里面生活了将近五十年，但她确定自己被带到了其他地方。她开始经常认不出多萝西，甚至是她自己的儿子。最后终于发现，她患的是一种类似帕金森的病，经常被误认为是帕金森病，这是一种不太为人所知的病症，叫路易体病。路易体是攻击大脑神经细胞的微型蛋白质，在帕金森病中，受到攻击的也是同一类神经细胞。诊断花了很长时间，因为这两种病的症状很相似。不过，幻觉正是区别所在。

路易体病的确切原因未知。症状逐渐恶化。结果不可避免。

贝阿特丽丝很多时候都一副完全正常的样子，以至于那些发作看起来像个疏忽，或许逐渐就会消失，但结果恰恰相反。不过，她的核心人格完好无损。

“多萝西，”有一天她说，“还记得我们住在铁德奎特湾的时候吗？阁楼上那些旧的大衣箱，里面装了什么？我想不起来了。”

“哦，我的天，贝阿特丽丝，我不知道。很多东西，衣服，旧照片。”

“它们后来怎么样了？”

“我不知道。”

“我想知道。我有一些钥匙，但我不知道是哪些箱子的。”

“箱子一个都没有了。”

“它们去哪里了？”贝阿特丽丝问。

关于那些箱子，她有一个反复出现的梦，或者是念想。她肯定那里有箱子。她能看见它们。然后她不确定了。它们可能是她想象出来的东西。她拥有打开记忆的钥匙，但配不上对。她也无法让多萝西看见那个不知怎么进入房子里的人。还有日常生活的忧虑。她该吃的药去哪里了？

“一天两次？”她又问。

“是的，两次。”

“太难记了。”贝阿特丽丝抱怨道。

鲍曼坐火车来，望着远处泽西草甸的薄雾，其实那是沼泽地。他对这些草甸有深刻的记忆，它们似乎是他血脉的一部分，像地平线上帝国大厦孤零零的灰色轮廓一样，如梦如幻地漂浮着。他熟悉这条路线，一开始是荒凉的河流，然后是年深日久的黑黢黢的河湾。普拉斯基高速路在远方升起，盘旋越过水面，像某种古老的工业残骸。近处，空荡荡的砖式厂房一阵风似的经过，窗户都破了。接着便是纽瓦克，菲利普·罗斯笔下那座阴郁、失落的城市，还有教堂，树木从废弃的尖顶基座上生长出来。一望无际的安静街道上，房屋，收容所，学校，看起来都空空如也，混杂着郊区平淡的幸福和充满生气的名字，枫林镇，红砖堂。广阔平缓的高尔夫球场和一尘不染的果岭。他属于它，来自它，随着他不断向前，又与它断了联系。

他第一次带薇薇安来时的那家餐厅就在拐角。现在他知道了，那根本不是海明威写过的餐厅。它在芝加哥附近另外一个也叫萨米特的地方，当时还存在其他误解。他在很多事情上都错了。

他记得薇薇安曾经的样子，但仅仅是一系列特定事件的合集，如同照片一样。他不记得她的声音，他只是好奇——部分好奇——是什么让他相信，她就是他应该娶的女孩？

他曾经步行去莫里斯大街上学，萨米特高中，一所很好的学校，声誉极佳，以至于常春藤盟校会毫无异议地录取校长推荐的任何学生。在战前，那似乎并不稀奇，事情就是那个样子。那时候，日本只存在于新闻短片和标有“日本制造”的廉价商品中。没有人、没有普通人会想象到，这个《吉尔伯特与沙利文》[1]中奇特、遥远的国家会像一把开刃的剃刀那样危险，有纪律，也有胆量去行不可思议之事，带着力量和绝对的保密，在一个安静黎明的破晓时分，横穿太平洋最北端，去给珍珠港毫无防备的美国舰队以几乎致命的一击。珍珠港，甚至没有人知道珍珠港在哪里，人们只有一个模模糊糊的概念。这个灾难般的消息在美国播出，打破了周日下午的宁静，但没有附带任何细节，几乎毫无意义。日本人。袭击。完全出乎意料。

他曾经是个小男生。他的母亲三十多岁。他几乎不记得他的父亲。有一对离婚的父母多少是件丢人的事。他只认识一个跟他一样的男孩，一个名叫艾德温·塞姆勒的奇怪男孩，长着一个大

---

[1] 英国幽默剧作家威廉·S. 吉尔伯特（William S. Gilbert）与英国作曲家阿瑟·沙利文（Arthur Sullivan）合作的喜剧，共十四部，其中最著名的是《皮纳福号军舰》（*H.M.S. Pinafore*）、《彭赞斯的海盗》（*The Pirates of Penzance*）和《日本天皇》（*The Mikado*）。

脑袋，极度害羞，是个很出色的学生——他被称作“大脑”。班上每个人，或者说几乎每个人，都去了毕业舞会和在酒店举行的派对，但塞姆勒没去。没有人指望他会去。大家对他都没什么了解。路上遇见人，他会把头扭到一边。鲍曼几次试着跟他说话，但都没有成功。结果，他在战争中阵亡了。他是步兵，这很难想象。肯尼斯·基奥没有牺牲，但情况差不多一样糟。他也在步兵服役，是个中士，安然无恙地度过了战争。但在占领期间，有人在军营里清洁来复枪时不小心射出一颗子弹，打中了他的脊椎，他腰部以下完全瘫痪。他每天坐着轮椅搭火车去纽约上班，鲍曼见过他几次，还是那个肯尼斯·基奥，但双腿残缺。

在埃塞克斯路陡峭的草坡上，有一幢白房子，住着镇上最不可思议的女孩，杰姬·埃廷格，她比他大一两岁，光芒四射到没法去结识。她没留下来，去了康涅狄格州上学，成了一名模特。他十六岁的时候，她十八岁。另一个世界。她被人带到布鲁克，一家高级夜总会——他从来没有进去过。不久她结婚了。即使现在遇到她，即便是现在这样一个他遇到她，也会让他一时语塞。很长一段时间，她都是他想象中的人。当他在海军军官学校的时候，他想起过她，甚至后来，当他住在中央公园西大道那间破旧的没有浴室的小屋里时，他第一次听说了她结婚的消息。他就是诗中写到的那个被落在后面的男孩，他读过那首诗，是一封信的形式，写信的是一个已经进入上流社交界的女孩。她的父亲发财了，如今，半夜从舞会归来，她给一个以前认识的男孩写信，她一直与他保持联系，他仍然拥有她的心。

他们后来怎么样了？他们进了商界。有几个人是律师，里赫特是个外科医生。他想知道他最喜欢的老师怎么样了，布斯先生，比其他老师都年轻，一本正经，人们在背后取笑他，都叫他“布兹”[1]。如果他一直待在学校，现在应该已经退休了。战争期间他给鲍曼写过几封信。

有一天下午，他母亲没有认出他来。她问他是谁。

“我是菲利普，你的儿子。”

她看了他一眼，然后看向别处。

“你不是菲利普。”她说，好像拒绝参与到一场游戏中来。

“妈妈，真的是我。”

“你不是。我想见我儿子。”她对多萝西说。

这起事件虽不真实，却十分令人不安。它似乎切断了他们之间的纽带，好像她正在抛弃他。他不会允许她这样做。

“我不是菲利普，”他说，“但我是你的好朋友。”

她似乎接受了这一点。他意识到，她混乱的意识也是他的，他得去把它弄明白。她正在变得奇怪、不知所云，她显然感到孤独。他想起了薇薇安以及她对她母亲的忠诚，他喜欢她母亲。那是件令人感动的事。他想到他自己的母亲，想起他是如何爱她，想起

[1] 原文为 Boozie，意为喝醉或嗑了药的人。

了她在许多个早晨的样子，他们一起吃过的饭菜，她为他准备的饭菜。他知道现在他们必须照顾她，不能离开她。

但在十一月的时候，贝阿特丽丝在浴缸里滑倒了，摔断了手腕和髋骨。多萝西没能把她从浴缸里抬出来，她们只好叫了救护车。这次摔倒令人恐惧。贝阿特丽丝很痛苦，知道发生了什么事。她厌倦了医院的流程，感到困惑，却没有怨言。护士们对她很耐心。

鲍曼立刻赶来。医院走廊里充满窃窃私语，很多房间的门都紧闭着。他发现他的母亲虚弱而安静。她担心自己可能出不了院了。

“你当然会，”他向她保证，“我跟医生谈过了，你会好起来的。”

“好的。”她说。

他们沉默地坐了一会儿。

“我有很多麻烦，”她说，“我好像做不了事了，我不知道为什么。人死的时候，”她说，“你觉得会发生什么？”

“你不会死的。”

“我知道，但你觉得会发生什么？”

“一些美好的事。”

“哦，菲利普。只有你会说这样的话。你知道我是怎么想的吗？”

“怎么想？”

“我想，你认为会发生什么，就会发生什么。”

他意识到了其中的真理。

“是的，我想你说得没错。你认为会发生什么？”

“哦，我想，我会去一个美丽的地方。”

“比如说？”

她犹豫了。

“比如说罗切斯特。”她说着说着，笑了起来。

出院后，她的注意力持续的时间变短了，实际上她只有一小段时间处于现实世界。她也更加恐惧了。多萝西只能在家艰难地照顾她，情况会不可避免地变得更糟。

对鲍曼来说，养老院的想法令人反感，这意味着他在抛弃她。养老院属于再也无人照顾的老人。什么都没留给他们，他们躺在那里等待，拖着脚走在走廊中，或被人推着，耷拉着脑袋，从一个地方挪到另一个地方。他们可能会这样生活很多年。贝阿特丽丝会厌倦，她可能会沮丧，但她和他们不一样。她已经老了，但还没变成那样。那比死更糟糕。就像她说的，所发生的一切都是你相信会发生的事情。你永远是你自己，直到终点，直到最后一刻。但在养老院，你相信的事都被抛在了身后。

17 克莉丝汀

在伦敦，伯纳德·维贝格越来越像个伯爵，很多知情人士称，他或许很快就是了。他穿着黑色的定制西装，光彩照人，他自视甚高，但并不比他的成就更高。对于那些渴望被严肃对待的书来说，他是个受人青睐并被寄予厚望的出版人，而对那些为赚钱而写的书来说，他又有双万无一失的眼睛。他总是能以有利可图的价格买下一本书，无论价格有多高。他低价买下的书总能设法赢得读者，而那些他不得不花大价钱买下的，又总能赚回来[1]。花费多少并不重要，重要的是它们价值几何。

据说，他很快就要结婚了，和一个前芭蕾舞演员，她经常出现在流光溢彩的杂志照片中，出现在派对或晚宴上。她一看就是个过着优渥生活的女人，而成为维贝格夫人，可以让她把这种生活继续下去。在歌剧院或芭蕾舞厅，维贝格是个时髦人物，场合

[1] Earn out，指作者的版税收入超过预付金的数额，意味着书在销售上取得了成功。

需要的时候他会戴白色领结，他的住所也保持着优雅。他曾在法国与温莎公爵夫妇共进晚餐，阵仗非凡，每个人都必须在这对皇室夫妇进来之前到场。在前舞蹈演员卡特琳娜的鼓励下，他不定期举办剧场后晚宴，她喜欢称之为 soirées[1]，餐桌上摆着一盘盘冷牛肉、肉酱和点心，还有带着著名商标的葡萄酒。私底下，她亲切地称他为她的 cochon[2]。当他穿着浴袍或白色背带裤时，他也可以是她的福斯塔夫或者费加罗，她的笑声令人难以抗拒。

伊妮德仍然是他的朋友，尤其当他的未婚妻在博尔扎诺探望家人，或在别处参加节目制作的时候——不再是作为演员，她正在以顾问乃至编舞的身份赢得声誉。伊妮德开始涉足电影，一开始是为一名制片人做助理，为他预订餐厅或机票，并在晚宴上待命。她部分时间待在片场，学习电影剪辑和场记女孩做的那些事。剧组的人都很友好，但她是个外表时尚的局外人，即便晚上他们聚会、喝酒时也不例外。在一次聊天的间隙，美国导演突然当着众人的面问她："那么，告诉我，伊妮德，你操吗？"

"我要是没操就是个傻子。"她冷冷地回答，以一种似乎要把他排除在外的方式。

他没再继续纠缠。她的回答经常被人复述。

---

[1] 法语，意为"社交晚宴"。

[2] 法语，意为"小猪"，含有"色鬼"的意思。

鲍曼去伦敦参加书展，回程的航班延误了。他晚上九点降落在纽约。花半个小时拿行李，然后去叫出租车。人很多，他不得不跟一个同去西区的人拼一辆车，那是个带着三四件行李的女人。她挪了挪双腿，为他腾出更多空间。她靠在椅背上，披着件像是大衣的东西，袖子耷拉着，没缝上似的。他们无声地向前行驶。鲍曼准备保持沉默，也不再看她。在城里，陌生女人并不总是她们表面的样子。有的女人满腹牢骚，有的女人心神不宁，还有的女人如饥似渴地追求男人。

车驶上高速的时候，她说：

“你这是去哪儿了？”

她就是这么说的，几乎像是认识他的样子。

“伦敦，”他说，第一次更仔细地看她，“你呢？”

“雅典。”

“那要飞很久。”他评论道。

“都很久。我不喜欢坐飞机。总担心会坠毁。”

“我觉得你不必害怕坠毁，那很快，一下子就结束了。”

“我指的是那之前的事，当你知道要坠毁的时候。”

“没错，那么你更希望怎么死？”

“换个方式。”她说。

在迎面驶来的汽车的灯光下，他能看见她的黑发和口红，让他以为她是个希腊人。这条高速公路与曼哈顿平行，像一条长长的光链横跨在河上。远处另一端是金融区，然后从市中心一路向前，是数不清的高楼大厦，巨大的灯箱。这就像一场梦，一切都是凭空造出，永不熄灭的窗户和每个楼层，你渴望置身其中的世界。

“你住在雅典吗？”他问道。

“不，”她轻松地说，“我带女儿去看她父亲。”

“我从没去过希腊。”

“真可惜。是个了不起的国家。你去的话，要去岛上。”

“哪个特别的岛吗？”

“有太多岛了。”她说。

“是吧。”

“有些地方好像没被时间碰过，完全没有被破坏。”

他们互相看了看，没有说话。他不知道她在看什么。她五官清晰、柔和。

“那里的人拥有一些你在这儿找不到的东西，”她说，“他们有生活的乐趣。”

“这就是胡扯了。”

她没有理会。

“你是去伦敦出差吗？”

“是的，出差。伦敦书展。”

“你是个出版人？”

“并不是，我是个编辑，出版人有不同的职责。”

“你编辑什么类型的书？”

“主要是小说。”他说。

“跟我合住的朋友被写进一本小说了。她很得意。她在书里的名字叫伊芙。那不是她的本名。”

“哪本书？”

“你看，我忘记书名了。我只读了关于她的部分。她认识作者。来吧，告诉我你叫什么。”她停顿了一下说。

她叫克莉丝汀，克莉丝汀·瓦西拉罗斯。她不是希腊人，她丈夫才是，一个商人，已经分居了。她的朋友，肯尼迪，那个被写进小说的人，也离婚了，住在一所租金管制的公寓里，那是第一次世界大战之前和两次世界大战之间生活的伟大遗迹。她说，我不会放弃公寓的。那是一间哈瓦那式的公寓，已经过时了，只有很少的家具，就在八十五街。

他们先到了鲍曼的街道。他给了她超过一半的车费。

“谢谢你跟我拼车。”他说。“我能给你打电话吗？”他直截了当地问。

她在登机牌存根后面写下了一个电话号码。

“给你。”她说。

然后把它按在他手中。

出租车离开的时候，他感觉很兴奋。汽车尾灯沿着马路离开，带走了她。这就像一场戏剧，辉煌的第一幕。门卫向他打招呼。

“晚上好，先生。”

“嗯，晚上好。”

我刚刚遇见了最棒的女人，他本想说。他遇见她纯属偶然。他一边上楼一边兴奋地想着这件事，然后进入公寓。她说她结婚了，但那可以理解——到了人生的某个时刻，似乎人人都结婚了。同样到了某个时刻，你开始觉得你认识所有人，没有一个人是新的，你将在熟悉的人，尤其是熟悉的女人中间度过余生。并不是因为她很友好，原因比那更多。他想试试那个电话号码，但那样很蠢。她应该还没到她住的那条街。他已经急不可耐了。他不能表现出来。

隔天她来吃午饭的时候，他知道一切都白费了。她比他想的更年轻，但他不能确定。他们面对面坐着。她有二十多岁女人的脖子，她做出表情的时候，笑的时候，脸上只有最细微的纹路。她几乎能唤起一种肉体上的震颤。他不想屈服于此，她赤裸的脖子和双臂，但做不到。她当然意识到了。不要忘乎所以，她好像在说。他可以如此近距离地看着她。她乌黑亮泽的头发。她的上唇像一把弓。她懒洋洋地拿着叉子，好像随时准备把它扔掉似的，但她一边说话，一边大口大口地吃着，并没有从食物中分神。她的另一只手抬起，半握着，好像在晾干她的指甲。修长的、倨傲的手指。原来她和她的丈夫在纽约生活过很多年，住在韦弗利广场附近。

“六年。”她说。她做过经纪人。

他看着她。你会想要注视她。

“那里很美，”她说，“在城里还算不错的地方。”

“那你很了解纽约咯。”他说，感到嫉妒。

“非常了解。”

她没再说什么，也没更多提起她的丈夫。他的生意在雅典，就这些了。他们这几年一直住在欧洲。

“雅典？”

“但我们分居了。”

“你们相处得还可以吗？”

“这个嘛……”

“关系很密切？”他发现自己在问。

她笑了。

“并没有。”她说。

他觉得他什么都可以跟她说，什么都能告诉她。他们之间有一种默契，即便那是刚刚萌发的。

“你女儿多大了？”他问。

十五岁。他听到以后很震惊。

“十五岁！你看起来根本不像有个十五岁的女儿，”他说，然后又若无其事地补充道，“你多大了？”

她做了一个略显不赞成的表情。

“三十二？”

“我是在战争期间出生的。”她说。“不是战争开始的时候。”她补充道。

他想到了自己的年龄，但她没有费神去问。她女儿叫阿奈。

“怎么拼？”他说。

是个美丽的名字。

“她是个了不起的女孩，我爱死她了。”她说。

“好吧，她毕竟是你女儿……”

“不只因为这个。你有孩子吗？”

“没有。”他说。

他甚至觉得自己矮了一截。他看起来更老，他孤身一人，他没有家庭。

“但那个名字很好听，”他重复道，“有些名字就像是有魔力。令人很难忘记。”

“的确如此。”

“渥伦斯基。”他举了个例子。

“对女孩来说，这不是个很好的名字。”

“不，当然不是。令人难忘，但不好。”

“我甚至想再生一个孩子，就为了起名字。如果你有孩子，会取什么名字？”她问。

“我真没想过这个。如果是个男孩……”

“是的，”她说，“一个男孩。”

“如果是个男孩，阿伽门农。”

“哈，好吧，”她说，“当然了。阿喀琉斯也是个好名字。阿伽门农听起来有点像一匹马。”

“他会是个很棒的男孩。”鲍曼辩解道。

“我相信他是。叫那个名字他必须是。女孩你会取什么名字？我都不敢问了。”

“女孩？基斯克亚。”他说。

“我发现你是个传统主义者。再说一遍，什么名字？”

“基斯克亚。”

“那一定是历史或小说里的人物。”

“那是个秘鲁名字。”

“秘鲁？真的吗？”

“不，我编的。”他老实承认。

“不管怎么说，它跟鲍曼很配。”

“基斯克亚·鲍曼，”他说，“好吧，让我们记住它。”

“还有她姐姐，渥伦斯基。”

“是的。”

好了，忘乎所以了。总是始于第一句话，第一个眼神，第一个拥抱，第一次命中注定的舞蹈。它就等在那里。他想，克莉丝汀，我认识你。她正冲他微笑。

事后他必须告诉什么人，他必须说出来，简直是脱口而出。他对门卫说：

“我遇到了最棒的女人！”

“哦，是吗？干得好，菲尔。”

他以前从没叫过他的名字，虽然他们有时候聊天。他叫维克多。

你会见到她的，鲍曼很想说，但又意识到这会让他像个到处寻欢作乐的男人，而且他也不知道那会不会发生。他可能会后悔说出的话，但他没能控制住自己。公寓看起来明亮、热情。那是她的出场，她的首次出场，在他的生命中。

他们去参加一对夫妇举办的晚宴，他们出版艺术书籍，一个完全独立的出版分支，艺术书籍和建筑方面的大开本图书，以及一些更加特殊的主题，比如亚马孙河畔的酒店，如此等等。豪尔赫和费丽丝·阿瑟诺克斯，有钱的是后者。桌上有八个人，包括一个年轻的法国记者和一个传记作家，正在写阿波利奈尔的一生，那个在第一次世界大战中受重伤的诗人。克莉丝汀无可挑剔。当然是她的容貌。他们无疑都很注意她，她举止优雅，不怎么说话。她一个人都不认识，也不强求自己去打动他们。传记作家已经为那本书工作多年，曾有机会亲自去见阿波利奈尔的老情妇，不是阿波利奈尔去世时跳出窗户的那一个，而是另一个，一个俄国人，阿波利奈尔曾在一首诗中提到过她。

“能够见到她，我很激动。当然，我提到了那首诗。那时她已经老了。你们知道她说什么吗？她说，‘Oui, je mourrai en beauté’，我会死得很美。我会一直美丽到死——你没法准确地翻译这句话。当我死的时候，我将依旧美丽，诸如此类。”

由此开始，他们谈论起了死亡，然后是天堂。

“我不喜欢天堂的概念，”女主人说，“原因之一是那些要去那儿的人。反正没有天堂这种东西。”

“你确定吗？”有人问。

“完全确定。如果我错了，那么，你倒不如在尘世间犯点儿罪——天堂里不会再有这样的事。”

“你们结婚了吗？”传记作家问鲍曼和克莉丝汀。

“没有，还没有。”鲍曼说，避免引起传记作家更多的兴趣。

他还没想到结婚，却想到了可能导向婚姻的一切。他不停地想着克莉丝汀。他知道他必须去做一些常规的事，邀请她到公寓喝杯饮料或者“睡前酒”，这个词感觉很老套，甚至荒谬。他确信她喜欢他，但又害怕去验证。他讨厌这种尴尬的感觉。同时他又知道这并不重要，一旦他们过了那一关，任何尴尬的事情都会被遗忘。但他知道什么并不重要，否则他会忘掉他知道的一切。那个记者在讲一桩人尽皆知的谋杀案，不清楚是在哪里发生的，案子能破获是因为一支香烟上留下了精液的痕迹，他把精液说成“精意”[1]。他把那个词重复了好几次。没有人费事去纠正他。

他们离开桌子时，克莉丝汀低声说：

“精意？”

“那应该是法语读音。”鲍曼说。

“法语是 seminé。”她提示道。

“这是一首歌的名字。”

“嗯，我也要尝尝。”她说，好像在谈论一个古怪的菜品。她

---

[1] “精液”的英文为 semen，此人发音成 semean。

接着说：“你是不是刚好有一些？”

她还在开玩笑吗？她没在看他。

“是的，”他说，“很多。”

“我就知道你会这么说。”

有那么一会儿，他们安静地坐在行驶的出租车里，好像正在前往剧院。然后他吻了她，深深地吻在嘴上。味道很清新。他闻着她的香水味。他们乘电梯上楼时，他握住了她的手。

“你想喝点什么吗？”他问。

“不太想。”

“我要喝点东西。”

他倒了些波本威士忌。他感觉她在注视他。他快速喝完。又开始吻他，搂住她的双肩。

在卧室里，他脱掉她的鞋子。然后，在另一个房间透过来的灯光下，他们分坐在床的两边，脱光了衣服。

“很多，你说过。”

“是的。”

她进了浴室。她出来后，他说：

“别动，在那里站一会儿。”

他试着慢慢打量她，但做不到。这是第一次，第一次总是令人目眩。

“到这里来。”他说。

她在他身边躺了几分钟，最初的几分钟，像一个游泳的人躺在阳光下。在近乎一片黑暗中，他能看见她的裸体，几乎全部的身体。他们简单、直接地做爱——她看着天花板，他看着床单，像一对小学生。除了远处和楼下的车流声，没有一丝声响。甚至连这些也没有。到处都是寂静，他像一匹饮水的马一样高潮了。他在她身上趴了很长时间，做着梦，精疲力尽。她已经一年多没做爱了，她也躺着做梦，然后睡着了。

他们在世界的新鲜光芒中醒来。她还和前一天晚上一模一样，虽然现在嘴唇苍白，眼睛无神。他们再次做爱，他就像一个十八岁的男孩，坚硬无比。公寓从未有过地美丽，其中的光线，她的存在。他们没有太急着上床，也没有等待太久。他知道，这仅仅是开始的日子。还有很多事会发生。

他们喝了橙汁，煮了咖啡。他必须得去上班。

“晚上我们能一起吃饭吗？”

“不行，对不起，今天晚上我不行……亲爱的——叫你亲爱的还太早了，对不对？”她说。

“我不这样觉得。”

“好吧，就这一次。”

“继续说。”

“亲爱的。”她说。

18 此时此刻

蒂姆·威尔是家具设计师，有些紧张和狂躁。他跟人说话的时候目光总是落向别处，通常是望着墙。他已经不再喝酒了。他曾因醉驾被捕，血液中的酒精含量超过最高限值 0.17。他在牢里待了一夜，接下来的一年又花了数千美元付律师费。他说，这是他这辈子经历过的最好的事，他戒酒了。不过，他脸上依然有那种表情，在边边角角的地方。

他的房子里有人唱歌，很难听清唱的什么。那是场派对。声音松弛而浪漫地飘荡着。克莉丝汀说，她喜欢鲍曼的房子。虽然她在纽约生活过，但从没来过这里。

“这里就像甘蔗田一类的地方。”

他们能听到海的声音，风的下面持续、低沉的海浪声。

他带她去公路上的一家餐厅，一座远离道路的农舍，由一家希腊人经营，母亲和两个五十多岁的儿子。年纪较长的那个，乔治，掌管厨房。斯蒂夫，不那么沉默寡言的那个，负责前面，他们的母亲收银，照料吧台。这家餐厅以牛排、炭火烤肉和以穆莎卡[1]为代表的各种希腊菜而闻名。斯蒂夫来到餐桌旁的时候，克莉丝汀用希腊语对他说：

“请问，你们都有什么？”

他看着她，微微颔首。

“你喜欢吃什么？”他用希腊语问。

“斯克塔利亚[2]，”她说，“烤卡萨里[3]。羊羔肉和米饭。微甜[4]咖啡，餐后上。”

他回以微笑。她穿着一件杏色的丝绸衬衫。牙齿洁白得如同名片。过了一会儿，那位哥哥来到厨房门口看了看。

“我很佩服，”鲍曼说，“你花了多长时间学希腊语？”

“花了多长时间？一场婚姻的时间。”她说。

餐厅很拥挤，几乎每张桌子前都坐满人。一个侏儒女孩和她的母亲一起走进来。她身高不足四英尺，一条腿发育不良。她穿着一件类似长袖汗衫的衣服，指甲涂成蓝色。看她扭着身子走路令人痛苦，但她的脸上一片平静。

“这里就像希腊，”克莉丝汀说，“整座镇子人人都来。”

在门口附近的桌子旁，坐着一个十分肥壮的女人，肥壮但是

---

[1] Moussaka，一道经典的希腊菜，把土豆、茄子和羊肉切成薄片，再浇上贝查尔酱烹制而成。

[2] Skorthalia，以核桃、杏仁、捣碎的大蒜和橄榄油调制的一种蘸料。

[3] Kesari，一种印度甜点，原料为粗麦粉、糖、印度酥油和坚果。

[4] Metrio，用以表明咖啡的甜度，意为“中度甜”，是最受希腊人欢迎的甜度。

自信，穿着一条花裙子，绝对是个有魅力的女人。她叫格蕾丝·克拉克，跟另一对男女坐在一起，《金酒小巷》[1] 画的就是他们。鲍曼说，她杀了她丈夫。

“真的吗？”

“不知道是不是她杀的，但他中了五枪。她声称自己当时在城里，去看牙医了，结果发现弄错了时间。警察找不到她的破绽。她丈夫是个没‘出柜’的同性恋，经常趁她不在带波多黎各男孩回家。很少有人知道。但她肯定知情。她说，有三个证人可以证明她没有杀他。她自己是一个，她丈夫是另一个，上帝是第三个。”

“她能证明自己在城里？”

“我不这么觉得。这就是问题的关键。没有人被起诉，案子一直没破。”

他们正在喝第二瓶蕾契娜[2]。

“她以前结过两三次婚。我是说，怎么才能做到对着自己的丈夫连开五枪，然后声称自己不在场？我以前见过她，其实是个很有意思的女人。”

“我一个杀人犯都不认识，至少我觉得我不认识。我倒是认识一些小偷。”

他能强烈地意识到自己正和她在一起，其中的喜悦。他能看

[1] *Gin Lane*，英国艺术家威廉 · 荷加斯在 1751 年创作的一幅版画，表现的是因金酒流行而遍地醉鬼的情形。

[2] Retsina，一种松香味的希腊葡萄酒。

到自己坐在她对面，能看到他们两个人。那是快乐的一部分。

那天晚上，大海的声音从远处传来。海浪声均匀而漫长。他们去看海。十一点多了，海滩上空无一人，附近的房子里看不到一盏灯。海水是黑色的，升腾着，随着一声声咆哮露出它的牙齿。他们驻足观望。他有点醉了。克莉丝汀环抱着双臂。

“想去游泳吗？”他半开玩笑地问。

“不，我不去。”

他感到一阵突如其来的欲望，一股狂野的冲动，眼前出现了塔希提狂热的水手们从船上跳入水中的景象，被风暴裹挟的瓦胡岛和加利福尼亚海岸开始咆哮。利安德游过达达尼尔海峡[1]。

“会很好玩的，”他说，“我们下去吧。”

“你疯了吗？”

他来了兴致，也想大显身手。他曾在晚上游过泳，但不是在拍岸浪中。巨浪有节奏地涌动着，攀至巅峰，然后轰然倒下。他弯下腰脱掉鞋子。

“你不是真要下去吧？”

“就一会儿。”

他正在脱衬衫和裤子。她不敢相信地站在那里。

“我就去看看有多冷。”

他知道这件事不现实，有些逞强。但他穿着短裤站在那里，

---

[1] 指希腊神话中利安德每天晚上游过达达尼尔海峡与海洛相见的爱情故事。

在夜色中，在大海的边缘。已经不可能回头了。

“菲利普，”她说，“不要。”

“没关系。我不会有事的。”

“不要！”

脚踝周围的第一股水流并没有他想象的那么冰冷。随着他移动向前，一股潮水涌来，水涨到他的腰部。突然，一个浪头在他面前升起，他一头扎入陡峭的黑水中，迎面撞上另一阵即将崩溃四散的海浪。他又俯冲下去，这次游得更远了。波浪的外线从这里升起。水更深了。地面消失不见，他的脚再也够不到底。他对抗着恐惧。他在滚滚波涛中上下起伏，海浪轰鸣。他试着去感知它们的节奏。一个浪头把他掀起来，他看向岸边，看不见她的身影。浪头扑过来，五个或六个一组，他分辨不出。他必须等到海浪平静一点，但他担心它再也不会平静下来了。他一边游一边控制着自己的呼吸。突然，他的心一阵狂跳。有个东西在黑暗中。是个游泳的人的脑袋。是克莉丝汀。

“你在干什么？”他大喊。

看到她，他吓坏了。他自己已经够困难了。

“你能够到底吗？”她说。

“不行，”他说，“你知道怎么回去吗？”

“不知道。”

“跟着我！小心！又来了！俯冲！”

他们同时直起腰来。她的脸看起来很苍白，满脸恐惧。

“等浪头把你抬起来，海浪快要散开的时候，用力游，伸直身体，像刀子一样。”

他们急剧上升。

“赶快。”他呼喊道。

他们一起游了起来,但浪头在他们身边破裂。接着是另一阵。太迟了，它在他们身下崩塌。两个人都消失在激浪中，但及时浮出水面，潜入了一阵破碎的波浪下面。他们离得更近了。

“赶快！”他再次大喊，“走！”

她试图在齐腰深的水中奔跑，但被拉了回来，跌倒在汹涌的浪花中。她努力站起来，踉踉跄跄走出大海。他紧随其后。

“哦，天啊。”她说。

她环抱双臂，站在那里，浑身发抖。

“真够可以的。”他说。

“是啊。”她已经说不出话来了。

一股潮水涌到他们脚边。他把她搂在怀里。她呼吸时，他能感觉到她胸脯的起伏。他为她倾倒。

“是什么让你这么做的？”

“我不知道。爱得昏了头。”

“你以前这样做过吗？”

“不是在这样的水里。”

他们回到房子，浑身发抖，但兴致高昂。她坐下来，身上裹着一件睡袍。

“你冷吗？”

“有一点。”

“要不要喝点什么？”

“不要。”

“你确定吗？”

“是的。我暖和起来了。”

“看到你在那里我简直不敢相信。你不害怕吗？”

“害怕。”

“你为什么那么做？”

“不知道，”她说，“我必须这么做。”

她洗澡的时候，他躺在床上。他多买了两个枕头，躺在它们中间等待。这种事前的感觉是从未有过的。他听见花洒关上，终于，她出来了，头发草草吹干，她脱下睡袍，钻到床上躺在他身边。没有人比他更渴望。他把她拉向自己，以便更充分地抱住她。她的手放在他的两腿之间。

“哦，天啊。”她喃喃低语。

“这就对了。”

他感觉自己像个神。他们才刚刚开始。

他在晨曦中醒来。四周出奇地安静，海浪停止了拍打。一道长长的绿色纹路覆盖在大海上。窗户上有一只苍白的蛾子在等待天亮。

“克莉丝汀，”他在她耳边轻声说，“别醒过来。你能在睡觉的时候做吗？”

事后，他们躺在那里，像是遭了肢解。一条裹着白色睡裤的腿搭在她头顶的枕头中间。她抚摸着那只赤裸的脚。一度极其松软的床单被踢得乱七八糟。远处的海滩上，看不见的地方，一面美国国旗飘荡在孤零零的旗杆上，仿佛体面和良善的象征。

“这就是你爱上一个人的方式。”他说。

“是你以前的方式吗？”

“不，当然不是。”

这时他沉默了。

“被击中了，”他说，“被爱蒙蔽了双眼。我什么都不懂。当然，她也不懂。那是很久以前的事了。然后我们离婚了。我们根本就不是一类人。她有勇气说出来。她给我写了一封信。”

“就这么简单？”

“哦，那时候不是。事情在当时从来不会那么简单。”

“我懂，”她说，“我结婚是为了性。”

“我希望那也是我结婚的目的。”

“女人意志薄弱。”

“真有意思。我可没发现是这样。”

“她们很脆弱。一个手镯，一个小玩意儿，一枚戒指。”

“我注意到你还戴着一个。”

“这太感情用事了，”她说，“我等不及要把它摘下来了。”

“让我来。”他说，但没有动。

“你当然可以了。”

他不想再说话了，他想留住那句话的余韵。然后他说：

“你说希腊语的时候，我很受触动。他也被打动了。”

“我会得不多。”

“你看起来没问题。”

“我的问题是，我需要找一个住的地方。我得去挣钱，我需要一个地方住。”

“我会帮你的。”

“你说真的吗？”

“当然。像你这样的女人，想要什么就有什么。”

“像我这样的女人。”她说。

是的，像她那样的女人。他想和她一起旅行，两个人一起去希腊——他忽略了她丈夫也在那里的事实——她曾经给他讲过的希腊。他想象着它，萨洛尼卡，基西拉[1]，穿黑衣的女人，连接众多岛屿的白色船只。他从没去过那里。他读过《玛洛西的大石像》[2]，狂野而夸张，他读过荷马，他看过《安提戈涅》和《美狄亚》，听过娜娜·穆斯库莉[3]充满生命力的美妙嗓音。并非万念

---

[1] 萨洛尼卡和基西拉都是希腊地名。

[2] 美国作家亨利·米勒的游记。

[3] 娜娜·穆斯库莉（Nana Mouskouri），生于1934年，希腊歌手，国际流行音乐歌星，被誉为“希腊国宝”“雅典的白玫瑰”。

齐发，但他不知为何同时想到了阿勒克塞·帕罗斯，那个多多少少已经消失的人；想到玛利亚·卡拉斯[1]；想到航海业的巨头们；想到松枝味道的白葡萄酒；想到爱琴海，白牙齿，黑头发。这一切都属于同一场辉煌的梦境，希腊在一个人的血液中，他们在那里的坟墓前哀泣，他们洗刷逝者的身体。但吸引他的不是死亡，而是相反的东西。有了克莉丝汀，这一切将变得难以想象地富足，生活在阳光中，在水面上，在藤蔓掩映的露台里，在空空荡荡的旅馆房间中。她会展开一张希腊报纸读给他听，也许她会的，他想象她能做任何事。他想学希腊语中的早晨，夜晚，谢谢，爱。他想要学一些希腊的淫词秽语，好能悄悄说给她听。裸体，他记得，在所有语言中都是一样的，但或许在希腊语中除外。他爱她的裸体，他喜欢想着它。此刻他的欲望被清空，但并非更广泛意义上的欲望。

外面，各式各样的寂静组成了一个白天。时间在此停滞。她安静地想着什么，或许什么都没想。她不可能了解自己的魅力。他和一个四肢光滑的女人躺在一起，是从她丈夫那里偷来的。她现在是属于他的了，他们生活在一起。他为此感到兴奋。这符合他的角色，一个大胆的情人，他知道自己不是这种性格的人。

---

[1] 玛丽亚·卡拉斯（Maria Callas，1923—1977），美籍希腊裔女高音歌唱家，二十世纪伟大的歌剧女王。

黛娜和她的儿子利昂乘坐一列开往达拉斯的火车，去得克萨斯看望她的父母，他们住在奥斯汀附近，会开车过来。黛娜想看看这个国家的风景，利昂也为这个念头兴奋不已。在宾夕法尼亚车站昏暗的底层，火车抵达又离开，发车广播交织在一起，回荡在空气中，神圣而不容置疑。艾丁斯停下来向一个搬运工问路，几分钟后，他们找到了自己的车厢，三个人沿着走廊把行李搬到包厢中，艾丁斯帮他们把行李放好，又留下来跟他们聊天。没时间按他计划的那样带他们去吃饭了。利昂开始紧张起来，他说火车马上要开了。他长得跟黛娜一样高了，甚至更高。

艾丁斯看了看他的表。

“还有三四分钟。”他说。

“你的表不一定准。”

“告诉他们，我很遗憾不能来，”他对黛娜说，“下一次，好吗？”

“照顾好自己。”她说。

他一一拥抱他们。

“旅途愉快。”

他在外面的站台上，站在车窗边等待。也许他听到了，火车准时开动的时候，车厢里传来一种低沉的声音和电流的颤动声。他挥了挥手，他们也挥手回应。他飞吻了一下，在他们旁边走了五到十码，直到火车加速，把他甩在后面。黛娜的脸贴在玻璃上，挥手告别。那是下午三点四十五分。他们将在次日早晨抵达芝加哥，然后从那里乘坐“得克萨斯之鹰”去往达拉斯。这是他们第一次坐火车去得克萨斯。他们以前总是坐飞机去。

一开始他们置身于黑暗中，在街道下方，随后陡然进入白日，深陷一连串混凝土隧道中，这些隧道把他们带往哈得孙河，火车平稳向前，随着速度的增加而轻微地摇晃着。他们能听到远远的前方传来低沉、熟悉的汽笛声。好像是被这声音所振奋，他们继续加快着速度。

他们沿着河流向前。对面是被绿色覆盖的花岗岩峭壁。天色黛青，云雾缭绕。天色渐晚的时候，火车疾驰过的车站都奇怪地空无一人，黑斯廷斯，多布斯费里。不久之后，他们自己的小镇出现在远处，皮尔蒙特，几乎完全被树木遮盖。

“在那儿，”黛娜说，“那是皮尔蒙特。”

“我想找到我们的房子。”

“我觉得我看到了。”

“在哪里？”

他们想把它辨认出来，但枝叶太过浓密，几乎连街道都被遮住了，不一会儿，他们在塔潘齐那座阴暗的钢桥之下驶过。

很长一段时间，他们都沿着悠游的河水行驶。他们经过了奥西宁和那里的大监狱，辛辛监狱，她指给他看。利昂听说过那座监狱，但从来没见过。他知道那是行刑的地方。

随着铁轨向内陆延伸、逐渐远离河流，沼泽和树木出现了。皮克斯吉尔，一个车站一闪而过。随后，当太阳依然高高悬挂在山上的时候，出现了西点军校陡峭而寂静的围墙，仿佛是悬崖的一部分。他们经过了小岛上一个空空荡荡的古堡废墟。两个孩子紧贴着石头路堤，胸膛里呼出的空气被火车劈开。河流变窄，变成蓝色。雁群沿着河流飞翔，有力，自由自在，几乎掠过水面。一道耀眼的光线穿过云层，云层的中心是太阳。远处传来火车尖锐的汽笛声。

利昂坐在窗边，黛娜越过他看着这个国家在眼前铺展开来，白日渐渐化为黑夜。她真希望尼尔也下决心来了。景色太美了。他会让人拿些冰块来，然后他们会喝上一杯。她能听见冰块在玻璃杯中叮当作响。或许他们下次可以去芝加哥，看看那座据说跟纽约一样伟大的城市。当他们慢慢驶入奥尔巴尼的时候，不知为何，河水开始从他们下方流过，随后消失不见。奥尔巴尼有静穆的州级建筑和古老的街道。孤零零的教堂尖顶令人心安，在最后一束光线中现出轮廓。

七点过后，他们走去餐车吃晚饭。

“会很棒的。”黛娜说。

她高兴地唱起歌来，没有比在卡罗来纳更美妙的事了，虽然伊利湖畔“禁止”的标志越来越多，虽然“得克萨斯之鹰”从不靠近卡罗来纳。

火车在颠簸。他们差点失去平衡。她说得没错，餐车就像剧院里的舞台，灯火通明，当火车在他们脚下颠簸摇晃的时候，穿白色外套的服务生稳稳地从桌子旁边走过。

“就像在玩漂流。”利昂大声说。

领班把他们带到一张单独的桌子旁。菜单上有西冷牛排和炉烤薯条。透过宽大的黑色窗户，黄色的灯光就像灯笼一样漂浮在乡村的黑暗中，然后，突然间，出现一串串红色的灯光，间或一盏白灯像彗星一样闪过。他们点了一杯酒。

就在他们吃晚饭的时候，卧车服务员铺好了床，干净的白色床单和紧绷的毯子。利昂睡上铺，大约九点半爬上床。他脱掉鞋子，把它们放进挂在旁边的网兜里，躺下时又麻利地脱掉了衬衫和裤子。就在这时，火车停了，似乎很长一段时间没有动。

“怎么停了，”他叫道，“我们到哪里了？”

“我们在锡拉丘兹，”黛娜告诉他，“还在纽约州。还远着呢。”

他们能听到说话的声音，那是赶夜班车的人，有些正从走廊经过。

“明天早上我们能到哪里？”他问。

“我不知道。到时候看吧。”

终于，火车又动了。乡村如同一幅阴郁的画作闪过，黑暗中的树木被火车车窗照亮。孤零零的、沉睡的房子，漆黑寂静。小镇上的灯光，空空荡荡的街道。在火车车厢的宁静中，黛娜感到一阵莫名的幸福。

过了一会儿，她说：

“你睡着了吗？”

没有回答。她看到窗户上落了雨点，然后自己也慢慢睡着了，再次睁开眼睛的时候，火车正在并入一大片铁轨，与他们的铁轨交汇在一起。这里是布法罗。然后他们穿过一条河，沿着伊利湖行驶，驶过几个孤零零的车站，一个人都没有。

凌晨一点左右，车厢尾部发生了电路走火，原因不明，走廊里弥漫着浓烟。黛娜从刺鼻的气味中惊醒过来。有什么东西正从包厢门下钻进来。她睡眼惺忪，但迅速起身，想看看那是什么。烟雾顺着门框钻进来，她打开门的时候，浓烟倾泻而入。她关上门，一边咳嗽一边对着利昂呼喊。没人拉动紧急制动或者发出警报，火车没有减速。终于，隔壁车厢的一个列车员注意到了。他们把门撬开，却因为烟雾太大无法进入。等到火车停下来、人们把窗户打破时，已经有七名乘客丧生，死于窒息，他们都在最靠近火场的车厢里。其中包括黛娜和她的儿子，利昂。

19 雨

道路分岔。河边那座房子被多加了一个小房间，房间有扇窗户，尺寸大得几乎引诱人坐到里面，打开一本书或者向外凝视小花园。花园疏于照料，但因为其中的雕塑而显得气氛亲密，那是一尊天然雕塑，是一棵树的一部分，被锯成一个个两尺高的圆木，其中一个粗壮而挺拔，形状刚好是一个女人的身体，从腰一直到大腿根部，一种原始的圣坛装饰，新非洲式的，圆润，黝黑，不惧风吹雨打——在这座房子里，艾丁斯，他的妻子，还有儿子，过着幸福的生活，远离一切危险，邻居们都是好人，街道很安静，警察终于和市长派消了恩仇，他们态度友好，知道每个人的名字。在这里，在树木和村庄的寂静中，像是从天而降一般，一个巨大的发动机从高高的飞机上脱落，无人看见，无人听见，飞驰而下，死亡和毁灭袭来，如同一根削尖的木桩刺入生命。

道路断裂。艾丁斯的生活被一分为二，并不对等的碎片。不知为何，所有正在发生和将要发生的事都变得轻飘飘、无关紧要了。生活出现了一个空洞，像事后的清晨。他一直拒绝接受那场事故。他几乎不记得葬礼的事了，只记得它难以忍受。他们被安葬在上格兰德维尤的公墓中，就在道路上方，坟墓并排挨在一起。黛娜的父母来了。尼尔几乎无法面对他们。他摆脱不了负罪感。他是个南方人，从小被教育要尊重女性，保护她们，捍卫她们。那是一种责任。如果他也在火车上，这件事或许就不会发生。他辜负了他们，就像山谷别墅里的那个哲学教授，房子被人闯入，他和年迈的妻子遭到了攻击。从此以后他再也不是原来那个人了。他感觉到的与其说是伤害和持续不断的恐惧，毋宁说是羞耻。他没能保护好他的妻子。

从很多方面看，艾丁斯都没变，还是平时那副样子，只不过略加玩世不恭了。他扣眼里别着一朵花，一朵胸花，他跟人们说话，开玩笑，但有些事你看不见。他辜负了他们。他是个有污点的人。

他在那座房子里继续住了一段时间，但他不喜欢晚上回到那里，回到空空荡荡中，好像全世界都知道他是孤身一人。他在市里租了一间小公寓，就在格拉美西公园下面，晚上他看电视新闻，喝上一杯，有时候还喝第二杯或第三杯，然后决定不做晚饭了，虽然晚饭都很简单。他并不沮丧，只是生活在不公正的感觉里。有时候，想到自己的孤独和失去的一切，他几乎流下眼泪。他能看到他们现在和过去的一切，那段伟大的爱情岁月。她的所求所需都如此之少。她如此彻底地献出她的爱，她灿烂的笑容，她的牙齿，她无忧无虑的傻气。我是如此爱你——谁能说出这句话背后，那无数爱的行动中压倒性的真理？他没有做到他应做的一切，他应该付出更多。他想，我现在就给，他大声说，我真想给啊！啊，上帝，他说，然后起身斟满酒杯。别变成个酒鬼，他想。不要成为被怜悯的对象。

鲍曼有他的另一半。他没有妻子，没有女朋友，他似乎已经在单身生活中安下身来，成了习惯，并无不安，他穿着深蓝色西装出现在餐厅和朗诵会上，在看得见的世界里轻松自在，人人熟知。

事实不完全是那样。

他并没有完全和克莉丝汀生活在一起，她一直反对，解释说要等她的生活更稳定些才行。她继续到他的公寓里过夜，每周两三次。她会在下班后去见他，有时候带一束花或一本时尚杂志，欧洲版的，展示着那里流光溢彩的生活。

他们没有结婚，但他们享受着无罪的爱情的乐趣。对她感到厌倦是不可能的。契诃夫说过，一年一次的性爱有种惊人的力量，那种伟大宗教体验的力量，一旦超出这个频率，它就只是类似于营养剂的东西，但如果这就是代价，鲍曼也十分愿意付出。

早上，她的衣服散落在各处，她的鞋子——他尤其喜欢她的鞋子——放在椅子旁边。她在狭小的厨房里煮咖啡。从她的言行举止，从他们的亲密无间，他知道他们能和睦地生活在一起。他也曾坠入爱河，爱得很深，但总像跟外人在一起，一个不同于他的人。但和克莉丝汀在一起，他有种一直都很了解她的感觉。如果她能摆脱她的丈夫，他们就会结婚。

想到这些时，他正穿过中央公园，那里翠绿而浩瀚，周围的高楼大厦在晨光中熠熠生辉。尽管克莉丝汀自信而沉着，但她依然在寻求稳定。她承认过这一点，而这正是鲍曼可以提供的东西，他能提供的还有更多。他留意着形形色色的路人，都很年轻。他处在人生中途，才刚刚开始。

周末下雨了。他们待在家里，躺在床上享受午后的宁静，雨点像雾一样落在窗户上。她正在看电视，一部老电影，意大利语的，而他恰好在读维尔加[1]，西西里人。一个穿低胸连衣裙的女人坐在那里修指甲，两个男人在聊天。电影是黑白的，白色的衬衫，意大利人的脸，黑色的头发。字幕被洗掉了一部分，克莉丝汀几乎看不清。鲍曼读书的时候，她的手伸进他的睡袍，有些心不在焉地握住他的阴茎，但随着它肿胀起来，她的拇指开始沿着它轻轻移动。电视被静音了。他能听见自己吞咽的声音，能用余光看到克莉丝汀柔软的脸颊。她正专心地看着电影。他的阴茎很硬，光滑得像一道伤疤。在一个湖边，一个穿黑色衬裙的女人正在跟一个男人搏斗。她突然挣脱了他，跑了起来，但不知为何又停下来，等待着自己的命运。在特写镜头中，她一脸听天由命，但又充满轻蔑。

---

[1] 乔万尼·维尔加（Giovanni Verga，1840—1922），意大利作家。代表作有《烧炭党人》和《濒海湖》。

他没有往下读，那些文字毫无意义。电影在继续。那个女人就要被杀死了。他永远不会忘记她那张泪痕斑斑的脸，不会忘记她赤裸的手臂，抬起来要去拥抱她的凶手。他感到一阵剧烈的快感。电影没完没了地继续着。克莉丝汀的手偶尔轻轻收紧，仿佛是在提醒他。终于出现了片尾字幕。

他可以自由自在地做一切事情。从来没有这样过，和薇薇安时不是这样，当然不是和薇薇安，也不是和伊妮德。她腰部以下一丝不挂，他让她转过去趴下，拿起书继续读着，一只独断的手放在她的屁股上。她静静地趴着，脸转向一边。他们并不平等，至少现在不是。他一生都在做着准备。过了一会儿，他们开始了。整座城市寂静无声。一次漫长的做爱，他的脑子一片空白。他们既没有看见，也没有听到雨。

事后他们像受害者一样，脸朝上，动弹不得。

“真是无与伦比。简直无法想象世上还有什么事情比这更……极致。”他说。

“海洛因。”克莉丝汀喃喃道。

“你吸过海洛因吗？”

“比性爱美妙四倍。任何事情的乐趣都比不上它。相信我。”

“所以你吸过。”

“没有，但是我知道。”

“我不希望别人只是把我当成一个好人。”

“你不是一个‘好人’，你是一个真实的人。你知道你是，”

她说，“那天晚上在出租车上，我就已经知道了。”

他想要的一切，她都给了。她是神明的赐福，是上帝存在的证明。他从未得到过真正的报偿。他从未得到货真价实的那件东西。她把他随意握在手里，他知道她在想什么。他们可以就这么躺着，说上几天话或一言不发。那个下午令人难忘。

“为什么我们总是这么累？”他问，“它不该这么费劲。”

“不，它会。”

艾丁斯缓慢地恢复着。他终于接受了发生的事，但被它弄得残缺不全。他对生活不再那么投入了，多了些被动。和以往不同，他现在可以坐着静静聆听。在剧院里，幕布升起之前，他坐在那里听旁边两个女人热烈地讨论她们看过的一部电影，其中发生了什么，跟生活是如何相似。她们大概四十多岁了，和那些他认识了之后可能会更感兴趣的女人没什么两样，但他对认识她们不感兴趣。出于同样的原因，他也不想认识坐在他前面两排的那对夫妇，那个女人。他被她美丽、浓密的秀发和大衣上的毛领吸引住了。她的头几乎靠在那个男人身上，时不时微微转过身跟他说着什么。她有斯拉夫式的颧骨和一个从前额直垂下来的长鼻子，一个罗马式的鼻子，一种权威的象征。他想，他可以看着一个女人的脸，然后一一道出她的性格。德洛维特的女朋友是个演员，或曾经是个演员，无论哪种情况她都略显条件不足，艾丁斯一眼就看出她是个酒鬼，如果不做爱的话，会是个讨厌的人。德洛维特发现她很难缠。他对她感到厌倦、不耐烦，但同时又喜欢炫耀她。她叫黛安·奥斯特罗，人们叫她迪迪。艾丁斯认识的人中，谁也没见过她出现在舞台上。她有一头黑发和贪婪的笑声。她的精明只够用来防止她进一步堕落。人们不用费太大劲，就能说服她讲出几个跟她上过床的明星的名字。她喜欢让他们光着身子，头朝下倒立。

“几个人做到了？”

“两个。”她随意地说。“所以你喜欢做什么？”她问艾丁斯。

“摔跤。”他说。

“真的吗？”

“我代表大学摔跤，”他说，“人们都怕我。”

“哪所大学？”

“所有大学。”他说。

有一天，他坐出租车沿派克大街南行，在拐弯处看到一个女人，穿着昂贵的鞋子，大衣系着腰带。每一个细节都透露出她所处的阶层。她无疑住在派克大街，或许有着平凡的忧虑和关切，但她的形象感动了他，以其镇静，甚至以其英勇。

他开始注意自己的衣着和外表。他买了几件柔软的棉质衬衫，一条蓝色的丝巾。天气好的时候走路去上班。

大约就是在这段时间，他在纽约公共图书馆遇到了一个离了婚的女人，名叫艾琳·基汀。那是在一次讲座之后，人们站在走廊里喝酒。她独自一人，不是特别自在，但穿了一件好看的衣服。

她住在新泽西，就几分钟的路程，她说。

“不止几分钟。”他说。

“你住在城里吗？”

“我在皮尔蒙特有一座房子。”他说。

“皮尔蒙特？”

“在恩贡山脚下。”

“什么山？”

“不是很出名的山。”他评论道。

她不懂文学，但他喜欢她那张展现出美好性情的脸。

“我觉得这场讲座——你觉得怎么样——我觉得有点无聊。”他说。

“你这么说我很高兴，我差点睡着了。”

“总的来说不坏。就是有几个地方感觉不好。你经常来吗？”

“呃，也是，也不是。我来通常是想遇到一个有趣的人。”

“那在大多数酒吧会更容易一些。”

“那你为什么没在那里？”她说。

几天后，他带她去吃晚饭，最后跟她讲起了德洛维特的故事，他在西港的游艇没有发动机；讲了他的罗马尼亚前女友，他喜欢说“我可以把她驱逐出境”；讲了罗伯特·博伊德，艾丁斯从没见过却非常喜欢的那位前牧师。博伊德的父亲去世了，他独自一人住在乡下，像往常一样，生活在绝境中。

“你会喜欢他的。他的文字非常高贵。”

她全神贯注地听着，问他是否愿意来她家吃饭。

“我会做点好吃的。”她说。

他答应那个星期五来。后来，在傍晚火车拥挤的人流中，他发现自己后悔了。人们都在回家，回到家人中间，他们熟悉自己的生活。

她在车站接他，然后开车去五六个街区外她的家。那是一座联排的房子，有砖石台阶和铁栏杆。但里面并不是那么冷冰冰。她想把他的外套挂起来，但他说，不用了，就放在椅子上。她倒了香槟，请他进了厨房，她在裙子外面系了条围裙，一边聊天一边做饭。她看上去更年轻了，也很兴奋。

“这香槟好喝吗？”她问，“我就是按价格挑的。”

“非常好。”

“我很高兴你能来。”她说。

“你在这里住了很久吗？”

“尝尝这个。”她说，手里拿着一勺东西递给他，看起来像法式清汤。

很美味。

“我自己做的。从零开始。”

桌子是两人位。她点上蜡烛，两人坐下后，她似乎放松了一些。房间里的灯光有一种柔和的色调，也许是染上了香槟的色泽。她又倒满了他们的酒杯。突然，她站起来——她忘记脱掉围裙了，她扯掉它，弄乱了自己的头发。她坐下，然后又站起来，弯下腰小心翼翼地隔着桌子去吻他。他们以前从没接过吻。法式清汤就在他们面前；她轻轻举起酒杯。

“致梦想中的夜晚。”她说。

他们吃烤乳鸽，这些躺在黄油米饭上的鸟儿，肉质多汁，色泽金黄。他不记得从那往后是怎么回事了。床很宽，她紧张得像只小猫。她用力挣脱他，又同样用力地把他拉向自己，她还没有下定决心，或者一直在改变主意。她踢了一脚然后转过身去，他觉得自己在努力追赶她。事后她道歉说，这是她离婚三年来第一次做爱，但她很喜欢。她吻着他的手，好像他是个神父。

早上她没有化妆。她赤裸的五官很纯净，看上去像个瑞典人。她谈起她的婚姻。她的前夫是个生意人，一名销售经理。房子在日光下显得单调乏味。没有书架。他注意到，那个神奇的餐厅里贴着一种条纹墙纸。她说，他们搬进来时就在那里了。

20 池塘边的房子

一切仍在沉睡，未被魔杖触及。沿路有一些农舍，有些连着自己的土地。其中一座，旧的，白色的，是一座寄宿公寓。你可以在里面租个房间，租上一周或一整季，远眺未被开垦的广阔土地，沉思着散散步，或者骑一辆破旧的自行车去一英里外的海滩。再往前是一座墓地，道路在此处岔开，环绕着墓地，像一艘船的残骸，再往前走，一座了无生气、未粉刷的房子坐落在树木之下，是用来租给年轻人的，他们有时在外面开派对，从傍晚一直开到深夜，汽车胡乱停在周围，还有一桶桶廉价的酒。

早些年，一窝蜂来了一些画家，因为这里便宜，也因为这里的光线，清澈而超然的光线，在漫长的午后普照数英里。生活是随性的。一些大房子位于树篱后面，剩下的坐落在旗帜地段[1]，

---

[1] Flag lots，指形状不规则的建筑地段或地块，因为一般狭长得如同旗杆一样，所以又被称为旗帜地段。

有些很早就有了。探索秘境的洪流还未席卷过来。沙丘上矗立着一些简朴的茅舍，有些是属于农民的。

乡村适合克莉丝汀,她自己说过这样的话。那里美丽而开阔。无论是光线，还是空气，或者从海上来的风，都是你从未见过的样子。她尽量不回城里，鲍曼会来过长周末。她的幸福感迎接着他的到来。她灿烂的笑容。路边的平板车上都是农产品，新鲜玉米、西红柿，刚从地里摘下来的草莓，人们站在平板车旁，都认得她。他们通常对待顾客态度生硬，但当她站在结账处双臂抱满东西的时候，他们却和颜悦色起来，露出微笑。

她已经更新了她的经纪人执照，于是去见伊芙琳 · 辛兹，她是从“出售”的牌子上看到这个名字的。辛兹太太的办公室就在她自己家里，离新镇道不远，白色的房子，白色的尖桩篱笆，还有一块字迹工整的招牌。

伊芙琳 · 辛兹是个矮胖的女人，一双明亮的眼睛能瞬间把一切尽收眼底，动辄大笑。她与人相处自在。她的第一任丈夫在海上坠机身亡——被认为是坠机了，再也没有人见过他——自那以后，她又结了两次婚，与每一个前任都相处得很好。克莉丝汀穿着黑色休闲裤和一件亚麻短外套去见她。

“克莉丝,我可以这样称呼你吗？”辛兹夫人说,“你多大了？介意我问一下吗？”

“三十四。”克莉丝汀说。

“三十四。真的吗？看不出来。”

“好吧，比那还老，我有时候会把自己说得年轻一点。”

“你住在这里吗？”

“是的，我目前住在这里。我有一个十六岁的女儿。我在城里做过七年中介。”

其实时间没那么长，但辛兹夫人并未质疑。

“你和谁一起工作？”

“村里[1]的一个小公司，沃尔特 · 布鲁诺。”

“你做出售还是出租？”

“主要做出售。”

“我喜欢把顾客和房子凑在一起。”

“我也是。”

“就像给他们找结婚对象。你结婚了吗？”

“没有，我分居了，”克莉丝汀说，“我不找丈夫。”

“谢天谢地。”

“什么意思？”

“没人有机会了。”辛兹夫人说。

她喜欢克莉丝汀，雇用了她。

那是家小中介，只有四个人。她告诉鲍曼，她会喜欢那里的。

“我见过她的名字，”他说，“她人怎么样？”

“很直率，不过还有一件重要的事。既然我重操旧业，”她说，

[1] 指格林威治村。

“我会为你找个房子。”

阿奈从学校回来，和她母亲一起在车站等待，鲍曼下火车后第一次见到她。她有一张清新的、年轻的面孔，尾随在克莉丝汀身后。车厢门砰的一声关上了，家人们相互呼唤着。

“这几天是最美的日子，”他们朝车走去的时候，克莉丝汀告诉他，“据说整个周末都会是这样。”

“你什么时候到的？”他问阿奈。

他想让两人相处得轻松一些。

“我什么时候来的？”她转问克莉丝汀。

“周三。”

“你能来真是太好了。”他说。

他们驶出车站周围的车流，在傍晚时分一路向前，车头灯的光明亮地向前流淌，像是对一个美妙的夜晚发出邀请。

“我们去哪里？”他对克莉丝汀说，“你做晚饭了吗？”

“家里有些吃的东西。”她说。

“去比莉餐厅好吗？我们去那里吧，你来过这些地方吗？”他有些傻傻地问阿奈。

“没有。”她说。

“我更想去最早说的那家，两兄弟开的。”克莉丝汀说。

“没错，这个主意更好。”

他们拾级而上，进入餐厅，鲍曼感到全身心的快乐，两个女人，还有她们身上的光环。吃饭的时候，阿奈只和她母亲说话。

但鲍曼很享受这种感觉。这似乎很惬意。他们在一片深邃、华丽的蓝色中开车回家，沿途的房子发出安抚人心的光。

阿奈并不害羞，只是跟他保持着距离。她属于她母亲，当然，也属于她父亲。她对他们两个人都很忠诚。要赢得她的认同非常困难。他也感觉到了她的不快，因为他是她母亲的情人，他从没用过这个词——有一种源自血液的嫉妒。她通过排斥他来表达这种嫉妒，但有时他们也坐在一起，三个人，很自然地听音乐或看电视。他注意到，她女性化的姿态跟她母亲很像。他总是不由自主地意识到她在房子里的存在，有时候是强烈地意识到。他想起了杰姬·埃廷格，很久以前萨米特的那个女孩，那个几乎神话般的女孩。他从不了解杰姬，看样子他也不会了解阿奈。

工作日期间，不在她身边的时候，他能够更为冷静地思考这个问题，他想要成为的形象，一个长期配偶——这个词不恰当——她母亲爱的男人，或许完全不像爱阿奈的父亲那样充满肉欲，但考虑到鲍曼所感受到的强度，一种几乎无时不在的感情强度，事实又显然并非如此。

一个星期天的早上，天还没热起来，但海滩上已经到处都是耀眼的阳光，一字排开的浪花散发出几乎狂躁的光芒。他们坐在沙丘旁边，拿着几张报纸，平静地读着，感受着阳光。水很冷，只有几个人。他感觉像在墨西哥，虽然他从没去过那里。那种质朴。六月了，夏天已经来临。沙滩上有一些人，但还不拥挤。这是一种放逐。他们正在阅读着世界上发生的事。太阳一高过肩膀，他们就回家吃午饭。

昂蒂布的墨菲夫妇[1]一定也过着这种生活。他们有一幢房子，属于他们自己的，在更远的东部。杰拉德·墨菲喜欢游泳，每天都要去海里游一英里。鲍曼说起这些，但没有人感兴趣。他注意到有三四个人在游泳。他站起来走入水中，惊讶地发现水比他想象中要暖和一些，它几乎充满诱惑地绕过他的脚踝，他走进去，直到水淹没膝盖。

他回到她们躺着的风化的栅栏旁边。

“水是暖的。”他说。

“你总那么说。”

“很暖。”

“呃……”阿奈说。

“下来看看。”

“阿奈，你去吧。”

“我害怕浪头。”

“没有浪头，这只是潮涌。来吧，我也要进去。菲利普去年夏天差点让我淹死。”

“怎么回事？”

“那才是真正的浪头。今天没那么大，走，我们下去吧。”

---

[1] 指杰拉德·墨菲（1888—1964）和萨拉·墨菲（1883—1975）夫妇，他们在二十世纪二十年代移居法国里维埃拉，并创造了一个充满活力的社交圈，其中包括海明威、菲茨杰拉德等许多“迷惘一代”的艺术家和作家。

开始水冰冷。阿奈不情愿地站在里面，但克莉丝汀进去了，她随后跟上，勉强走向深处。水底很平坦。他们越过低低的海浪线，进入远处的水中，那里海浪把他们轻轻托起。他们不发一言地游着，只有头露出水面，浮起又落下。天空似乎抚平了所有感情。在过去的几个星期里，有两次，在他小心提出一些建议之后，阿奈对他说："你不是我父亲。"他感到刺痛，但是现在，她冲他笑着，虽不温暖，但带着满足。

"怎么样？"他对她说。

"我很喜欢。"她回答道。

他们三个人一起出来，气喘吁吁地笑着。阿奈走在他们前面，轻盈地迈着步子，用手指梳理着头发。她坐在克莉丝汀旁边，膝盖几乎跟她的碰在一起，幸福地靠在她身上。

她交了一些朋友，其中有一个叫索菲的女孩，从容镇静，一头卷曲的金发。她是一位精神病学家的女儿。一个雨天，他们四个人坐在一起玩红心大战。当他们依次出牌时，索菲摘下一只耳环，仔细查看着。轮到她时，她丢出一张黑桃。

"你出错了。"鲍曼好心提醒。

"是吗？"她说。她这是在为生活而练习。

她懒得收回那张错牌，但后来耐心地把它拣回来，又出了一张。克莉丝汀喜欢她的沉着和她的暗色口红，直到有天晚上，阿奈和她一起去看电影，半夜还没回来。克莉丝汀忧心忡忡地等待着，看着电视。终于，她听到厨房传来关门的声音。

“阿奈？”她喊道。

“是我。”

“你去哪里了？现在都半夜了。”

“对不起，我应该打个电话回来。”

“你去哪里了？电影几个小时前就散场了。”

“我们没去看电影。”阿奈说。

鲍曼觉得自己不应该听。他去了厨房，但仍能听见她们说话。

“你不是说要去看电影吗。”

“是的，我知道。”

“你到底干吗去了？”

“我们散步去了。”

“散步？在哪里？”

“就在街上。”

等待让克莉丝汀神经紧绷，阿奈的声音里有种抵触的情绪。

“你喝了什么吗？”

“为什么这么问？”

“别管我为什么问。喝了吗？”

沉默。

“你抽烟了？大麻？”

“我喝了一杯酒。”

“你在哪里喝的？这是违法的。”

“在欧洲并不违法。”

“这里不是欧洲。你去哪里了？跟谁在一起？”

“我们和索菲的几个朋友在一起。”

“男生。”

“是的。”

她说话的声音低了下去。

“好吧，他们是谁？他们叫什么名字？”

“布莱德。”

“布莱德什么？”

“我不知道他姓什么。”

“另一个男孩是谁？”

“我不知道。”阿奈说。

“你不知道他们的名字？”

“索菲知道。”阿奈说。

她的声音开始颤抖。

“你哭什么？”

“我不知道。”

“你到底在哭什么？”克莉丝汀重复道。

“我不知道！”

“你知道。”

“我不知道！”

“阿奈！”克莉丝汀叫喊道。

她已经离开了房间。过了一会儿，克莉丝汀走进厨房。

“我都听见了。”鲍曼说。

克莉丝汀显然很不安。

“这是我最可怕的噩梦。”她说。

“她似乎很坦然。听起来没什么大问题。”

“她为什么要这么做？”

“她什么都没做。她们确实会遇见男孩子。”

“你怎么知道？”

“什么意思，我怎么知道？”

“你没有女儿。”

“没错。”他说。

前门砰的一声关上了。克莉丝汀闭上双眼，用食指轻轻揉着。

“你知道吗？我担心我马上就要听到汽车发动的声音了。亲爱的，求求你，能不能出去把她叫进来？我太紧张了。”

鲍曼没有说话，但过了一会儿，他走到外面的黑暗中。最后，他尾随她走到车道尽头。她听见他过来了，但没有转身。他对自己的所作所为没有信心。

“阿奈，”他说，“我能跟你谈谈吗？”

他等待着。

“我对这件事没什么发言权，”他说，“但我觉得事情没有看上去那么严重。”

她似乎并没有听进去。

“也许下次你可以给她打个电话，说一切都好，会晚点回来。

你能做到吗？”

她没有回答。她看见一个白色的东西在远处树梢上移动，它继续向前，莫名其妙转了个弯，消失了，然后又立刻出现在更高的地方。

“是一只苍鹭。”他说。

在他们的注视下，它向着密实的黑色树影走去，然后穿过顶端的树杈，飞向了夜空。

“那是苍鹭吗？”她说。

“能看见它的脖子。”

“我没想到它们是在夜里飞。”

“我猜是这样。”

“苍鹭飞走了。”她说。

他瞥了她一眼，想知道她是不是一语双关，但看不出端倪。他对她的惧怕减轻了，他没再说什么，跟着她走回了屋子。

那年秋天的一个下午，克莉丝汀给他打电话，她的声音充满了兴奋。

“菲利普吗？”

“是我，什么事？”

“最好的事。我找到房子了。”

“什么房子？”

“我找到一座完美的房子，就是你一直在找的那个。我一看见它就知道了。一座老房子，不大，但有四间卧室，在一个池塘边，是池塘的一部分。一对老夫妻已经拥有它三十年了。他们没有挂牌，但有兴趣出售。”

“你怎么找到的？”

“伊芙琳知道，她知道一切细节。”

“要价多少？”

“只要十二万。”

“就这么多？我买了。”他气定神闲地说。

“不，这个周末我带你看看，你一定要看看。”

池塘在路的下方，从路上看不见。一条长长的土路，尽头是两棵古树。那是十月一个明丽的早晨。他们驱车向上开着，那座房子突然就出现了。他永远不会忘记第一眼看到它时那种熟悉的感觉，尽管他还不知道会有什么结局。那是一座漂亮的老房子，像一座农舍，孤独地矗立在池塘边。他们从厨房门走进去，穿过狭窄的门厅。厨房本身是个方方正正的大房间，有一些搁架，在原本是壁橱的地方有一个储藏柜。主卧在楼下。楼上有三间小卧室。他注意到，楼梯扶手是粗糙的未打磨的松木，但已经被手磨得光亮。地板宽宽大大，窗户也是。

“你说得对，”他说，“这房子不错。”

“很棒，对不对？”她说。

“是的，确实不一般。”

墙面和天花板状况良好。没有水渍或者裂缝。他觉得可以把两个小卧室打通。

从楼上往外看，可以看到池塘对面有两座很大的房子，在树丛间若隐若现。

“有暖气吗？”他说。

“有，暖气炉在半地下室。”

他们走到外面，沿着池塘不远处，可以看到一艘搁浅的划艇模糊的轮廓。

“你说有多少土地？”

“都在这里了。一直到公路边上都是。大概一英亩多点。”

“十二万。”他说。

“都包括了。是个好价钱。”

“好吧，我想我得买了。”

“我太开心了！我就知道你会想要。”

“住在这里一定很舒服。我们甚至可以结婚。”

“是的，我们可以。”

“这算是答应了吗？”

“我得先离婚。”

“我们为什么不能先结婚，然后再离婚？”

“然后我们可以去监狱里生活。”她说。

“没问题。”

他以十二万美元的价格买下了房子，包括一些家具。他用的是他们两人的名义，一座理想的乡村别墅，大到能偶尔住上一两个客人，位置绝佳，一座独立的房子。

布里奇汉普顿的银行对他的资产做了慷慨的评估，给了他六万五千美元的抵押贷款。在凑齐剩下的钱时，他遇到了一些困难。他卖掉了自己持有的大部分股票，又借了八千美元的信用贷款。

他们在十二月份的第一周完成了交易，当天就搬了进去，带了两把从南安普敦的古董店买的软垫椅——真实的、用过的家具。他们很开心。那天晚上他们生了火，做了些晚饭，听着音乐喝了一瓶酒，又打开第二瓶喝了一部分。一个梦寐以求的夜晚，他们在这座房子里的第一个夜晚。在床上，她从头顶脱去睡衣，任其落在地板上。她躺在他的怀里，像一个新婚之夜。他抓住她的胳膊，把嘴唇贴在她的手肘内侧，热烈地吻了很久。

不久之后就是圣诞节。阿奈去了雅典她父亲那里。房子里还没什么家具，只有一张沙发，几把椅子，两张桌子和一张床。窗户既没有遮篷，也没有窗帘，即便有棵圣诞树，在这里过节也会很凄凉。在城里，街道生气勃勃。那是纽约的圣诞节，人群在夜幕降临之际匆匆赶回家，救世军的首领敲响了他们的钟声，圣帕特里克教堂，大型橱窗里精彩的戏剧，富足的豪宅，流露出繁华表情的人们。人们在演奏《好国王温彻拉斯》，酒保们戴着鹿角——西方世界的圣诞节，就像战前的柏林，斯洛伐克的绿色深林，巴黎，狄更斯的伦敦。

鲍姆家举办了一场派对。鲍曼很久没去那个公寓了。他和克莉丝汀一起走进去的时候，一个穿白色夹克的男人取走了他们的外套，他想起了他和薇薇安第一次来这里时的样子，她自信而年轻的纯真。

“菲利普，很高兴见到你。”黛安娜向他打招呼。

“这是克莉丝汀 · 瓦西拉罗斯。”他说。

“你好，”黛安娜说，握住克莉丝汀的手，“请进。”

房间里挤满了人，黛安娜对克莉丝汀关照有加，无疑听说过她。当她得知克莉丝汀有一个女儿的时候，问道 ：

“她多大了？”

“十六岁。”

“她一定很美，”黛安娜真诚地说，“我们的儿子朱利安在密歇根读法学院。他不肯去哈佛，说那里太精英主义了。我恨不得杀了他。”

“你要不要来根雪茄？”鲍姆问鲍曼。

“不了，谢谢。”

“很不错，古巴的。拿一根，以后再抽。我开始抽雪茄了。一天一根。我喜欢晚饭后坐下来抽一根，有人跟我说，一根雪茄应该刚好碰触你的嘴唇二十二次。否则，就像契弗说的，乡巴佬。其实他说的是如何正确地拿雪茄。我忘了是怎么回事了。”

“我的一个遗憾，”黛安娜对克莉丝汀说，“就是没多生几个孩子。我希望有三个或四个。”

“四个很多。”

“我这辈子最快乐的日子就是朱利安小时候。没有什么能和那时候相比。你真幸运，”她对克莉丝汀说，“你还能生孩子。这就是全部的意义，真的。现在我们多多少少自由了。我们去意大利。那里很美，但我满脑子都是一个小男孩的爱。”

“我喜欢意大利，”鲍姆说，“意大利人。你知道，我给我的意大利同行打电话，他秘书接的——应该说是他的助理。罗伯托！很开心跟你通话！你应该来罗马，这里天气真好，阳光明媚，你应该在这里！没有人像他们那样。”

“你为什么称她为助理？”黛安娜问。

“那么就是他的秘书。”

“他们并不都是这样。她说话喊喊喳喳。爱德华多就不那样。你跟他说话，他会说，你好，我感觉很不好，这个世界一团糟。他是出版商。”

其他客人陆续来到。黛安娜起身去迎接他们。鲍姆留下来跟克莉丝汀聊天，他喜欢她的样子。宴会结束后，他问他的妻子：

“你觉得菲利普的新女友怎么样？”

“她新吗？”

“好吧，不完全是新的，但是也不旧。”

“嗯，她比他年轻不少。”

“这让他也变得年轻了一点。”

“是的，大家都这么觉得。”黛安娜说。

那年春天，贝阿特丽丝·鲍曼去世了。她身体虚弱，很长一段时间都神志不清。她把儿子当成别人，他的来访通常有很大一部分都是沉默无声的，但至少，当他坐在旁边看书时，她似乎能意识到他的陪伴。对于她所了解的那个世界而言，对于已经四散离去的几个朋友而言，对于鲍曼和多萝西之外的所有人而言，她活着这件事已经不再重要了。她曾经的生活，熟识的人，还有记忆和知识的深潭，或者消逝，或者干涸，或者分崩离析。或者，她能想到这一点。她本来不想继续下去，但是她阻止不了。看外表她依然漂亮，虽然有些困惑，她脸上的皱纹很慈祥。她已经说了很多次最后的再见。

跟她平时所受的折磨相比，她死得很平静，只不过是有天早上没再醒来。也许前一天晚上她就察觉到了什么，某种不太熟悉的悲哀，一种力量的减弱。除了不再呼吸之外，这次睡眠和其他睡眠并无不同。

她没有留下任何指示。鲍曼同意多萝西的意见把她火化，他们一起去殡仪馆做安排。他们要求把棺材打开，都想再看她最后一次。在寂静的房间里，他的母亲就躺在那儿。他们为她做了头发，在嘴唇和脸颊上化了淡妆。他弯下腰，亲吻她的额头。这似乎有失体统。他知道，她身上的某些特质，而不仅仅是生命，已经被抹去了。

她从未告诉他她所知道的一切，他也不记得童年的日子以及他们一起做过的事。她赋予了他性格，性格的一部分，另一部分不知怎么自己成了形。怀着一种绝望的心情，他想到了那些他愿意跟她聊一聊，或者再聊一次的事。她曾是纽约的一个年轻女人，还是新婚，在那个炽热的夏日清晨，被赐予了一个儿子。

碰巧的是，他的继母也在同一年春天去世了。他从未见过她，也没见过在她之前的两位。有人给他寄了一张休斯敦报纸的剪报。她叫瓦妮莎·斯托斯·鲍曼，七十三岁，是个社会名流。他端详着照片，继续往下读，直到有东西刺了他一下——不是悲痛——他看到他的父亲已经在两年前去世了。他感觉时间奇怪地颠簸了一下，好像他一直都过着一种半虚假的生活，虽然这些年来，他从没见过他的父亲，也没收到过他的消息，但某种基本的联结现在消失了。瓦妮莎·斯托斯·鲍曼有两个兄弟，她的父亲曾经是一家石油公司的总裁。给人的印象是金钱，甚至是财富。他想到了他的母亲和那些富有的远房亲戚，也许是她的表亲，他们的豪宅就在第五大道，他记得曾有人指给他看过。是他记住了这一切，还是说那是一场梦？三层或四层的深色花岗石，绿色的屋顶，铁玻璃门？也许它并不真正存在。他一直期待着某天能从它旁边经过，但从来没有。

21 蔚蓝色[1]

他拥有这座房子的那年春天和夏天，是他一生中最幸福的时光，虽然他已经忘记了更早些的日子。除了给楼上买一点家具，没有钱可以做太多事，但是这种了无装饰的简素，却为幸福留下了充足的空间。这里有四季，有树木，草长得有点太高了，一直倾斜到水边，对面房子的窗户反射着阳光，如同一面镜子。

夏天的早上，世界的光芒倾泻而入，还有寂静。那是赤着脚的日子，夜晚的凉意落在地板上，走到外面能看见葱茏的绿树，听到第一声微弱的鸟鸣。他穿着西装来，直到回城时才再次穿上。房子不能上锁——厨房门上的搭扣错位了。窗台在风吹雨打中裂了缝，开始剥落，他刮掉了一些，重新填平，但还没有抽出时间去粉刷。买这座房子意味着要支付五万五千美元的现金。他勉强凑齐了这个数目。他从来都不是很在乎钱，他一年的收入有

[1] 原文为西班牙语：Azul。

三万四，这还不包括可以报销的午餐和时不时的晚餐。他的公寓是租金管制的，实际支付的租金还不到应付的一半。他每年免费去两次欧洲，有时候去其他地方也同样免费，芝加哥，洛杉矶。他的生活几乎在各个方面都很舒适。

贝阿特丽丝什么也没留下，长时间生病已经耗尽了她的一切。他期望能成为多萝西姨妈的继承人，但不知道那会是个什么数目。多萝西住在一所小公寓，里面有一架钢琴，弗兰克喜欢午后坐在钢琴边，弹奏她爱听的轻快、叮当作响的音乐。她靠自己的微薄收入和社会保险生活。每年夏天有几周时间，她都去拜访卡特丽娜·洛斯，她小时候的一位朋友，在千岛[1]有一座房子。她从来没有索求过任何东西——她需要的不多。如果你有什么需要……鲍曼说过。回答总是，她没有。

那年夏天从学校回来的时候，阿奈变了，但依旧对她母亲充满爱意，性情也很温和。虽然看起来还没有男朋友，但她已经感受到了日常生活的吸引力，其他人，或许是特定的某个人的吸引力。她意识到了自己的魅力，正在试验它，不是在鲍曼身上。她已经习惯了鲍曼，叫他菲尔。整个夏天她很少露面，跟朋友们一起出去，打网球，去别人家的游泳池，或者没完没了地聊天。

---

[1] Thousand Islands，位于圣劳伦斯河与安大略湖的交汇处，是一个拥有上千小岛的景区，分属加拿大、美国。

一个炎热的下午，她待在楼上自己的房间里，然后他们突然听到一声恐怖的尖叫。克莉丝汀朝楼梯跑去。

“怎么了？阿奈！”她大声说。

阿奈翻身压到一只黄蜂。刺痛惊醒了她。她痛苦地流着眼泪。疼痛如此尖锐而始料不及。克莉丝汀试着安慰她。鲍曼拿来一块浸过冷水的毛巾。

“没事的，”他向她保证，“把这个按在上面。它去哪里了？”

“什么去哪里了？”

“蜜蜂。”

“我不知道。”阿奈抽泣着说。

“它们蜇你的时候会失去蜇刺。刺会脱落，上面有倒钩。别拔它。”

那不是一只蜜蜂，但当时没有人知道。阿奈一直穿着睡觉的短裤现在被脱掉了一半。

“你不会有事的。”他说。

“很疼。”

她的呼吸急促而不均匀。

“你看到它了吗？”她问。

她把短裤拉得更低了，好像他们是在露营似的，她扭过头向下看着自己。除了一小块地方发红，其他地方都完好无损。

“看起来没事。”鲍曼轻描淡写地说。“现在我们来看看另一边。”他半开玩笑地说。

“另一边没事。”她冷漠地说。

不过，和她在一起他觉得很舒服，他把她当成孩子，甚至是自己的孩子，也许她也感觉到了。

一天傍晚，他坐在外面抽烟，望着池塘平坦的水面处在完全的静止之中，对面的房子已经亮起灯，在树木的掩映下，一辆汽车缓缓向其中一座房子驶去。天色清澈，湛蓝色越来越深邃。在西边，他能看到一排云彩不时绽放出光亮。没有任何声音，离得太远了。只有乌云被诡异地照亮。最后终于传来第一阵微弱的隆隆声。

克莉丝汀从门廊上走出来。

“我好像听到打雷声了。”

“是的，看那边。”

她在他身旁坐下来。

“我不知道你抽烟。”她说。

“偶尔才抽，”他说，“我只抽高卢牌，那些法国电影明星也抽这个，但这里买不到。这就是普通的香烟。”

“哦，你看。”她说。

天空中出现了一道刺眼的锯齿状白线，一直延伸到地面。过了似乎很长一段时间后，传来一阵柔和的、咕哝的雷声。

“暴风雨要来了。”

“我喜欢暴风雨，我能听出来。”

“如果你算一下时间，就能知道它离这儿有多远。”他说。

“怎么算？”

“闪电和雷声之间，每隔五六秒就有一英里。”

她等到下一道闪电闪过，然后开始计数。

“多少，大概十二秒？”

“差不多。”

雷声含混不清，很难分辨。这时清晰的乌云在天空中堆积涌现，雷声愈发来势汹汹，像一只巨兽的咆哮。风暴逐渐逼近，速度似乎越来越快。天空一片黑沉，时不时被电光和电压照亮。起了一阵风。有雨的味道。

“我们要待在外面吗？”她说。

“再待几分钟。”

巨大的风暴云，它的前端已经移动到他们上空了。它几乎漆黑一片，形状巨大，像一座山的侧面。它似乎覆盖了整个世界。闪电击中了半英里外的地方，发出一阵巨大的爆裂声，随后几乎立刻向近处逼来，伴随着震耳欲聋的声响。

“我们最好回屋。”

“跟我走吧。”她恳求道。

“这就来。”

他们还没来得及进到屋里，又来了一道巨大的闪电。雷声似乎就在头顶。阿奈沿着那条她曾经离家出走的小路朝房子跑来，跑进了厨房门。她吓坏了。

“你应该待在车里的！”

夜幕降临。天几乎完全黑了。他们一起坐在客厅里，在雷声中听到了第一阵清晰的雨声。雨很快汇成急流，瓢泼落下。突然间，灯光熄灭了。

“哦，天啊。”

“我们在这里不会有事吧？”阿奈呼叫道。

一阵响亮、剧烈的爆裂声，闪电刚好击中了外面，照亮了整个房间。在那一瞬间，他能看见她们两个的身影，双臂环绕在一起，脸色惨白。

“没事，没事，没关系。”他说。

“它会进到屋里来吗？”阿奈哭喊道。

“不，不会的。”

雨在下着，他时不时地在闪电中看到她们，但闪电不再那么强烈了。然后几乎是突然间，雨势减弱，雷声渐渐远去，大地似乎平静下来。最后，克莉丝汀说：

“结束了吗？”

“我想是的。”

“你猜电还要停多久？”克莉丝汀说。

“我们有些蜡烛。”

“在哪里？”

“在厨房的一个抽屉里，”他说，“我去拿。”

他找到一支点燃。在微弱的烛光下，她们坐在那里发抖。

“我担心它击中房子，”阿奈说，“如果它击中房子怎么办？”

“你是说，房子会不会着火？有可能。你不会是吓坏了吧？”他说。

“是的，我害怕。”

“好了，一切都结束了。我是在一场大暴雨里出生的。”

她依旧很慌张。

“也许你习惯了。”她说。

雷声已经变得柔和而遥远。

“只有这一根蜡烛吗？”克莉丝汀说。

“另一支还剩一小截。”

外面现在是深夜了。过了一会儿，他上楼去看池塘对面的房子有没有灯光。

“没有，”他下楼说，“镇上应该有电。我们去镇上吃点东西吧，然后看看什么情况。”

在世纪俱乐部，他和艾丁斯在图书室吃晚午餐。他们坐在一张靠窗的桌子旁，差不多能俯瞰街道。艾丁斯穿着一件布雷泽[1]，系着一条黄色的丝质领带。他和一位合伙人打算买下经纪公司——德洛维特要退休了，他说。他们已经敲定了一个价格，

[1] Blazer，起源于划船俱乐部成员所穿的夹克，是一种剪裁较为随意的西装外套，面料通常为蓝色法兰绒，多饰有海军风格的金属纽扣。中文多将其翻译为单件上装或休闲西装，但都不能反映其特殊的风格，故此处采用“布雷泽”这一音译。

以及德洛维特将继续在哪些书中获得一定比例的佣金。

“我想大部分客户会留下来的，”他说，“我们不打算更名。”

“别，那会落得臭名远扬。”

“好吧，是这样。不过我们更希望它能顺利运转。”

“他为什么要退休？”

“说起来，我也不确定。让自己能更多地投入到享乐中去吧，并不是说他以前就没有享受。他已经侥幸逃脱太多次了。”

“那个女演员怎么样了？”

“迪迪？”

德洛维特最终和她分手了。她变成了一个酒鬼。艾丁斯最后一次见到她的时候，她从一场聚会的楼梯上摔了下来。你这个可怜的、醉醺醺的女人，德洛维特对她说。她消失很久了。德洛维特带着他的哈莱姆[1]去了法国。

“旅行似乎依然有它的诱惑力，”艾丁斯说，“但是人太多了，旅游巴士太多了。到处都没有停车位。我记得我小时候，全国有一亿三千万人口，我记得这个数字，我们在课上学的。那时候有种功课叫背诵，还是什么。那时候世界小多了：家，北方，然后是加利福尼亚，都没人去过加利福尼亚。文森特，”他向一个服务生招招手，“你能把它在冰箱里放几分钟吗？有点温。”

---

[1] Harem，原意为一个雄性动物所控制的许多雌性动物，后指闺房里的妻妾女眷、帝王的后宫等。

房间已经空了。他们并不着急。艾丁斯有一本书上了畅销排行榜，另一本也有相当可观的预付款。

“黛娜喜欢旅行，”他说，“她一直想去看看斜塔。想去尼罗河上吃晚餐，眺望金字塔。她应该嫁给一个更成功的男人，某个大亨。我应该更成功的。她绝对是个好女人。我没法跟你解释。作为男人，我觉得这样是不对的。你到处旅行过，你很幸运。我记得那个英国女人。她后来怎么样了？”

“她在伦敦，”鲍曼说，“确切地说，是在汉普斯特德。”

“哈，你看，我都不知道那是什么地方。汉普斯特德。大概是某个有大片草坪、女人穿着长袍散步的地方吧。你知道，我从没见过她——你跟我提起过她，但我一直没有机会亲眼见见。我敢肯定她是个极好的女人。你还是那么帅，你这个讨厌鬼。她高吗？我不记得了。我更喜欢高个子女人。艾琳不是很高。恐怕她长不高了。这要求有点过分。我们要不要再来一瓶这种温酒？不要了，恐怕太多了。要不我们去酒吧喝点什么吧？”

他们刚加入俱乐部时经常站在吧台边，那时候艾丁斯十分热衷于交际。他仍旧喜欢跟人打交道，甚至打扮得更好。他们下楼去酒吧的时候，他轻轻拉紧了他的丝质领带。

“那我们聊聊克莉丝汀吧，”他说，“克莉丝汀人怎么样？”

“什么意思，她怎么样？”

“没什么，就是平常聊天的意思。我还没见过她。她住在乡下？你把她圈养在那里了？”

“关在牛棚里。”

“你这个坏蛋。你有没有想过安定下来？”

“没有人比我更安定了。”

“我是指结婚。”艾丁斯解释道。

“那是我最想做的事。”

“我记得你上一次婚礼，也就是你第一次婚礼。跟你那个有钱的岳父搞到一起的风情万种的姑娘，她怎么样了？”

“他去世了，你知道吧。”

“他去世了？这事有那么激烈吗？”

“不，不，跟那件事无关。他又结婚了，婚姻很幸福。那是很久以前的事了。好像过去了好几个世纪。有祖传银器的人。”

“我想那个女孩永远没有长大过。她到底怎么样了？你猜她最近在干什么？”

“这个嘛，我一无所知。薇薇安可能知道。”

“薇薇安也挺漂亮的。”

“是的，她很美。”

“女人有那个本事，她们就要成为这里的会员了，对此你有什么意见？可能不是那些漂亮女人，而是你在聚会上避开的那些女人。我们被女人的事情缠身。她们想要平等，工作，婚姻，处处都要。她们不想被人喜欢，除非她们自己愿意。”

“太离谱了。”

“问题是，她们想过上我们这样的生活。我们两个自己还过不上这样的生活。这么说，那个老家伙死了，是吧？你岳父。”

“他死了，我父亲也死了。”

“很遗憾听到这个消息。我父亲也是。他是去年春天死的。很突然，我没有提前赶到。我是从一个小镇来的，一个受人尊敬的家庭。我们认识医生，认识银行行长。如果你给医生打电话，即使在最不方便的时间，他们也会到家里来。他认识你，认识你们全家人。在你只有两分钟大的时候，他就提着你的脚，狠狠打了你一顿，让你发出生命中第一声哀号。体面，这就是你赖以生存的字眼。还有忠诚。我对那一切都很忠诚，少年时代，古老的南方。你必须对一些事情忠诚。如果你没有忠诚感，那你在这世上就是孤家寡人。我有一张我父亲穿步兵制服的照片，抽着烟，很棒的照片。我不知道是在哪里拍的。摄影是个了不起的东西。在那张照片里，他还活着。”

他停顿了一下，好像是在回顾，或者翻开新的一页。

“我把这本书卖给了电影公司，”他说，“好大一笔钱，但他们都是什么豺狼虎豹啊。不值得。他们太有钱了，数不清的钱。我有一个作者名叫博伊德，以前是个牧师，他很能写，他很有天赋。我卖不掉他的故事。这是个耻辱。他写过一个关于瞎眼猪的故事，我永远也忘不了，它能让你心碎。他的志向是卖一两个故事给《哈泼斯》杂志。要求并不是很高，其他人都做到了，那些人出于这样那样的原因，更受他们青睐。”

他们在街上握手道别。两点多了，一个美丽的下午。光线似乎异常清澈。然后他走上麦迪逊大街。没有任何一个街区像它那样——小街上的画廊和雕像的残片，街角的中产阶级公寓大楼是真正的纪念碑，高度并不惊人，八层或十层，有宽大的窗户。交通并不拥挤，公园的绿色就隔着一个街区的距离。在人行道上，一家小餐厅的几张桌子现在都空着。女人们在购物，一个老人在遛狗。

再往前走，有一家他喜欢的书店。店主是个五十多岁的瘦小男人，总是穿着西装，据说来自一个富裕的家庭，是家里那个迷途的儿子。他从小就喜欢书，想成为作家，长大一点后，曾全文手抄福楼拜和狄更斯的作品。他想象自己在巴黎一间充满阳光的房间里孤独地写作，后来果真去了巴黎，但那里只有孤独，无法写作。

书店就是他的影子。它只有一个小小的橱窗，门面狭窄，挤在通往楼上公寓的楼梯旁边。但里面豁然开朗，有一整间屋子，摆满了书架，从上到下全是书，爱德华·海曼可以毫不迟疑地找出任何一本,好像当初是他自己亲手放上去的。他的推荐值得信赖，他认识大部分顾客，即便记不住脸，也能记住名字，不过生客也时时进来逗留。他在一两个街区外的派克大街长大，现在仍住在那里。他成了一名书商，这令他的家庭大失所望。畅销书陈列在前面的一个展架上，但也要给其他不太为人所知的书腾出空间。

他通过电话开展大部分业务。顾客会打电话订购他们听说的书，当天就送到他们的公寓，有时候还会附上一两本他亲自挑选的其他作品，这些可以退回，关于哪些书是具有价值的，他的看法不无威望，那些被评论家——除了最有见地的评论家——错过的好书被翻开时，无论其信息量、智慧或是风格，无不具有诱惑力。女人们尤其喜欢他的建议，觉得他富有同情心，但他的举止让他看起来很害羞。有一次他告诉鲍曼，他尤其钟情那些男性化装扮的女人，特别是日本女人。他喜欢女作家，甚至包括那些靠二流作品乃至政治性作品博得声名的女作家。他觉得，几个世纪以来，男人们一直占据着所有有利条件，现在轮到女人了。矫枉过正是意料之中的。

"《克拉丽莎》[1]，"他用平静的嗓音说，"是本可怕的书。它值得一些反响。当然，我们没有卖出很多本《克拉丽莎》，但那并不说明什么。惠特曼赠送出去的《草叶集》比他卖掉的还要多，我这里的任何一本书都能做到这一点。约翰·马昆德或者路易斯·布罗姆菲尔德的书卖得也不多，但那就是另一回事了。"

他结婚了，但他的妻子从没露过面。有人形容她非常迷人。不是指肉体，而是指她整个人。

那么，就是一个跟她丈夫同样特别的女人了，拥有和他相似的品位，或者属于她自己的品位。他生活在书的世界里。而她对书不是那么感兴趣，她更喜欢华服和良伴。总的来说，书太多

[1] 全称为《克拉丽莎，或一位年轻女子的历史》，系塞缪尔·理查森于1748年出版的小说，讲述了一个年轻女子克拉丽莎·哈洛的悲剧故事。

了——你可以偶尔读上一本……爱德华·海曼或许就像利布林[1]或者坐拥西西里的兰佩杜萨[2]。他们的妻子都丢下他们去了别处。

鲍曼继续走着。他喜欢城里的这个部分，一个舒适富裕的地方，在这里，怪癖可以获得报偿。老作家斯旺伦住过的白色砖房仅有几个街区的距离，而加夫里尔·阿隆斯基那套乱糟糟的公寓就在附近。《救世主》是本臭名昭著的书，卖出了至少五十万册。鲍姆从没说过一句后悔没有出版它的话。阿隆斯基又写了四五本书，但他的声名却日渐衰微。随着年龄的增长，他变得越来越瘦，最后看起来像一只饥饿的小鸟。当有人提到《救世主》时，鲍姆只是说：

"是的，我知道那本书。"

在克拉克酒吧，一种怀旧的柔情涌上他的心头。下午那个时间，酒吧几乎是空的。人们都回了办公室。前窗附近有几个贪杯的人，阳光让你无法看清他们的样子。他想起了薇薇安和她的朋友露易丝。还有乔治·阿穆森和他持久的不满。他的两个女儿和他一样热爱马，却都嫁给了错误的男人。鲍曼当时并不真正理解，薇薇安的问题在于，她如此不可自拔地属于那一切：饮酒、大宅、后备厢沾满泥巴的汽车、放在里面的一袋袋狗粮、自我肯定以及

---

[1] 指 A. J. 利布林，美国记者，曾与《纽约客》杂志长期合作。他结过三次婚，其中第二任妻子离他而去。

[2] 指朱塞佩·兰佩杜萨，意大利作家，以唯一的长篇小说《豹》闻名。他是第十一代兰佩杜萨亲王，妻子是拉脱维亚贵族，婚后，妻子因婆媳关系不合而返回拉脱维亚，几年后才重归于好。

金钱。所有这一切都曾经看起来无足轻重，甚至可笑。

他点了一杯啤酒，感觉自己漂浮在时间中。他能在吧台后面的镜子里看到自己，朦朦胧胧，闪着银光，就像多年前刚来到这个城市时他所看到的自己的样子，年轻而野心勃勃，梦想在这里找到自己的位置，以及其中蕴含的一切。他对着镜子端详。他的人生已到中途，或者已经越过了一点，这取决于你从何处开始算起。他真正的生命是从十八岁开始的，他现在正处在人生的巅峰。

22 大海的味道[1]

克莉丝汀更少去城里了，她和鲍曼就像一对周末才团聚的已婚夫妇。她的生活实际上属于乡村，那里似乎更适合她。她有朋友，其中很多也是他的朋友，她是一个好伴侣。她在这座房子上赚了差不多四千美元的佣金。由于她确实住在那里，所以她主动提出帮忙付一段时间的按揭贷款。

感恩节前后的某一天，她去温斯科特看一座在建的房子，遇到了正在里面切割地板的承建商。他停下来，关掉锯子，问能否带她看看房子。他建这座房子是为了出售，如果能卖出去，他也许会建造或改造另一个。他得看看事情进展如何。他们转了一圈。她穿着高跟鞋，走上未完工的楼梯时得小心翼翼。在墙壁竖起之前，房子看上去总是很不错。他说话的语气轻松而有说服力，他问她能否找个时间一起吃午饭，谈谈卖房子这个行当。说得很随

[1] 原文为意大利语“Sapore Di Mare”。

意——除此之外他没说别的。

他叫肯·罗切特。他们在港口对面的一家餐厅吃了午饭，那里有点吵，但他们尚能交谈。他从工地直接过来，手上甚至还沾着一点锯末。他穿着一件蓝色的马球衫。他看起来自由自在。他工作，读书，烹饪，跟女人们住在一起，但这些她都一无所知。她被他吸引了，就像曾经被她丈夫吸引一样，难以克制，未经许可。她内心深处有一种东西，让她总是向往这样的男人。这是她无法解释的。那件因为洗了无数次而褪色的蓝色衬衫引诱了她。他对房地产的了解比表面上要多，但她还是能给他提供建议。他看着她走进洗手间，然后又回来。她穿着一件印花连衣裙。在他看来，她就像一只长着华丽羽毛的鸟，而他是只狐狸。

他有一种她喜欢的刚毅。他身体强壮，在当地棒球队打二垒。在他最喜欢的酒吧和餐厅里，女招待们都认识他。她不想在她的车可能被注意到的地方和他见面，于是他们去了一家向来不大热闹的餐厅，坐在吧台边喝酒聊天，车并排停在树林里。暮色四合。她用手掌托着下巴，伸出纤细的手指。他给她讲他的弟弟，他们一起遭遇了一场可怕的车祸。他的弟弟坐在副驾驶，到达普罗维登斯[1]的一家医院时已经脑死亡了，但他们让他继续维持了三天的生命。他的妻子最终同意这是没有希望的，但她想让他继续呼吸，直到他们能在他身上提取一些精子——他们没有孩子，而她

[1] Providence，美国罗得岛州州府。

想要一个孩子。

“最后怎样了？”

“我改天再告诉你。”他说。

“现在就告诉我。”

“他们用的是我的精子。她做到了。”

“所以你是个父亲。”

“从技术上来说，我想是的。”他说。

“也不是纯粹那么技术。”

第一天晚上，就像事情经常会发生的那样，克莉丝汀离开时，她的车发动不了了。那是鲍曼的旧车——他已经开了十多年了。

“你到底为什么开一辆沃尔沃？”罗切特问她。

“这不是我的车。”她说。

“那是谁的？”

“这是另一个故事了。现在不要问我。”

“这是一辆老夫妻才会开的车。”他说。

“好吧，它以前能发动的。你懂不懂车？”

“恐怕是的。”他说。

没有太大问题——电池接线端子上的导线松了。他用一把折刀小心翼翼地把它刮干净，然后弄好了。

“再试试。”

车子启动了，她尾随他开了出去。

跟她的房子一样，他的房子也有个小门廊，总是不上锁。那是一幢真正的避暑小别墅，上下各有一个房间。他只有半瓶酒，她跟他一起喝，感觉又回到了十九岁。

“如果你想，可以把鞋子脱了。”他建议道。

他弯下腰解开自己的鞋带。他们光着脚坐在黑暗中喝酒。他吻了吻她的脖子，然后她任由他脱掉自己的上衣。他们在沙发上做爱。她第二次来的时候，他们去了楼上。本来只想上去看看，但上楼后，她转身向他，慢慢摘下自己的耳环。他像个野兽一样把她压在身下。他们不是只去他的房子。他小心翼翼地把车停在路边，然后走上车道。她正在等他。他跟她进了屋。这房子是谁的？他问她。它有一种美妙的干爽感觉。墙壁需要粉刷了。缠绵几个小时后，她渴得要命，从床上爬起来。

鲍曼一无所知，也从未怀疑过。他把自己视为爱神，克莉丝汀是属于他的。他生活在占有她的快乐之中，尽管它难以置信，但简单而公正。他仿佛置身于秘密的感官世界，看到了从未见过的东西。在上班的路上，他经过一家花店，瞥见在后面的一丛浓绿中，一个女孩弯下腰去，然后另一个身影，一个男人在她身后走了进来。女孩稍微改变了一下姿势。鲍曼想，他真的看到了这一幕吗？在一个平凡世界流逝而过的早上？一个年长的女人从他身边走过，也停下来看，就在那一刻，它变了。女孩只是弯下腰去摆弄花，男人是在她旁边，而不是在她后面。这可能是个预兆，或者预兆的一部分，但他并不向预兆敞开。

他最先知道的是一条转给他的消息，那时他正在芝加哥参加书商代表会。他在一个案件中被起诉了。案件的内容是申请房子的唯一所有权。他立刻打电话给克莉丝汀，并留了口信。当时是傍晚，但她没有回电话。直到第二天他才联系上她。

“亲爱的，这都是怎么回事？”他问。

她的声音听起来很冷酷。

“我现在不能谈这件事。”她说。

“什么意思？”

“我就是不能。”

“我不懂，克莉丝汀。你必须得解释一下。到底是怎么回事？”

他感到一阵突如其来的、令人恐惧的困惑。

“怎么了？”他说，“出了什么问题？”

她没有说话。

“克莉丝汀！”

“我在。”

“告诉我，发生了什么事？”

“是关于房子。”她说，似乎放弃了抵抗。

“是的，我知道。房子怎么了？”

“我不能谈。我得挂了。”

“看在上帝的分上！”他喊道。

他有种一切都化为乌有的感觉，一种令人恶心的被蒙在鼓里的感觉。回到纽约后，他知道了所有细节，他坚持见面谈一谈，但她不肯。但是我爱你，我爱过你，他一直在想。她很坦然。她冷冰冰的。这是怎么发生的，有些事不再重要，被判定为无关紧要？他想抓住她的胳膊把她摇醒。

她声称那座房子是她的，只是因为没有资格申请抵押贷款，才以两个人的名义买下。她正在起诉终止口头合同，并要求房子的唯一所有权。鲍曼的律师是南安普敦的一个男人，以前是个酒鬼，一头银发。他经手过这样的案子——她几乎没有胜诉的机会。

"《反欺诈法》，"他解释道，"要一直追溯的话就需要一份书面的所有权转让合同。这是你的抗辩理由。我们将提出缺少书面合同。没有书面的东西，对不对？"

"绝对没有。"

"她现在住在房子里？"

"是的。"

"她有租约吗？"

"没有，她是……我们住在一起。"

"你们现在是恋人关系吗？"

"现在不是。"

鲍曼再次见到她是在法庭上。她避免看他。她的律师辩称，她是这所房子衡平法[1]上的所有权人，出售只是表象，实际上是

[1] 衡平法是英美法系的一个分支，代表自然法下被认为公平和正确的东西。当法律本身不能解决某个问题或在某些方面不充分时，会使用衡平法加以纠正。

为了她的利益而设计的一次交易。

陪审团一直漫不经心地听着，但当她站起来举证的时候，他们似乎又专心致志起来。她衣着优雅。她描述了她漫长的寻找过程，最后如何找到了一座她和她的女儿可以居住的小房子，以及她与鲍曼的口头协定，约定房子是属于她的。她正住在这所房子里，还在付抵押贷款。鲍曼对她的谎言感到难以言喻的轻蔑。他在跟律师交换眼神时表明了这一点，但对方似乎并不在意。

然而，最后变成了她反对他的证词，陪审团做出了对她有利的裁决。她被授予所有权凭证。房子就这样没了。直到后来，他才知道还有另一个男人。

他觉得自己是个一无所知的蠢蛋，一个傻瓜，但还有更糟糕的东西，嫉妒。想到她跟别人在一起，想到另一个人正在拥有她，拥有她的存在、她的可能性，这令人痛苦。突然间一切都分崩离析了。他曾经自觉凌驾于他人之上，知道的比他们多，甚至同情他们。他和别人没有关联——他的生活是另外一种生活。他发明了它。他梦见自己在夜里不顾一切地冲进海浪，仿佛他是个诗人，或者加利福尼亚一个海滩男孩，仿佛他是个疯子。但仍有常真实的早晨，世界仍在沉睡，而她睡在他身边。他可以抚摸她的手臂，如果他愿意，还可以把她唤醒。这些记忆令他感到恶心，他为所有的回忆感到恶心。他们一起做过的事，会让她在回首时发现他才是真正重要的人。这是一个多愁善感的念头，是女人小说里的东西。她永远不会回头看的。他知道。他仅仅相当于几页简单的文件。甚至还比不上。他恨她，但他又能做什么呢？

“听起来可能很疯狂，”他说，“但我还是想要她。我没办法。我从来没想过要杀人，但是在法庭上，我可以杀了她。她一直都知道自己在做什么，我永远无法相信这一点。”

他受到了羞辱。这是一个无法愈合的伤口。他无法停止检视它。他试着回想自己做错了什么。他不该同意她住在乡下——那样她就不会遇到另一个男人了。他不该那么信任她。他不该如此臣服于她给予他的快乐，虽然那是不可能的，而她对他毫不关心。他知道不会再有第二个人了。如果从来没有遇见她就好了，但那又有什么意义呢？那是他一生中最幸运的一天。

23 醉生梦死[1]

结婚后，艾丁斯和艾琳在皮尔蒙特的房子里住了几年，但她并不开心，因为房子里有一个抽屉，里面依然放着他前妻的东西，最后她逼着他把东西扔掉了。他们搬回了城里，住在二十街格拉美西公园附近一个普通公寓里，里面摆设着她从新泽西带来的家具。鲍曼去那里吃晚饭的时候，她精心打扮了一番，但没有化妆。艾丁斯带他进屋。

“你还记得菲利普吧，亲爱的。”

“是的，当然，”她有点不耐烦地说，“很高兴见到你。”

不知为什么，公寓有些阴沉。他们的狗，一条黑色的斯科蒂犬，甚至懒得过来闻闻他。他们坐在客厅里喝酒。一定是因为不知情，艾琳问起了鲍曼的房子。它在海边，对不对？

“那座房子现在不是我的了，”他说，“那是一段时间以前的

[1] 原文为意大利语“In Vino”。

事了。”

“哦，我明白了。我刚想说我前姐夫在海边有一栋房子。”

“嗯，我喜欢大海。”

“他喜欢航海，”她说，“我记得他有一艘船。我经常坐着它出海，很多次。他泊船的码头上停满了船，各式各样的。”

她继续谈她的姐夫，文斯。

“菲尔不认识他，亲爱的。”

“你也不认识，”她说，“没必要说他的坏话。”

他又给她倒了一点酒。

“好的，”她说，“只要一点。够了。”

“哦，也不多。至少让我给你倒满。”

“如果你还想吃晚餐，就不要再喝了。”她说。

“不会影响晚餐的。”

艾琳没有说话。

“我父亲喜欢喝酒，”艾丁斯说，“他过去常说自己喝酒的时候更有趣。我母亲就说，对谁来说更有趣？”

“是啊。”艾琳说。

她进了厨房，留下他们喝酒。艾丁斯是个好伙伴，很少有情绪不佳的时候。艾琳又回来了，说，如果他们准备好了，很快就可以吃晚餐。

“是的，我们准备好了，亲爱的。在老家，你知道，我们通常称之为‘夜宵’。‘晚餐’是在中午，有时候再稍微晚一点。”[1]

“管它是夜宵还是晚餐吧。”她说。

“不，这只是一个小小的差别。另一个差别可能是，人们在晚餐时会喝酒。”

“我们一直叫它晚餐。”

“意大利人，”他说，“不叫它晚餐。”

“是吗？”

“他们叫 cena。”

“我们不这样，”她说，“要紧的是，你到底想不想吃？”

“好的，我们晚餐吃什么？”

“你现在叫它晚餐了。”

“就是为了哄你开心。其实我们打平了。”

他朝她笑了笑，似乎表示理解。他们走进餐厅，那里有一张桌子和四把椅子，还有两个圆形的角柜，架子上摆放着盘子。艾琳把汤端进来。艾丁斯说：

“我在哪里读到过，说海军食堂——我猜说的是航母上的食堂——供应的汤里加了雪莉酒。那是真的吗？真是太机智了。”

“我们从来没有雪莉酒。”鲍曼说。

---

[1] 此处“晚餐”原文为 dinner，“夜宵”原文为 supper。在英文中，用 dinner 指代晚间的正餐是较为晚近的事，在过去的农业社会，dinner 在中午或稍晚的时间进行，食物较丰富，用以支持下午的体力劳动，而 supper 指一天快结束时吃的较为简单的一餐。这种区别尤其存在于美国中西部或南部的农村地区。

“你有没有想起过那一切？”

“哦，偶尔吧。很难不去想。”

“你在海军待过？”艾琳说。

“哦，很久以前了。战争期间。”

“亲爱的，我还以为你知道呢。”艾丁斯说。

“不，我怎么会知道？我的姐夫，航海的那个，也是海军。”

“文斯。”艾丁斯说。

“难道我还有别的姐夫吗？”

“他可有阵子没出现了。”

艾琳没有回答。

“菲尔也上的哈佛。”艾丁斯说。

“哦，别这样，尼尔。”鲍曼说。

“他写过速食布丁[1]秀。”

“不，不，”鲍曼反驳道，“我没有写过什么布丁秀。”

“我一直觉得你肯定写过。那真是令人失望。你听说过一个叫埃德蒙·伯格的作家吗？”

“没听说过。他写过布丁秀吗？”

“他来找我。他写过几本书，眼下正在写一本关于肯尼迪遇刺的书。你觉得还有人对这个感兴趣吗？”

“那他为什么要写？”艾琳说。

[1] 速食布丁俱乐部（The Hasty Pudding Club of 1770）为哈佛大学的戏剧社团。

“他掌握了真实的故事。肯尼迪是被三名古巴神枪手暗杀的，一个在草坡上，另两个藏在书库里。所有的目击者都同意这一点。我说，古巴人？你怎么知道的？他说，他们掌握了这几个人的名字。是中情局干的。杰克·鲁比怎么知道奥斯瓦尔德[1]什么时候会被带出牢房？杰克·鲁比！他是谁？”

“我不知道。警方的线人。”鲍曼说。

“或许吧，这个叫伯格的家伙说。”

“我们为什么要聊这些？”艾琳问。

“我们暂时假设，情况的确是伯格所说的那样，不是奥斯瓦尔德。奥斯瓦尔德一再说他没有杀肯尼迪。他当然会否认，但是为什么警察审讯了他六个小时，却没有留下任何笔录？那是因为被中情局销毁了。”

“我觉得这一切一定被十分认真地调查过了。”鲍曼评论道。

“是的，但有些地方对不上。还有牧师国王[2]。”

“牧师国王怎么了？”

“事情远比人们看到的复杂。谁杀了他？”艾丁斯说——他乐在其中，“他们找了个人定罪，但谁知道呢？有一天，在列克星敦，一个擦鞋工问我，是不是真的相信警方不是幕后黑手。”

---

[1] 李·哈维·奥斯瓦尔德(Lee Harvey Oswald，1939—1963)，被认为是肯尼迪遇刺案的主凶。案发两日后，奥斯瓦尔德在警察的严密戒备中当众被杰克·鲁比开枪击毙，美国人在电视直播中也能目睹经过。鲁比最后因癌症死于狱中，临死前称被人下毒才得了癌症。连番事件使肯尼迪遇刺案变得曲折离奇。

[2] The Reverend King，指马丁·路德·金。

“我们为什么要聊这些？”艾琳说。

“我不知道，但他们似乎朝所有这些人开了枪，罗伯特·肯尼迪，休伊·朗[1]。”

“休伊·朗？”

“这些都是影响极大的行动。黑幕落下。整个生活都改变了。我记得休伊·朗被枪杀时，整个南方都在颤抖。那天晚上没有一个家庭不是在恐惧中睡去的。我记得。所有南方人都记得。”

“哦。尼尔。”艾琳喊道。

“怎么了，亲爱的？说太多了？对不起。”

“你只会说，说，说。”

他微微抿起嘴唇，好像陷入沉思。

“你这个泼妇。”他说。

她离开了桌子。一阵沉默后，艾丁斯说：

“我得去遛狗了。要不要跟我一起去？”

在下楼的电梯里，他一言不发。他们没在大街上走太远。他们去了两个街区外的法瑞尔酒吧，站在门口喝了一杯。酒保认识艾丁斯。

“你知道我一直在想什么吗？记得《瘦子》系列剧吗？我想象和我的妻子一起坐在酒吧里——不是这种酒吧，是那种更有趣

---

[1] 即小休伊·皮尔斯·朗（Huey Pierce Long Jr.，1893—1935），美国民主党政治人物，曾任路易斯安那州州长及联邦参议员。

一点的，再往东有一家——坐在一起聊天，没什么特别的，就是随便聊一聊，聊聊刚走进来的人，聊聊我们以后可以去哪儿，聊聊眼前的一幕幕。她穿着漂亮的裙子，很美的裙子。她们怎么打扮又是另一回事了，对不对？我喜欢打扮得漂亮一点。总之，我们聊着天，一个愉快的时刻。她得去一下洗手间，她离开的时候，服务生注意到她的杯子空了，然后问我，我的妻子要不要再来一杯？我说好的。她回来了，甚至没注意到这是新酒，端起来就喝了一口。我不在的时候发生了什么？”

尼尔仍是个好伙伴。他有一种垂死挣扎的天赋，可以把自己的人生当成一个故事——他遗落在身后的才是真实的，其中大部分是他的少年时代，还有和黛娜在一起的日子。他说：

“我们每个人都有自己的领地。”

法瑞尔酒吧很暗，正播着电视。吧台向后延伸至整个房间。他们站在那里，每人用一只脚踩着栏杆。狗静静地坐着，目空一切。

“他几岁了？”鲍曼说。

“拉姆齐？八岁了。其实他是艾琳的狗，但他喜欢我。她遛他的时候总一路拽着。她不愿意等。但他喜欢慢慢来。如果她想带他出去，他就躺在那儿。她必须得叫他。换成是我，他会跳起来直冲到门口。她不喜欢那样，但她说了不算。她不是他喜欢的人。反正他也不那么年轻了。”

他本想说他也不年轻了，但又觉得似乎已经说了太多。他必须带拉姆齐去散步了。他和鲍曼道了晚安。在黑暗中很难看清拉姆齐，他差不多是方形的，通体黑色。在中国洗衣店人们都很喜欢他。他们叫他兰博西。一周前，艾丁斯去了皮尔蒙特黛娜的墓地，她的，还有利昂的。墓地似乎空空荡荡，漫长的寂静。他站在墓前。她曾是他的妻子，他曾去火车上为他们送行。他没有带花。他开车去花店买了一些回来。没有必要为任何东西祈祷。他把花放在两个坟墓上，又把剩下的放在周围那些坟上。他读了其中一些墓碑上的名字，但一个都不认识。他想到了一些只有他和黛娜知道的事，哭了起来。

在皮尔蒙特的大街上，他偶然遇到斯波尔多内餐厅的老服务员。她走在路上，一只手里拿着一个棕纸袋，窄窄的纸袋。艾丁斯拦住了她。

“维罗妮卡？”他说。

“是我。”

“你好吗？”

“对不起，你是？”

“你还记得我吗？我和我妻子以前经常去斯波尔多内餐厅，你记得吗？”

“是的，我现在想起来了。”

“她死了。后来我搬走了。”

“很遗憾听到这些，但我都记得。”

“我想请你喝一杯，可惜酒吧没开。”

“算了，我戒酒了，除非是在葬礼上。”

她摸了摸纸袋。

“这只是为了防止突然有人去世。”

“你知道吗，你一点都没变，”他说，“你介不介意我问一下？你结婚了吗？”

“没有，”她说，“我曾经希望自己结婚了。”

“我也是。”他说。

还有乔安娜，那个胖胖的女孩，非常胖，性格很好，是银行的出纳员。她脾气温厚，性格外向，有一副美丽的嗓音，但没有结婚。没人想要她。她会说法语。她在魁北克待了一年半，学习，第一周就心血来潮地加入了那里的唱诗班……而他，那个男人，也在里面。他叫乔治，比她年长一些，有个女朋友，但不久就甩掉了那个女朋友，和乔安娜在一起了。她回了美国，但他是一名教师，又是加拿大人，他无法离开。他周末来纽约，每个月两到三次。就这样持续了九年。她万分幸福，知道这段感情会结束，但希望它能维持多久就维持多久。第十年他们结婚了。有人告诉艾丁斯，她的孩子很快就要出生了。

24 阿莫尔夫人

她独自走进餐厅，在吧台前站了一会儿，不停在包里寻找着什么。终于，她找到了，那是一支香烟。她把它放在唇间。她的动作迟缓得有点吓人。没有人正眼看她。她对坐在那里的一个男人说：

“劳驾，能借个火吗？”

她有些拘谨地等待着，直到他点上，然后走向前去落座。餐厅客满了，但领班还是设法把她安排到了靠近前面的一张小桌旁。她在那里点了一瓶酒，一边等，一边小心翼翼地把烟灰轻轻弹到盘子上。

这家餐厅叫卡尔卡松。它也称得上时髦，店名用不显眼的金字写在橱窗上。它位于大型肉类批发市场的对面，有点像中央市场对面那些老牌巴黎餐厅，但那个钟点市场已经关门了，广场上空空荡荡，一片寂静。

她点了晚餐，但没有心思吃，只碰了一点，剩下的都叫人撤走了。她把酒喝光了，不过，最后一杯洒了一些出来，她没有察觉到。

“服务生，”她说，“再来一瓶酒。”

他走开了，过了一会儿又回来。

“对不起，夫人，”他说，“我不能再给你了。”

“什么？”

“实在抱歉，”他说，“我不能给了。”

她说：

“什么叫你不能？领班在哪里？”

“夫人。”他开始说。

“我要找领班。”她说，

她无视任何人。她转过身来，四处环顾，寻找着领班，仿佛房间里只有她一个人。

领班过来了。穿着无尾礼服。

“我点了一瓶酒，”她对他说，“我想要一瓶酒。”

她是一个没有得到公正对待的上流社会女人。

“很抱歉，夫人。我想服务生已经告诉你了。我们不能再给你了。”

她看起来不知所措。

“那让我再喝一杯。”她说。

他没有回答。

“就一杯。”

他走开了，回到他的位置上。她坐在椅子里，转过身来。

“对不起，”她对身后的人说，“你知道这附近有个叫哈特利的地方吗？”

“知道，就几步路远。”

“谢谢。我要结账。”她向服务生宣布。

账单拿过来后，她看了看。

“这不可能是我的账单。”她说。

“这就是，夫人。”

她在包里寻找着。她有什么东西不见了。

“我丢了一百镑！”她说。

领班过来了。

“就是在这里丢的！”

“你能把钱付了吗，夫人？”他说。

“我丢了一百镑。”她坚持说，开始环顾脚下。

“你确定吗？”

“非常确定。”她清楚地说。

“你必须结清账单，夫人。”他说。

“但是我的钱丢了，”她说，“你没听见我说话吗？”

“恐怕你必须得把钱付了。”

他知道不存在什么丢失的钱。她不该被安排座位。这完全是个错误。她又在包里翻找着。

“啊。”服务生说，站起身来。

他在她椅子下面找到了两张对折起来的五十镑纸币。

“现在可以再给我一瓶酒了吗？”她说。

“是的，夫人，”领班说，“但你不能在这里打开。”

“这又是为什么？”她问。

“你不能在这里打开。”他说。

当服务生拿着酒瓶回来的时候，她拒绝接受。

“我不想这样，”她拿定了主意，“你有什么纸袋能把它装进去吗？”

“对不起，夫人。”

“嗯，我没办法带着它在大街上走。”

她站在那里看着他，然后把钱递给他，但他没有接。服务生把钱接过来。她把找回的钱胡乱塞进包里。他们把包好的酒拿给她，然后她问隔壁桌的男人，去哈特利走哪条路。

“朝左走。”他说。

“左边。”

“是的。”

她向领班道晚安。领班点点头。

“晚安。”

出了门，她转去右边，几分钟后又从窗边经过，朝反方向走去。人们看到她坐在哈特利餐厅，镇静自若，抽着烟。酒放在桌子旁的冷酒器里。

维贝格现在是伯纳德·维贝格爵士了，但他看起来依旧像个阿拉伯国王——坟墓中会拴上一千头骆驼。他两次前往斯德哥尔摩参加诺贝尔奖颁奖典礼，并因为曾经出版获奖者的作品而享有尊荣。事实上，他是他们获奖的一个因素。他确保他们的名字经常被提及，但不会太频繁，也不会太露骨，因为那样可能会扰乱评论的走向，特别是这还得过瑞典评审小组那一关。但维贝格能帮助一个作家脱颖而出——就像在出版和发行方面一样，他对这些事有一种直觉。某些书能吸引注意力，某些作家，在特定时间内。他知道，即便卓越，也必须被预售。

和其他有钱人不同，他不会问自己，他是否真的比在街上遇到的落魄之人强那么多。也许他内心深藏着一种恐惧，害怕会失去所有钱，但这和一个女人的恐惧完全不同。他抽高斯巴雪茄，有时会带一盒给纽约的鲍姆。他密切留意自己的体重，他的妻子会在旁边提醒他，不让他吃他最爱的食物。当他恳求的时候，她有时会说，哦，好吧，就一小块。在大型宴会上，当她看见他就要吃一些被她禁止的食物时，会轻轻摇摇手指。她掌管着所有的家庭事务。她丈夫的任何欲望都经由她传达。乡下的房子是她鼓励他买的，尽管他并不喜欢乡下。她想在多维尔[1]附近买一栋小房子，但他不喜欢法国。他喜欢克拉瑞吉酒店，喜欢待在他的同侪中间，时不时地跟年轻女人聊天。他喜欢坐在书房里，正对培

[1] Deauville，法国北部滨海城市。

根的画作，他的妻子恰好不喜欢培根。

她说，这是一个精神失常的人画的。

“他不像你想的那么不正常，”维贝格说，“恰恰相反。我认为他本质上是自由的，如果你能把一个被欲望奴役的人称为自由的话。”

“什么样的欲望？”

“酒。虐待狂的恋人。不仅仅是欲望。颜色真漂亮。黑色，肉色，紫色。你几乎可以听到一些可怕的音乐或寂静。”

“我尤其不喜欢这牙齿。”

他们去过一次培根的肖像展。

“还有他把脸变成吓人的蛋奶沙司的画法。”她说。

卡特琳娜依旧很漂亮，但已经几年没演出了。她身材很好，腰身挺拔，脖子很光滑。她看上去比实际年龄年轻得多。她还是称他为她的cochon[1]，他在她心里依然是个有趣的人，除非他滔滔不绝地谈论自己。他对培根的喜爱令人费解。他还有一幅柯罗、许多版画和一幅布拉克。

维贝格没有见过培根，他只在书上读到过他，混乱的生活，在摩洛哥和浪荡年轻人虚掷的时光。培根身上有一种可怕的渎神的色彩，对肉体的厌恶和爱，令人惊愕的瓦解，人这一生中世间发生的所有事。培根还拥有语言天赋，他是从爱尔兰人的厨房、

[1] 法语，意为“小猪”，含有“色鬼”的意思。

客厅和马厩里获得这种天赋的，小时候他被马厩里的马夫们养大。他的口才来自他父亲的冷嘲热讽，也来自他在遍地罪恶的柏林寻找自己生活的自由，当然还有巴黎。他属于地狱，那里充斥着恶毒的语言、流言蜚语和背叛。他从不掩饰自己，也从不迎合关于艺术家的任何理念，这让他成了一个更伟大的画家。他的情人们酗酒或吸毒而死。在所有这一堆垃圾之中，还有他对华服的品位，以及对他人之羁绊的蔑视。他的懒散和痴迷溅满了墙壁，让他获得了自由。他从不在画布上反复涂改，总是一次画成。

维贝格感到，有一本了不起的传记正等着他去写，但只能等到培根死后。培根生于 1909 年，比维贝格大十一岁。这事关运气。

没想到的是，伊妮德 · 阿莫尔认识培根。有天晚上，她在一次宴会上提到了这件事，维贝格立刻产生了兴趣。在培根经常去的苏荷区俱乐部里，她至少见过他两次。是汉丽埃塔 · 莫拉斯[1]介绍他们认识的。他看起来怎么样？维贝格问。

“他很友好。我们相处得挺不错。我希望他能为我画一幅肖像，让我出出名。我知道你有他的画。”

“我应该多买一些。”维贝格坦陈。

他想，这些日子她看起来不好。她的样子有些憔悴。他现在

[1] 汉丽埃塔 · 莫拉斯（Henrietta Moraes，1937—1999），培根在六十年代最喜欢描绘的模特之一。

只能偶尔见到她，总是在社交场合，但她能在那些人里遇见弗朗西斯·培根，还是让他很吃惊，尽管她混的就是那种圈子。据他所知，她还是一个人。过去她曾几次暗示他为她找个职位，也许她可以做发行，但他知道雇用她会是个错误。卡特琳娜会知道的，他不想为此辩解。无论如何，她的魅力看起来被耗尽了。不过，有些女人即使在光芒消退之后仍然很有趣，而他一向喜欢伊妮德的坦率。她从不自怨自艾。

“恐怕我在走下坡路了。你只能依靠你的外表这么久，我的意思是真正的依靠。”她沮丧地说。

“我们有同样的问题。”他说。

他是在开玩笑吗？

“你会一直帅下去。”她说。

“恐怕越来越没那么帅了。”

“你有钱就行。”她说。

他听说她在一个餐厅出过洋相。

“是的。”她怏怏不乐地承认了。

“你跟谁在一起？”

“没有别人。”

“没有别人？”

“我只不过在一个人吃晚餐。”

她知道，她对自己不那么用心了。那天晚上她喝了太多酒，花了很多钱。她懒得去回想。她走到一个地方，那里有个女人带着她的狗坐在长凳上。她伸手去抚摸它。

“多可爱的狗啊，它叫什么名字？”

她已经忘记女人说了什么。

“我有一条很棒的狗，”她说，“他是赛狗。一个冠军，最漂亮的狗。你见过狗赛跑吗？它们真的是在飞。最美的东西，真的，而且那么温柔，那才是神奇之处。如此温柔、勇敢。”她知道自己伤感起来了。“你很难不去爱它们。那时候我真是无忧无虑。”

25 伊尔·坎蒂诺里

鲍曼是鲍姆夫妇的朋友，尽管他和罗伯特·鲍姆从来没有牢固的私人友谊。除了偶尔的聚会之外，他们很少在晚上见面，但有天晚上，他们去了鲍姆最喜欢的伊尔·坎蒂诺里[1]吃晚饭，那个大房间就像什么人自家的餐厅，铺着白色桌布，到处是鲜花，位于一条安静的街道上。服务很好，不用说，那里人人都认识鲍姆，食物很出色。他和黛安娜刚从意大利回来。她说,回家总是很困难。她很喜欢意大利。抛开别的不说，它是少数几个能让人对未来充满希望的地方。美丽的、未被破坏的原野和山丘。家家户户都住着五百年的大房子,这让人感到深深的安慰。还有人们普遍的友善。有一次她想去邮局，于是向一个站在商店外面的男人问路。就在他跟她讲解的时候，一个路人停下来说，那不是最佳路线，并说了另一条。两个人开始争来争去，直到那个过路人说，Signora, per

[1] 位于纽约格林威治村的一家意大利餐厅，开业于 1983 年。

piacere, viene[1]，然后带她走过一条条小路，穿过一个广场，来到一个类似国立银行的宏伟建筑前，她可以在那里买些邮票。

“世界上还有什么地方会发生这种事呢？”她说。

这些年来，黛安娜成了一位有影响力的人物，也是一个拥有坚定观点的女人，常常是令人畏惧的观点。她是个严肃的人。时髦和精致对她而言是批评甚至轻蔑的词。她希望得到的是一个人的政治观点和对书的看法，如果有的话。她去看电影是因为喜欢它们，但她从不把电影当回事。剧院则另当别论。她并不漂亮——她从来没有漂亮过，不过这已经不再重要——但她拥有一张令人羡慕的脸，甚至包括她眼睛下面淡淡的阴影，以及清晰的立场。

她十分忠诚，也期望得到忠诚的回报。她的一个记者朋友在办公室里和几次午餐期间采访过罗伯特·鲍姆，然后写了一篇关于他的长篇报道。鲍姆可能很得意。他的出版社，连同另外一两个，代表了美国文学界的至少半壁江山。的的确确没有人能超越他。这些年来他变化不大，但他穿的衣服更昂贵了，有时还戴一顶毡帽。他有时很有趣，可以像任何一个经纪人那样随性地说，哦，去他们的，或者，去他的。他爱护他的作者，但私下里并不总是尊重他们。那篇报道引用了他的一些说法，提到了“大作家”和“大骗子”。还有“超级、超级大作家”。黛安娜感觉很尴尬。在一次招待会上，她碰见了那位记者，对方问：“你不生我的气吧？”

---

[1] 意大利语，意为“夫人，请跟我过来，走”。

“没有，只是无感。”黛安娜说。

她从不躲闪。她有轻微的纽约口音，但她不是那种只有外来者才会成为的纽约人，她是货真价实的纽约人。她的喜爱或者拥护对一个作家来说无异于一顶桂冠，尽管这顶桂冠不无其重量。但她尊敬并捍卫他们。一个年轻女人一直向全城的编辑们讲述自己跟索尔·贝娄的风流韵事，她冷冷地对她说：

“听着，那件事根本不可能。要想出卖一个重要的作家，你得去赢得那种资格。”

黛安娜成长于战前，饱读政治和时事，住在中央公园西大道一间勉强可称体面的公寓里。她父亲经营一家小型纺织品进口公司，和其他人一样在大萧条期间苦苦挣扎，但全家人每天晚上都坐在一起吃晚饭，谈论城里和世界上发生的事，还有学校里的各种见闻。从八岁开始，她就每天阅读《纽约时报》，他们四个人都是，包括社论版。家里不允许出现其他报纸。上高中的时候，她在地铁里读《每日新闻》，那让她有一种罪恶感。

她崇拜她的父亲，他叫雅各布·林德纳。她喜欢他的头发、他的味道、他坚实的双腿。早上他在他们的小卧室里穿着贴身背心穿衣服的情景，是她童年最美好的画面之一。她爱他的善良与坚毅。最后，和一位老朋友一起，他在泽西城一些房产上的投资远远超出了他应该投入的数额，他们无法负担抵押贷款。银行取消了赎回权，他们被扫地出门。除了对自己的妻子外，他什么都没说，但他们都知道。我们会没事的，他告诉他们，无论如何会没事的。

多年后，在地铁上，发生了一件令人不安的事。她对面坐着一个拾荒女，一位可怜的老妇人，所有东西都装在一个塑料袋里。

“你好，黛安娜。”那个女人平静地说。

“什么？”

她看了看那个女人。

“罗伯特好吗？”女人问，“你还在写作吗？”

她从大学起就没再写作了。她一定是听错了，但突然间她认出了她，一个同班同学，一个她认识的女孩，名叫吉恩·布兰德，她们一起上的大学，但不久之后她就结婚了。她过去很漂亮。现在，她原本完美的牙齿之间出现了道道缝隙。黛安娜打开包，从钱包中掏出所有钱，塞到她朋友手中。

“给你，拿着。”她几乎难以启齿。

女人迟疑地接过钱。

“谢谢。”她平静地说。随后又说：“我没事。”

黛安娜想起了她的父亲。没有人帮过他。他再也没有从那场损失中恢复过来。我们会没事的，他说。

她把这个故事告诉了罗伯特，但没告诉其他人。仅仅讲出来就令她沮丧。她十八岁的时候认识了罗伯特。他被她吸引了，但她太年轻了——他以为她最多只有十五岁。他已经是个男人了。他参加过战争。他们结婚时，黛安娜几乎毫无性经验。她从未交往过其他男人。我怀疑我母亲从来不认识别的男人，她说，但她错过了什么？我想什么都没错过。

她完全满足于婚姻，满足于在别处根本无法找到的亲密关系。她知道，人们对婚姻的看法已经变了，现在的年轻女性更加自由，尤其是在结婚前，第二段甚至第三段婚姻很普遍，而且往往也更幸福，但所有这些都与她自己的生活无关。她和她的丈夫是不可分割的。它甚至比婚姻还要深刻，但是，哦，她爱过她的父亲。她是按照他的标准和理想铸造而成的。

有传闻说鲍姆可能和办公室里的一个女人有染，黛安娜也有所了解，她当然知道，但至于她和丈夫就此说了什么，没有人知晓。那是个高大、未婚的天主教女人，后来换了一份公关的工作，名叫安·轩尼诗，四肢修长，性格有点内向。她三十八岁还没结婚，有过一些往事。鲍姆喜欢她的幽默感。他经常跟她一起吃长长的午餐。有人看见过他们在一起，但他们似乎没在掩饰任何东西。她去过法兰克福两次。

尽管鲍曼对黛安娜一直有点小心翼翼，但他非常喜欢她。他确信，他对她的喜欢超出她对他的喜欢，至少超出她表现出来的样子，但那天晚上在餐厅里，她却异常坦诚，好像他们经常在一起似的。

“我很想住在意大利。”她沉思着说。

“谁不想呢，亲爱的。”鲍姆说。

“我一直在想一件事，在意大利，他们没有围捕犹太人。墨索里尼不允许这样做，不管你怎么评价他吧。德国人就做了。”

“不，那是后来的事，”鲍姆说，“不过，墨索里尼很高兴让埃兹拉·庞德做广播。他觉得那没关系。”

“哦，埃兹拉·庞德，”黛安娜说，“埃兹拉·庞德是个疯子。谁听过埃兹拉·庞德的广播？”

“大概人不是很多。我觉得是短波播放的，不管怎么说，关键是其中的思想。”

“我觉得他们不应该把伯林根诗歌奖颁给他。他们一有机会就给了他，给得太快了。你不应该表彰一个向你头上泼脏水，并且挑起愚昧和仇恨的人。”

鲍姆在战争中战斗过，但他认识那些躲开了战争的人，他们成功地获得了延期，甚至故意不通过体检，他甚至还出版了其中一些人的作品，但他们只是懦弱，懦弱不同于投敌，不同于最终回到意大利，在那不勒斯登陆并且向法西斯致敬。

“我是反对的。”他说。

“是的，但你什么也没说。你同意我的话吗？”她对鲍曼说。

“我想我当时是反对的。”

“当时？那正是至关重要的时刻。”

一个穿深色西装、衣冠楚楚的男人打断他们，他走到桌边说：“你好，鲍比。”然后对黛安娜说：“嗨，还有你，宝贝儿。”

他满面春风，很有活力，刮得干干净净的脸颊几乎在发光。他是一位朋友，也是早期的一名赞助人，名叫唐纳德·贝克尔曼。

“我不想打扰你们吃饭，”他说，“但我想让莫尼克见见你们，亲爱的，”他对身边的女人说，“这是鲍勃和黛安娜·鲍姆。他是个大牌出版商。这是我的妻子，莫尼克。”

她黑发，嘴巴宽宽大大，长了一张精明而不容易对付的脸。

“坐会儿吧，好吗？”鲍姆对他们说。

“所以，一切都好吗？”坐下后，贝克尔曼说，“有什么新的畅销书吗？”

他和另外两兄弟一起投身商界，做投资，赚了很多钱。三兄弟中的第二个已经去世了。

“我是唐。”他伸出手对鲍曼说。

服务生来到餐桌旁。

“要用晚餐吗，先生？”他问道。

“不，我们坐后面那张桌子，就在这里坐几分钟。”

“鲍比和我一起上的预科学校，”贝克尔曼说，“我们是班里仅有的两个犹太人。整个学校也是，我想。”

他的笑容很迷人。

“你去过那些聚会吗？”他问鲍姆，“七八年前我去过一次。可你知道吗，什么都没变。再见到他们真是太可怕了。我只待了一个晚上。”

“你没见到德坎普吗？”

那是鲍姆喜欢的一个叛逆的同班同学。

“没有，我没见到他。他没去。不知道他怎么样了。你有消息吗？”

就在他们聊天的时候，他的妻子对鲍曼说 ：

“你认识唐纳很久了吗？”

“不，没多久。”

“哈，我明白了。”

她是贝克尔曼的第二任妻子。他们结婚两年多了，住在军械库[1]附近他那间宽大、僻静的公寓，位于一座昂贵的大厦。莫尼克把公寓打造得很舒适。她把他前妻的许多家具都扔到了大街上，处理掉了所有餐具。

“我把它们扔了。”她说。

“那可是很多盘子，”贝克尔曼评论道，“我们保留了一个犹太教的房子。”

“我不是犹太教徒。”莫尼克说。

她来自阿尔及利亚。她的家人是法国殖民者，“黑脚”[2]。战争[3]开始后，他们离开阿尔及利亚，回到法国。她成了一名记者。在一家右翼天主教报纸，但她不涉足政治，只写书评和戏剧评论，有时采访作家。她通过一些朋友认识了贝克尔曼。

鲍曼坐在那里，越来越感觉格格不入，他是个局外人。他们是一个民族，即便是陌生人，也能以某种方式彼此认识、彼此理

[1] 位于纽约公园大道。军械库展览会是纽约最重要的当代艺术盛会，每年三月，全世界的顶尖画廊会在这里展出它们最优秀的作品。

[2] Pieds-noirs，指 1830 至 1962 年期间出生在阿尔及利亚的法国人或其他欧洲人，并在阿尔及利亚独立后回到了法国本土。

[3] 指阿尔及利亚民族解放战争。

解。他们的血液中流淌着一种东西，一种你无从了解的东西。他们写下了《圣经》以及所有起源于此的东西，基督教，第一批信徒，但他们身上也有一种引发仇恨、招致谩骂的东西，也许是他们古老的仪式，也许是关于金钱的知识，也许是对正义的尊重——他们总是需要它。在欧洲，难以置信的杀戮像一把长柄镰刀一样刺穿他们，上帝抛弃了他们，但在美国，他们没有受过伤害。他嫉妒他们。标志他们的不再是他们的长相。他们笃定，面容清晰。

鲍姆不信宗教，也不信仰上帝，其生杀予夺都依照一种不可知的安排，与你是否正派、是否虔诚、是否无用完全没有关系。美德对上帝来说没有意义，尽管我们必须有良善。没有上帝，世界就是一团混乱。因为这一点，他过着他所过的生活，很少想起上帝来。然而，在他感情最深处，他承认自己是自己民族的一员，他们所信仰的上帝，也将永远是属于他的。

“你去法国吗？”莫尼克问。

“不是很常去。”鲍曼说。

他观察到，她的皮肤很粗糙，也不漂亮，但她是那种能让你眼前一亮的人。他天马行空地想，她可能是萨特的某个前女友，尽管他并不了解她们中的任何一个。萨特又矮又丑，做事大大咧咧，他猜她对此能够体谅。

他决定说出来：

“你怀念在法国的生活吗？”

“是的，当然。”

“你都怀念哪些东西？”

“这里的生活轻松一些，”她说，“但夏天我们去法国。”

“去哪里？”

“圣让德吕兹。”

“听起来很不错。你们在那里有房子吗？”

“在那附近有，”她说，“你应该来。”

不再是成群的东欧妇女，操劳的母亲和妻子。现在是聪明而富有魅力的女人，就像在十九世纪的维也纳，一个被称为女人的物种，纽约因她们而闻名。没有人再叫她们 Jewesses[1]。这个词让人联想到拉比和帕莱区[2]那些虔诚、落后的村庄。她们时髦、雄心勃勃，处在一切的中心。她们的诱惑力。他从来没有交往过犹太女人。她们的生活里有一种温暖，不轻视享乐和物质的东西。他本可以娶一个犹太女人，成为那个世界的一部分，像个皈依者一样慢慢融入。他本可以生活在他们当中，生活在多年形成的一种特定的家庭密度当中，成为逾越节宴会、生日聚会、葬礼等场合的常客，戴着一顶帽子，把一抔土撒进坟墓。他因为没有做到这些而感到遗憾，为没有获得这样的机会而感到遗憾，但另一方面，他又无法真正想象这一切。他永远不会属于那里。

[1] 意为“犹太女人”。

[2] 1791 年叶卡捷琳娜大帝颁布法令，在沙俄帝国西部建立帕莱（Pale）定居点，正式允许犹太人在该区域居住。1917 年被废除。

26 事出有因

一列火车刚刚离开，在慢慢走上台阶的人群中，他几乎可以肯定看见了她，她没有朝这边看。他的心怦怦跳着。

“阿奈！”他喊道。

她看到了他，停了下来，身边人流如织。

“嗨，”她说，“你好。”

他们移到了一边。

“你好吗？”他问。

“我很好。”

“我们去楼梯上面吧。”

他正下台阶赶火车。如果再早一分钟，他就已经站到了月台上，她下车的时候，他应该正在上车，几乎可以肯定是在另一个门，这样他就永远不会看到她了。

“你好吗？”他又问道，“还在上学吗？很久不见了。”

“没有，我还没毕业，但我休学了。休一年。”

她没涂口红。另一列火车进站的刺耳尖叫声和车厢的嘎吱声传到耳边。

“那么，你准备做什么？”

“实在是很离谱。其实我正在找工作。”

“真的吗？哪种工作？”

她笑了笑，说道：

“其实，我想找一份出版的工作。”

“出版？那可真没想到。怎么会这样？”

“我是文学专业的。”她说，做出一副难以置信的小表情。

她那么自然，与她相遇的快乐涌上心头。

“好吧，我们能碰上也算是幸运了吧？听我说，明天我要给英国出版界的一个朋友艾迪娜·戴尔办一场小聚会，也会来一些别的人。只是个酒会。要不你过来吧？”

“明天？”她说。

“是的，五点半左右。在我的公寓。你还记得我住哪儿吗？我把地址写下来。给你。”他写到了一张卡片上。

他们一起走到街上道别，在拐角处站了一会儿。他浑然忘记了周围的建筑、交通，还有商店的俗丽招牌。她要往东走。他看着她离开，比人群中的其他人更年轻，不知为何也更出色。他一直很喜欢她。

他怀疑她不会来。她一定知道开庭的事及其结果，把他当成了敌人。事实证明他错了。

她晚到了一会儿，毫不引人注意地走进房间，发现人们都在喝酒聊天，还发现了至少一个同龄人，那是艾迪娜的女儿希丽，身材苗条，有一半黑人血统，一头浓密的头发。艾迪娜穿着一件紫玫瑰色的薄纱长裙。她拉起阿奈的手说："这位绝色女孩是谁？"

"这是阿奈 · 瓦西拉罗斯。"鲍曼说。

"你是希腊人。"

"不。我父亲是。"阿奈说。

"我的一生至爱是个希腊男人，"艾迪娜说，"我以前经常飞去雅典看他。他在那里有一套很棒的家庭公寓。我永远没办法让他跟我一起回来。你在出版界工作吗？不对，你应该还在上学。"

"没有，其实我在找一份出版的工作。"

"我想你用不了多长时间。"

鲍曼把她介绍给其他几个人。这是阿奈·瓦西拉罗斯，他说。还有两个和艾迪娜年纪相仿的女人，职业女性，她没记住她们的名字。有个高大的英国代理商，托尼什么的。鲍曼买了鲜花，把它们摆在四周。

她跟西丽聊了起来，她嗓音柔和，在伦敦的某个地方上学。

"她是收养的吗？"阿奈找机会问鲍曼。

"不，是亲生女儿。她的父亲是苏丹人。"

"她真美。"

托尼离开了，对她说再见。到了七点半，其他大部分人也都走了。阿奈也准备离开。

“别，先别走，”鲍曼对她说，“我们一直没时间好好聊聊。你先坐下。我去把电视打开，最后一条新闻是关于我的作者的。”

还要再等几分钟。他关掉声音，当他们坐在那里时，他不可避免地想起了她的母亲。他想起了屏幕上无声变换的画面，像现实中的跳跃，女演员哀求的脸，然后她解开大衣，挑衅而屈从。

“你知道，我一直没机会告诉你，我对发生的事感到抱歉，”阿奈说，“我指的是我母亲还有房子的事。我真的不清楚所有细节。”

“不值得深究。”

“你不恨她吗？”

“不，不。”他轻松地说。

他现在正和她的女儿坐在一起，他一直小心翼翼，不对她表露太多关心或者虚假的感情。他现在可以自由自在地想她了。

“那是谁？”她问。

那是一本书的封面，一本关于毕加索的书，放在咖啡桌上，支离破碎地画着眼睛和一个脱了节的嘴巴。

“玛丽–特里莎·瓦尔特。”他说。

“玛丽–特里莎·瓦尔特是谁？”

“她是毕加索一个很有名的模特。她十七岁时，毕加索在一个地铁站外面发现了她，给了她一张自己的名片。他开始为她画像，并且爱上了她。他们有一个孩子。毕加索比她大很多——我简单点说——但他死后，她自杀了。”

“她死的时候多大？”

“哦，应该六十多岁了。我想她出生在1910年左右。毕加索出生在1881年。我前几天刚又读到。”

“你知道索菲叫你什么吗？你记得索菲吗？她叫你教授。”

“是吗？索菲现在在哪里？”

“她在杜克大学。”

“你知道我有什么话要对索菲说吗？”

“什么？”

“哦，算了，其实没什么要说的。听我说，有件事你想不想做？”他说，“在这里等一会儿。”

他走进厨房。她能听到冰箱门开了，过了一会儿又被关上。他回来时手里拿着什么东西，一小张折起来的白纸。他把它放在桌子上，然后开始打开它。那是一个小纸包，里面是铝箔纸。她看着他打开铝箔纸，里面有一团黑乎乎的东西，像湿烟草。

“这是什么？”

“大麻。”

有那么一个时刻，譬如在舞会上，你在第一次牵舞伴的手之前，不用接触就知道他或她会不会跳舞，跳得好不好。

“从哪里弄到的？”她平静地问。

“托尼那里。那个高个儿的英国家伙。他给我的。是摩洛哥货。我们要不要试试？你用这个白色的小烟斗。”

他小心地把一些棕色硬块塞进烟斗。

"你经常这么干吗？"

"不，"他说，"当然不。"

"不要塞得太紧。你应该说你一直都在吸。"

"会被你看穿的。"他说。

他点燃一根火柴，把它凑近斗钵壁，在烟斗柄上吮吸着。没有动静。他又点了一根火柴，试了几次后，吸进了一点烟。他一边吸一边咳嗽起来，把烟斗递给她。她吸了一口，又递还给他。他们轮流吸着，没有说话。几分钟后他们兴奋起来。他感到一阵巨大的幸福，有一种飞升的感觉。他偶尔吸过几次大麻，次数不多，有时在宴会上，有时在宴会后，和女主人以及一两个客人在书房里。他记得一个令人眩晕的夜晚，在一个离了婚的女人的公寓里，他问洗手间在哪儿，她带着他穿过几个房间来到她的盥洗室，打开灯，然后他置身于一个镜子、瓶子和乳液的宫殿中，灯火辉煌。地板上是层层叠叠的毛巾。

"你要不要一个人待会儿？"她问。

"一会儿就好了。"他好不容易说道。

"你确定吗？"

还有一次，他偶遇的一个英俊的罗马尼亚人给了他几根大麻。他和艾丁斯在办公室吸了一根，格雷琴进来时，他们正忍不住笑个不停。他们还以为她已经回家了。

"你们这些家伙在干什么？"她说，"我知道你们在干什么。"

鲍曼尽量不让自己笑出声来。

“怎么回事？”她问。

“没什么。”他说，又爆发出一阵大笑。

“你们俩真是嗑嗨了。”她说。

这次不同。他感觉东西在发光、在移动。他看着她抽着烟斗，她的眉毛，她下巴的线条。他可以仔细地观察她。她闭上了眼睛。

“你搽了香水吗？”他说。

“香水？”她含混不清地说。

“你搽了。”

“没有。”

他拿起烟斗。大麻快没有了。他吸了一口，看还有没有火星。他摸了摸烟灰，是冷的。他们沉默地坐了一会儿。

“你还好吗？”他说。

她没有回答。电视无声地播放着。

她笑了笑，试着说些什么，但没能做到。

“我们应该出去。”她说。

“天太晚了。太晚了。博物馆要关门了。我不知道你是不是想去。”

“我们出去吧。”她说，站起身来。

他试着把注意力集中到这个念头上。

“我们不能出去。我太兴奋了。”

“不会有人知道的。”她说。

“好吧，既然你这么说。”

他冷静下来。他知道自己哪儿也去不了。

街上人很少。他们沿着街区走了一小段路，他摇晃得很厉害。

“不行，我不想走路，”他说，“我们坐出租车吧。”

似乎立刻就有一辆停了下来。他们上车后，司机说：

“去哪里？”

“阿奈。”

“嗯。”

“你住哪里？你想回家吗？哦，”他对司机说，“就开着四处转转。”

“你们想去哪里？”司机说。

“一直开，不，穿过五十九街去派克大街，不，不要那样。去西侧高速公路，然后去上城。到时我再告诉你。”

车开动了，他们坐在后座。天已经黑了，他们沿河行驶。远处，一排排建筑几乎连绵不绝，房屋和公寓像蜂巢一样亮着灯，其中一些非常大，比他记忆中的要大。他想要解释说，过去对面那边什么都没有，但觉得没意思。灯光照在河面上。他想起了跟克莉丝汀拼车那一次，他第一次遇见她的那个晚上。车辆从他们身边经过。乔治·华盛顿大桥的轮廓像一串珠宝似的挂在那里。

“我们这是要去哪里？”她说，“我们一直开啊开。”

他告诉司机掉头。

“你说得没错，够了，”他对她说，“你饿不饿？”

“饿。”

过了一会儿，他说：

“司机，开去九十六街，好吗？去第二大道。”他对她说：“我们去一个我认识的地方。”

最后他们停在了埃利奥餐厅，他好歹向司机付了车费，数了两次钱。餐厅挤满了人。酒保跟他打招呼。前面最好的桌子都坐满了。他认识的一位编辑看见了他，想跟他说话。店主跟他很熟，告诉他们要等十五到二十分钟才有位子。他说他们就在吧台吃。这是阿奈·瓦西拉罗斯，他说。

吧台同样忙碌。在那里，酒保阿尔贝托——他认识他——往他们每个人面前铺了一张白色的大餐布，然后摆上刀叉和折叠起来的餐巾。

“要喝点什么吗？”酒保问。

“阿奈，想喝点什么吗？算了，”他决定，“我觉得不要了。”

不过，他点了一杯红酒，她也喝了一些。谈话声萦绕在他们四周。人们的背影。他一点都不像自己的父亲，她想，他身处一个不同的世界。他们并肩而坐。人们侧着身子经过。酒保从服务生那里接下酒单，调好酒水，并按铃结账。他端着两盘食物朝他们走过来。就在他们用餐的时候，店主过来了，为没能给他们安排座位而道歉。

“不，这样更好，”鲍曼说，“我跟你介绍过吗？”

“是的，阿奈。”

那个编辑离开的时候停在他们身边。鲍曼懒得介绍他。

“你还没介绍我们认识。”编辑说。

“我以为你们认识。”鲍曼说。

“不，我们不认识。”

“我现在不行。”鲍曼说。

店主回来坐在他们旁边的高脚凳上。周围变得安静了一些。这是个忙碌的夜晚，她自己都没有时间吃晚饭。离去的人们停下来说再见。

“我请你们喝餐后酒吧，”她说，“你喜欢朗姆酒吗？我们搞到了一些很好的朗姆酒。我给你拿点。阿尔贝托，那瓶上好的朗姆酒呢？”

朗姆酒滋味浓烈，但又相当顺滑。阿奈没有喝，他们三个人坐着聊了一会。更多人进来，店主走开了。他们回了公寓。他们告别了派对，阿奈蜷缩在沙发上。他轻轻脱下她的鞋子。不知为何，他嗅到了殖民地的气息，就像身处肯尼亚或者马提尼克，朗姆的炽热。她睡着了。他感觉完全放下心来。他把她的双腿合拢，把一只胳膊放到她身下，把她抱进卧室。她没有反抗。但当他把她放到床上时，他感觉她并没有睡着。尽管如此，他还是走出房间待了几分钟，看着她躺过的沙发。这一切看起来都像自动发生的。他回到卧室，然后静悄悄地脱下自己的鞋子，躺在她身边。在他还没来得及做任何考虑的时候，她半转过身，像个孩子一样滚到他身边。他抱住她，然后慢慢抚摸她的背部，手伸进她的上衣。她赤裸的皮肤摸上去十分光滑。他想抚摸她的全身。他们躺在那里，头紧紧贴在一起，过了一会儿，他们开始接吻。

从那时起，情况变得更加激烈，也更加不确定。他没有脱掉她的裙子，而是把它提起来。她的腿年轻得不可思议。她穿着内裤，他开始往下脱，但被她拒绝了。他抚摸着她。她积极地回应着，但当他想再试一次时，她合拢了双腿。

“不要，”她说，“求你了。”

她往旁边挪了挪，推开他的手，但他坚持着。最后，她屈服了，似乎松了一口气。在这件事中，她多少成了他的同谋，最后她感觉到了他的高潮，但当时并没有意识到。他们静静地躺在一起。

“你还好吗？”

“是的。”

“你确定吗？”

“是的。”

片刻之后。

“洗手间在哪里？”她问。

她回来时脱掉了裙子。又上了床。

“你太棒了。”他说。

“我可能让你失望了。”

“不，”他说，“恰恰相反。你没有让我失望。你不可能让我失望的。”

“为什么？”

“你就是不会，”他说，然后停顿了一下，“这周晚些时候我得外出。”

这是一个突然的灵感。它就这么冒了出来。

“我得去巴黎。”他说。

“真好。”

“去待三四天。你去过那里吗？”

“小时候我们去过。”

“要不要一起来？”

“去巴黎？哦，我不行。”

“为什么？你除了找工作没别的事要做。”

“这个周末我要去我母亲那里。”

“就说你去不了。说你有个面试。”

“面试。”她说。

“说你下周再去。”

躺得这么近，他能感觉到他们串通一气。

“明天给她打电话，那样就不是最后一刻才告知了。你以前干过这种事。”

“并不是。我不想让她发现。”

“她不会发现。”

第二天早晨回家时，她想洗澡，然后换衣服。她想到了自己的所作所为，和她母亲的前男友菲利普睡到了一起。她已经快四年没见到他了，她本不想这样做，但不知为何还是发生了。这是个惊喜。她感到一种不正当的快乐，感觉自己完全长大了。

27 宽恕

他们在清晨降落，从他们下飞机的那一刻起，似乎连空气本身都变得不一样了，或许这只是她的想象。他们只有随身行李，无须等待，海关人员懒洋洋地挥手让他们通过。当他去兑换货币的时候，阿奈惊讶地注意到，在巨大的抵达大厅里，所有的报纸都是法语的。他们出了机场，找了一辆出租车。

巴黎，传奇的巴黎，早上八点，他们沿着一条交通越来越繁忙的高速公路向它驶去。他们懒得说话，就像第一天晚上那样坐在后座。他的西装微微起了皱，领子在颈部敞开着。他坐着看向窗外，像一个演员在演出结束之后的样子。她很兴奋，但也因为飞行而略显疲惫。他们偶尔交谈一两句。

过了一会儿，开始出现边远的 banlieues[1] 房屋，一开始孤零零的，然后逐渐变为成组的房子和密实的街区，其中有一些商店

[1] 法语，意为“郊区”。

和酒吧。他们在漫长的车流中缓缓驶入城市，然后沿着街道疾驰。他们住进了王子先生路的一家酒店，就在奥德翁[1]下面。他第一次来巴黎时曾经遇见让·科克托[2]的那家餐厅就在前面的广场上。另一个方向是正上演着一切的林荫大道。

他们的房间在楼上，俯瞰着一个很大的封闭空间，那是一个学校的操场。越过远处的屋顶，是其他屋顶、烟囱和数不清的小街道，他认识其中一些。他们站在落地窗前，窗外有一道铁艺栏杆。

“看起来眼熟吗？”

“哦，没有。我上次来的时候只有五岁。”

“你累了吗？饿不饿？”

“有点饿了。”

“去准备一下。我带你去一个很棒的地方吃早饭。”

在蒙帕纳斯大道一家很大的餐馆，早上客流稀疏，他们喝了橙汁，吃了牛角面包、新鲜的黄油、果酱，还有只在法国才有的面包，又喝了咖啡。他们从那里漫步去了圣叙尔皮斯教堂，然后沿着一条条小巷走下去，木屐街、龙街，那里的店铺都像鲜花一样刚刚绽放，他们走到了著名的双叟咖啡馆[3]，但她从来没有听说过。那是个美丽的日子，他们坐下来喝咖啡，沿着带

[1] Odèon，指奥德翁剧院，法国六大国家剧院之一，坐落在塞纳河左岸的巴黎第六区，毗邻卢森堡公园。

[2] 让·科克托（Jean Cocteau，1889—1963），诗人、先锋艺术家、剧作家、电影导演。

[3] Deux Magots，坐落于巴黎左岸圣日耳曼大道，曾经是超现实派艺术家的大本营及存在主义作家的聚会地点，右邻是花神咖啡馆。

细长铁护栏的狭窄人行步道走下去，与学生和年长的女人们擦肩而过，一直走到河边去看巴黎圣母院。他只向她展示了他所知道的一部分。

那天晚上，他们去博芬格餐厅吃晚饭，那是个类似宫殿的地方，总是拥挤不堪，主厅的大穹顶在喧嚣、灯光和插在巨大花瓶中的鲜花上方熠熠生辉。没有一个空位。人们两个、三个、五个地坐着，谈话，进餐。这是一个令人震惊的景象。

“我要那个大 fruits de mer[1]，”他对她说，“你喜欢生蚝吗？”

“是的，也许吧。”她说。

一个圆形大托盘端上来，上面铺满碎冰，摆放着一排排闪闪发光的生蚝，还有虾、贻贝和像蜗牛一样的黑色小贝壳。柠檬块上铺着薄纱。还有黄油和薄薄的黑面包。他点的酒是一瓶蒙哈榭[2]。

她尝了一个生蚝。

“你得吃两三个才能尝出味道。”

他吃给她看，先往上面挤了一小滴柠檬汁。

第二个她更喜欢了。他吃得比她快，已经吃了四五个。邻桌一位暗金色头发的女人弯腰向他们靠过来。

“打扰了，这是什么，你们在吃什么？”她说。

---

[1] 法语，意为“海鲜拼盘”。

[2] Montrachet，罗曼尼康帝酒庄出品的著名白葡萄酒，并且是高价之王。

鲍曼只能在菜单上指给她看。她对身边的男人说了些什么，然后转过身来。

“我也要一份。”她对他们说。

过了一会儿，这个女人又跟他们说话了。她变得更加随意。

“你们住在巴黎吗？”她问。

“我们是来旅行的。”

“是的，我们也是。”女人说。

她涂着深色的口红。她从杜塞尔多夫来，她说。

“你在工作吗？”她问阿奈。

“对不起？”

“你工作吗？”

“不。”

“我在一家酒店工作，我是那里的经理。”

“你来这里做什么？”

“我们来巴黎就是，”她解释道，“参观一下。如果你有时间去杜塞尔多夫，一定要住我的酒店。你们两个都是。”

“是个好酒店吗？”鲍曼说。

“非常好。你们喝的是什么酒？”她说。

她叫来服务生。

“再给他们拿一瓶酒来，”她说，“记到我账上。”

后来，她给了他们一张名片。明显是给阿奈的。

她和她的同伴离开后，他们喝了第二瓶酒。依然有人在等位。

谈话和用餐的声音一直没有减弱。

在出租车里，他们互相抚摸着对方的手。这个城市璀璨而广阔。沿途经过的店铺都灯火通明。在房间里，他把她拥入怀中，向她喃喃低语，亲吻她，放任自己的双手沿着她的后背向下移动。她二十岁了。他在她更小的时候就认识她了，一个小女孩，在生日派对上和她的朋友们沿着池塘在阳光下奔跑，穿着上衣和短裤，踢着水，往各自身上泼去，大声叫着，傻瓜，混蛋！他曾惊讶于那种语言。他把她抱到床上。

这一次，一切都很圆满。他的手掌放在她两侧，平贴着床单，用双臂的力量把自己半支撑起来。他听见她发出像女人一样的声音，但那还不是结束。他停顿了一会，再次开始。持续了很长时间。她变得筋疲力尽。

“我不行了。”她哀求道。

早晨，房间洒满阳光。他起身拉上窗帘，但光线还是从一道缝隙里穿过，横洒到床上。他推开被子，一缕阳光照到她的腿上。阴毛闪闪发亮。她毫无知觉，但过了一两分钟，也许是感到了空气的流动或自己赤身裸体，她翻了个身。他弯下腰亲吻着她纤小的后背，她还没有完全清醒过来。他分开她的双腿，跪在中间。他从未如此自信或者确凿。这次他很容易就进去了。宁静的早晨。他一动不动，等待着，不慌不忙地想象着接下来的一切。他正向她揭示这一切。几乎一动不动，仿佛动作是被禁止的。他终于开始了，一开始慢慢地，带着无限的耐心，然后渐渐地耐心消失了。他低着头，好像在沉思。结局依旧遥远。很远，很远。那束阳光已经移到了床脚。他以为自己也许能撑下去，但后来慢慢地，他感觉到它在攀升。他的手放在她身体上，好让她动弹不得，他的膝盖压着她的腿。操场上传来孩子们微弱的呼喊。亲爱的耶稣！

事后她洗了个澡。水非常热。她把头发盘起来，钻进水中。先是双腿，然后慢慢地是身体其他部分。她在巴黎，跟他在一起，在一家旅馆里。这太离谱了，她想。她惊讶于发生的一切，不知道为什么，这一切都很自然。她正在洗去旅行的痕迹，做爱的痕迹，一切的痕迹，为白天变得清新起来。他躺在床上，能听见那悦耳的声音。他又回到了以前那个自己，回到了伦敦、西班牙，静静地躺着，可谓心满意足，为已经做到的事情。

“我喜欢这个旅馆。”出来的时候，她说。

他向她展示的巴黎是一个美景和街道的巴黎，一路穿过杜伊勒里宫，进入孚日广场、雅各布街，然后是弗朗克-布尔乔亚大街，遍布奢华店铺的宏伟街道——天堂的价格——充满寻常乐趣的巴黎，傲慢的巴黎，无论是知道一些事情抑或一无所知都被视为理所当然的巴黎。他向她展示的巴黎，是一个充满感官记忆的城市，在黑暗中熠熠生辉。

巴黎的日子。他们省略了博物馆、学生区、圣米歇尔大街以及匆匆忙忙的人群，转而去了托里尼街的专用宅邸，看油画和蚀刻画——很多荒诞怪异，但有些高超绝伦——二十世纪二三十年代，毕加索在与玛丽·泰蕾兹·沃尔特的漫长恋爱期间为她画的肖像。有一些是用一个灵光四射的下午画就的，或者只花了几天时间。他遇见她的时候，她天真而温顺，他教她按自己的要求做爱。他喜欢画她沉思或沉睡的样子，他对她的刻画比任何肉身都更美丽，更值得膜拜。在他们面前，事物表现出它们真正的重要性，关于如何度过一生。

虽然他让她变成了标志性的人物，但她对艺术和他所属的圈子毫无兴趣，毕加索最终选择了另一个女人。

她记得有一次和菲利普特别喜欢的一个男人喝酒，一个出版商，叫克里斯蒂安什么的，一个身材高大的白发男人，指甲修剪得很整齐。那是在离他办公室不远的一家酒店的酒吧里，他每天下午下班后都去那里，坐在一把皮质扶手椅中，喝酒聊天。她记得他是个结实的人，浑身散发出香皂和古龙水的甜味。他占满整把椅子。像一只巨大而神圣的动物，一头肥壮的公牛，在牛棚里几乎转不动身，却英姿勃勃。他对他们很热情，谈论着纪德、马尔罗，还有其他一些她不知道的名字。

“你是作家吗，mademoiselle[1]？”他问她。

“不是。”她说。

---

[1] 法语，意为“小姐”。

“你得留心这个家伙，”他指着菲利普说，“你懂的。”

“我知道。”她说。

他做出了大家都会做的假设，这让她有点难堪，但有些时候也不会。在街上她不会感觉尴尬，在餐厅里也不会，但是在商店里，她却感觉如此。

在回酒店的路上，他们停下来，她在一家餐厅的露台上写了几张明信片，那里的人行道旁有一个玻璃隔板。

“你在写给谁啊？”

她在写给她的室友——你不认识她——还有索菲。

“哈，又是索菲。”

“她很棒。你会喜欢她的。”

“你会给你母亲写一张吗？”

“你在开玩笑吗？她还以为我在面试呢，”她停顿了一下，看着正在写的明信片，说，“你知道吗，你真应该告诉我。你还生她的气吗？你原谅她了吗？”

“正在进行中。”他说。

他们坐在那里，他抽着一根烟，一种法国烟。比平常的烟要粗一些。他把烟放到双唇之间，有点不熟练，她想，他轻轻吸了一口，吐出来，一些淡蓝色的烟雾飘上他的脸。

“我抽烟你介意吗？”

“不会，很好闻。”

“你没抽过吧？”

“没有，除非你把嗑药也算在里面。”

“以前女人是不能抽烟的。”

“你的意思是不被允许？”

“被允许，但被视作不得体。没有女人会在公共场合吸烟。”

“那是什么时候？中世纪吗？”

“不，就在战前。”

“哪场战争？”

“世界大战。第一次。”

“我不信。”

“是真的。”

“难以置信，”她说，“让我尝一口。”

她接过烟，在上面吸了一点，然后咳嗽起来。她把烟递回去。

“给你。”

“很有劲，是不是？”他说。

“太有劲了。”

他们准备去福楼吃晚餐。

“流动[1]？”她说，“那是什么？”

它在一条阴暗的小巷深处，那里看起来不像有餐厅的样子。终于，他们到了。

“哦，”她看着招牌说，“所以这就是，福楼。”

[1] 福楼的法语 Flo 与英语 Flow（流动）的发音相似。

"W 不发音。"他说。

他们坐的包厢离厨房太近，但那是一顿很好的晚餐。快结束的时候，他们目睹了一次打斗。碗碟碰撞碎裂，一个穿黑色外套的女人大喊大叫着对经理拳打脚踢。他用力把她推出门外，终于成功了，她站在街上咒骂着，服务生把她的手提包拿出来给她。她又冲着经理叫了几声，经理微微一鞠躬，对她说，晚安，夫人。A demain[1]，他说。

福楼在哪里，阿奈不清楚。它在巴黎的某个地方。她不会说法语，巴黎在她心中的轮廓就是一些没有起点没有终点的林荫路，一些地铁站和指示牌——泰廷爵、圆亭咖啡馆[2]——还有吸引她目光的那些街道。所有这些都不会自行组织起来，尤其在晚上或者喝酒的时候。他们驶回旅馆，沿途路过的商店一如既往地亮着灯。不知为何它们看起来很熟悉。

"我们这是在哪里？"她说。

"我看不清路牌，我想我们在塞瓦斯托波尔大街。"

"什么地方？"

"一条林荫大道。一直通往圣米歇尔大街。"

她想，她不可能做这种事。她一个人绝不可能做到。感觉仍然很神奇，并且如此惬意，她会记住很长一段时间。如果她愿意，

[1] 法语，意为"明天见"。

[2] La Coupole，巴黎最负盛名的咖啡馆之一，至今仍保留着二十世纪二十年代的装潢，海明威、菲茨杰拉德、萨特、波伏娃等人都曾是这里的常客。

她或许还可以跟他继续交往几个月。她交过男朋友，反正有过两个，但那不一样。他们实在是太年轻了。你有避孕套吗？药房是免费的，但有时他们用完了。他们想要一大把避孕套，但通常很快就结束了。她看到一些熟悉的东西，试着去想它们在哪里。他们正越过塞纳河，转向另一条街。在楼群之上，埃菲尔铁塔的塔尖璀璨地漂浮在黑暗中。

在房间里，她和衣躺下，让他给她脱衣服。他抚摸了她很长时间，她把自己完全交给他。他用舌头追踪着那道缝隙。把她翻过来，双手放在她的肩膀上，慢慢沿着她的身体向下，好像那是鹅的脖子。当他终于进入她的时候，他好像在说话。他在想克莉丝汀。宽恕。他希望这一切能持续很久。当他觉得自己走得太远时，就慢下来，然后重新开始。他能听到她对着床垫说着什么。他搂着她的腰。啊，啊，啊。墙壁在倒塌。城市像星星一样陨落。

"啊，天啊，"事后他说，"阿奈。"

她躺在他怀中。

"你真有一套。"

深夜的时光。绝对的完成。他想，他是幸运的。也许再过一两天，她就会开始厌倦这种戏码。她会突然意识到他有多老，她有多么想念她的朋友们。但它会留在她的生命中。也会留在她母亲的生命中。他理顺她的头发。她在沉睡中放松下来。

她一觉睡到九点。房间里很安静。他下楼去看报纸了，她翻了个身，又睡了一会儿。她从浴室出来时，看到他那边的床上放着一张纸。她拿起来，读着读着，心仿佛碎裂开来。她迅速穿上几件衣服，下楼去前台。电梯正在使用中。她迫不及待地跑下楼梯。

“你见过鲍曼先生吗？”她问店员。

“哦，是的，他走了。”

“去哪里了？”

“我不知道。他叫了一辆出租车。”

“什么时候？”

“一个小时前。或者更早。”

她不知道该怎么办。她不敢相信。她错过了什么。她回到房间，带着一种恶心的感觉坐在床上。她看了看，发现他的东西不见了。她看了看浴室，也是一样。她突然害怕起来。她自己一个人。没有钱。她又拿起那张纸条读了一遍。*我走了。我现在无法解释。非常好。*签名是一个首字母，P。这一次她哭了起来。向后倒在床上，躺在那里。

他去了一家租车公司，租了一辆车，比他想要的大，但他们只有这一辆了，况且路途遥远。他从奥尔良门出了城，向南驶向沙特尔和更远的城镇，他从未去过的地方。天气晴朗明净。他带着隐隐约约的念头，想要一直开到比亚里茨去，那里有两个大大的海滩，像两侧的翅膀，大海在那里破裂成长长的白线。车辆稀少。他早早起了床，悄悄收拾东西。她还在睡梦中，一只胳膊放在枕头下面，露出一条赤裸的腿。她的新鲜感，哪怕在事后。他已经原谅了她的母亲。来把你女儿带走吧，他想。他在门口停了一下，最后看了她一眼。等出租车时他付了旅馆的账单，没有去想象她会怎么做。

28 蒂沃利

在跟他差不多同时起步的人当中，格伦达·华莱士算是比较成功的一个。作为一名资深编辑，她意志坚定、直截了当，虽然年轻时她并不是这样强势。一路走来，她发展出一种尖锐、苦涩的笑声。她一直没有结婚，有一个体弱多病的父亲，她照顾他很多年。他死后，她在蒂沃利买了一栋房子，那是波基普西以北哈得孙河畔的一个小城镇。她和这个小镇素昧平生，只是看到了它，被它吸引，小小的商业区，无人打扰的感觉，遍布老旧房屋的街道向河边延伸而去。

作为编辑她很少做小说，也很少读小说。她出版政治和历史方面的书籍以及传记，受到广泛尊重。这些年来，她越来越矮了，然后有一天，鲍曼第一次注意到她有罗圈腿。他很欣赏她，正是因为她在蒂沃利，才让这个小镇看起来不再那么偏僻，所以第二年他也在蒂沃利租了一栋周末别墅。

开车沿着索米尔河一路向北开往蒂沃利是件愉快的事。这里大部分是林地，少有商业的嘈杂，同时也让人感觉陌生。温斯科特及其周边的城镇几乎曾经是他的家，但他决定去其他地方，倒不是害怕遇见克莉丝汀和她女儿，只是为了消除这种可能性，把一切抛到身后。他不想被提醒曾经发生过的事，但与此同时，他也不介意回顾其中的一部分，在巴黎的那部分。

房子属于巴德学院经济系的一名教授，他在欧洲获得了一笔研究基金，要带着家人离开一年。学术生涯自有其窘迫之处。这座房子看起来很体面，但起居室里除了壁炉就没有太多东西了，一张沙发，几把椅子，还有一个小桌子。厨房里的餐具是塑料的，玻璃杯五花八门，但厨房门打开是一个带篱笆的小花园，还有一扇木头门通往街道。

这座房子及其简陋寒酸使得出版业看起来成了一种富足的生活，虽然不像以前那样富足了。跟从前比起来它发生了巨大的变化，那时候整个公司只有他们八个人，作家们在各式各样的酒吧喝到凌晨两三点钟，有时会在过道尽头的沙发上过夜。总有晚宴和深夜的消遣。在科隆跟卡尔·玛利亚·勒尔喝酒，他不知疲倦，过不了一会儿就糊涂了，但他总能通过各种折磨把作家们跟自己捆绑在一起。德国的夜晚一片漆黑，在凛冽的雾气中四处行驶。你不记得去了哪里，也不记得跟别人说了什么，但那都不重要。你们之间有一种亲密感。随后你们像朋友一样交谈起来。他自己一度也想做个出版人。他大概有那种脾性，但他不会喜欢生意上的事。那会是另一个人的兴趣所在，一个志趣相投的完美搭档，但他一直没有碰到那样一个人，没有在合适的时间碰到。

小说在这个国家文化中的力量已经减弱了。这是逐渐发生的。每个人都意识到了，并忽略了这一点。一切都一如往常，这正是美感所在。荣光已经消退，但新鲜的面孔不断出现，想成为其中的一部分，想进入出版界，它依然保留着一丝优雅的痕迹，像落魄之人拥有的一双美丽锃亮的鞋子。那些身处其中多年的人，他，格伦达，还有其他人，就像很久以前被钉进树上的一颗钉子，树在钉子四周生长起来，他们现在成了树的一部分，深深嵌入其中。

为了让房子更舒适，他重新摆放了家具，移动了桌子，从城里带来一把皮椅。他在桌子上放了一些书，一瓶威士忌，还有一些漂亮的玻璃杯。他还带来一对镶框的爱德华·韦斯顿[1]摄影作品，其中一幅是查莉斯，她是韦斯顿传奇般的模特和伴侣。为了让更多光线进来，他把窗户内侧的一套小板条百叶窗拆卸下来，存放在壁橱里，取而代之一幅白色的薄纱窗帘。

早上，他吃一个溏心蛋。他把鸡蛋放进冷水锅里，等水烧开的时候，鸡蛋就做好了。他用一把刀子小心地敲击鸡蛋的边缘，剥掉顶部，放入一点黄油和一些盐，然后用勺子吃掉软软的蛋白和温热、稀松的蛋黄。随后，他用一个小时左右的时间读带过来的报纸，然后坐下来阅读手稿。他的生活似乎更简单了，在这个光秃秃的房子里几乎像个忏悔者。第二周，他拿来了一直放在壁

[1] 爱德华·韦斯顿（Edward Weston，1886—1958），美国摄影家。

橱里的一块纳瓦霍地毯，让这里更有了家的感觉。

他在蒂沃利遇见的第一批人包括一位教授，罗素·卡特勒，还有他的妻子克莱尔，一个口齿不清的热心女人。她总说“偷偷告诉你”。略微加强着语气。卡特勒写过一些学术书籍，但目前正在写一本侦探小说，并不是那么轻松。他的妻子每一页都读，然后画掉她不赞同或者认为存在性别歧视的部分。她有着修长的脖子和手臂，鲍曼来吃饭的那个晚上，纱丽从她的肩头滑落下来。房子里放了一张大餐桌，铺着深绿色的印花桌布，她誊写了菜单，不辞劳苦地准备了两种酒、两种作为甜点的水果挞。她的朋友凯瑟琳也被邀请前来，她长了一张醒目的猫科动物的脸，一心只忙着帮女主人做事。在餐桌上她倒不是不愿意说话，但她总是专注地听鲍曼说的每一个字，好像在等待什么趣闻似的。

“克莱尔说你是个编辑。”她终于鼓起勇气说。

“是的。”

“图书编辑？”

“是的，编书。”

“那样的生活一定很精彩。”

“也是也不是，你做什么工作？”

“哦，我在这里只是个秘书，巴德学院的。但我喜欢纽约，一有机会就去那里。”

她不知何故降落在巴德学院。离婚后她去了纽约，那是她向往已久的事，但没能找到喜欢的工作。她住在一个朋友家，一个法国女人，是个画家，曾对她说，如果你来纽约，一定要跟我住在一起，但当凯瑟琳搬进去的时候，她说她必须收一些房租。

“是的，当然。”凯瑟琳说。

这是她对一切问题的回答。在休斯敦，有人搬走了家具。是的，当然。她有一种贵族式的性情，对厄运不予理睬。她是个模范秘书，衣着考究，乐于助人，很有效率。这是她的容貌及其暗示的可能性。她热爱闲谈，喜欢模仿别人。她记得所有事。虽然看上去她的主要兴趣是吃喝打扮，但她真正的爱好是书。她爱书，没有人比她更爱书。她每周读两到三本。她总从书店带一包书回家，一边脱鞋一边就读起来。一直到她同屋的女孩黛博拉练完管弦乐很晚才回来时，她还在读。她对待自己的生活像对待一场悲喜剧，但对待写作严肃认真。她秘不示人的梦想是成为一名作家，但她从来没有提起过这件事。

第二天早上，在德国城一家小杂货店里，鲍曼看见她站在一条狭窄的过道上。他差点没认出她来。她看起来更年轻了。他打了声招呼。

“昨晚在卡特勒夫妇家很愉快，”他说，“你玩得开心吗？”

“哦，是的。你太有意思了。”

“是吗？我没觉得。你要买什么？”

“我不知道。我连单子都没列。”她充满歉意地说。

“天气真好，不是吗？”

“感觉像是夏天。”

“我也没什么计划。你有什么安排吗？一起吃午饭吧。”

“哦，好的！”她大声说，“我们去哪里呢？”

只有几个选择，最后他们去了红鱼钩，一家小餐厅。那里只有几个人。他们坐在一个隔间里。她一边看菜单，一边把脸颊的肉往嘴里吸，一副老练的神情。

“你在干什么？”他问。

“什么？”

这时，他发现她自在多了。

“我要腌牛肉碎，”他说，“你是怎么认识卡特勒夫妇的？”

“哦，你说克莱尔。我跟她是在一次讲座上认识的。三位教授在阐述华莱士·史蒂文斯的诗。事后我问她是不是听懂了。她说，偷偷告诉你，几乎一个字都没听懂。”

“是的，偷偷告诉你。她丈夫怎么样？”

“罗素？他对所有事都一窍不通。他喜欢自己酿酒。”

“是我们喝的那个吗？”

“哦，不是。他的酒没法喝。你会吐出来的。”

“你从哪里来的，凯瑟琳？”

“哦，俄克拉何马州一个小镇，你没听说过的，名叫雨果。”

“你在那里长大吗？”

“嗯，是的，”她说，“但我高中毕业那天就离开了，去了纽约，我遇到了一些小变故。”

“怎么回事？”

“我结婚了。那时我十八岁，嫁给了我遇到的第一个男人。他长得很帅，但结果是个瘾君子，一个可怕的瘾君子。我当然没有意识到，我才十八岁，但事实就是这样。他失去了所有钱，他父亲给了他很多很多钱。我们住着一座大房子，不得不搬走。我们曾经有四个帮佣，还有一个园丁，睡在车库里。”

听起来像是杜撰，至少有一部分是编的，但他还是决定相信。

“哦，天哪，他们都是麻烦，”她说，“女佣的男朋友是个墨西哥大块头，他把他的皮卡开到后门，然后从冰柜里拿肉装进去。我当时很怕他。每次回家看到那辆车，我都会掉头离开，至少半个小时。我不想去抓他们。太可怕了。我唯一喜欢的是那个管家，有一天她跑去了佛罗里达，从一个购物中心给我打电话，说她们只剩下八美元了，她的女儿参加了佛罗里达小姐的竞选。说如果我能给她们寄点钱，她保证会还的。”

举手投足间，她对自己的美貌颇为自觉，那也的确是事实。她停顿了一下。

“你结婚了吗？”她不以为意地问道。

“哦，很久以前结过。离婚很多年了。”

“出了什么事？”

“什么也没发生，真的。我是说，从我的角度看。她可能有些委屈。”

“她是做什么的？”凯瑟琳问。

“你是指工作？她不工作。她也不读书，这是原因之一。”

“你不觉得那样的人很奇怪吗？她叫什么名字？”

“她叫薇薇安。”

“薇薇安！”

“薇薇安·阿穆森。很漂亮。”

她感到一阵不愉快的刺痛，甚至是嫉妒。那是无意识的。

“阿穆森，”她机智地说，“像那条河[1]。”

“不，有两个s。”

她感到他已经意兴阑珊。

“你很忙吗？”

“你是说今天？我有些工作。”

“我有成千上万的事要做。”

“我不该再耽误你了。”他说。

“哦，你没有耽误我。我只是担心你无聊。”

“你没有让我觉得无聊，一点都没有。”

“话说，你要去听苏珊·桑塔格的讲座吗？”

“什么时候？”

“在学院。就今天晚上。”

“我没想好。你要去吗？”

“是的。”

“或许我会去那里跟你见面。”

[1] 阿穆森（Amussen）和亚马孙（Amazon）的发音听起来很像。

她已经在考虑穿什么衣服了。她选定了一套夏季连衣裙。

“你觉得饭菜怎么样？”他付账单的时候她问道，“给你，让我付自己那一半。”

她找出钱包，但他用手按住了钱包和她攥在手里的钱。

“不，不，”他说，“这是我的午餐。出版人总是为午餐埋单。”

他们站在那里的时候，她感觉很好，仿佛可以拥抱自己。她觉得他喜欢她，男女之间的喜欢。这是毋庸置疑的。她觉得她或许能成为他的伴侣，虽然最后他显得相当唐突——这可能是因为她还并不真正了解他。

白天天气很暖和。外面天还亮着，人们陆续走进来寻找空位。演讲厅座无虚席。一只手在观众中间挥舞着，像一只孤零零的鸟从鸟群中起飞。她帮他占了座位。苏珊·桑塔格在一片掌声中走上台来，是个浑身黑白色的戏剧性人物——黑裤子，乌黑的头发中间流淌着一大绺白发，一张大胆而犀利的脸。她谈了半个小时电影。很多学生在做笔记。凯瑟琳聚精会神地坐着，一边倾听，一边微微抬起下巴。最后，他们离开的时候，她推心置腹似的问他：

“你觉得怎么样？”

“我想知道那些女孩子在记什么。”

“她说的一切。”

“我希望不是。”

就在外面，他们遇见了克莱尔，她愉快地微笑着。

“是不是很棒！”她呼喊道。

“真是一场精彩的演出。”鲍曼同意道。他说，他想喝一杯。

“我能跟你们一起吗？”克莱尔心领神会地问。

“当然。”他说。

他们分乘两辆车，克莱尔载着凯瑟琳，去了马达林酒店，它位于蒂沃利城中心，有一个不错的酒吧。鲍曼在她们之后到达。他把车停到了两个街区之外自己的房子前。

那是个周末的晚上，人很多。克莱尔继续谈论苏珊·桑塔格。他们到底如何看待她，她的意思是鲍曼怎么看。

“她是个《旧约》里的人物。”他说。

“她是个如此强大的人。你都能感觉到。”

“所有强大的女人都会引发焦虑。”他说。

“你真的这么认为吗？”

“这不是我怎么认为的问题。人人都这么想。”

“你也是吗？”

“男人都会。”他说。

她有点沮丧，这听起来有点大男子主义。

“我认为关于电影，她说了很多有意思的事。”

“电影。”他说。

“是这个世纪最顶级的艺术。”

“是的，我听到了。我想这是真的。听起来有点极端。”

“但你难道就没有真正为哪部电影心荡神迷过吗？你总是记

得的那种。”

他在听，现在他能清楚地听到，s上有一个轻微的th音，好像她的舌尖没有及时移开。她说的是“心荡森迷”。

“她说如果瓦格纳出生在今天，会是一个电影导演。你不觉得很神奇吗？”

“用神奇形容不太恰当。我想知道她为什么选瓦格纳。她跳过太多人了，她跳过了莫扎特。”

“是的，我想是的。”克莱尔同意道。

“舞蹈比电影更重要。”他说。

“你是说芭蕾舞？”

“不，就是跳舞。如果你会跳舞的话，你会很快乐。”

“我现在明白了，你在开玩笑。”

“没有。”

他们继续谈天喝酒。凯瑟琳很恼火克莱尔和他们一起来了，还说个没完没了。哦，克莱尔！她说了好几次，要么就不理她。酒吧里的喧闹声震耳欲聋。

克莱尔换了个话题。

“你都喜欢什么？”她问鲍曼。

“我喜欢什么？”

“是的。”

“为什么这么问？”

“我不知道。”

“我喜欢建筑、绘画。”

“我是指在私人层面。”

“什么意思，私人层面？”

“女人呢？”

片刻之后，他开始大笑。

“有什么好笑的？”

“是的，”他说，“我对女人感兴趣。”

“我只是问问。凯西应该结婚了，你不觉得吗？”她评论说。

“这两件事有什么联系吗？”

“哦，老天，克莱尔，你在说些什么？”凯瑟琳说。

“你是个如此迷人的女人。”克莱尔说。“不，说真的，”她对鲍曼说，“你不觉得吗？”

“你让她难为情了。”

他生气了。他想，这是个冷酷无情的女人，而且没什么幽默感。他想知道是什么东西把她们两个连接在一起的。女人之间总有一些隐秘的共鸣。

“你同意，对不对？她很迷人。”

他看着凯瑟琳。

“是的，我承认。”

克莱尔去洗手间的时候，凯瑟琳向他道歉：

“我非常抱歉。她真是疯了。你能原谅我吗？”

“你没做错什么。”

"她不能喝酒。他们只有那种糟糕的酒。我真的很抱歉。"

"没关系，真的。"

"无论如何，我只想说……"

克莱尔回来了。

"嗨，接着说。"她说。

"别再犯傻了。"凯瑟琳不满地低声说。

"什么？"

"可以走了吗？"

"怎么了？我还没喝完呢。"

"我已经喝完了。"

"我看见了。"

"反正我也要走了。"鲍曼说。

"这么快？"克莱尔说。

凯瑟琳什么也没说，脸上露出一副听天由命的表情。

"晚安。"鲍曼对她们说。

他穿过人群走出酒吧。马路对面有一群人，正在餐厅外等位，另一些人刚走出来，正在到处游荡。天气很暖和。什么地方播放着音乐。两个女孩坐在人行道的一块大石头上，抽着烟聊天。路上车水马龙。

一个小时后，他已经换上了睡衣，传来了敲门声。

"谁？"

又轻轻敲了敲。

他打开门,凯瑟琳站在那里。他看出来了,她一直留在酒吧里。

“我必须过来道歉,”她说,“我太丢脸了。我把你吵醒了,是不是?”

“不,我还没睡。”他说。

她感觉他看她的眼神相当冷漠。

“我只想让你知道,不是我让她那样做的。”

“我没有那样想。”

“我想今晚就告诉你。”

“你自己能平安回家吗?”

“是的。”

“你确定吗?”

“是的。”

她意识到这是一个错误。她不知道该说什么,晃了晃手指,做出一个愚蠢的再见的手势,然后快步朝门口走去。

29 一年将尽

缺少了她，缺少了她对某种与众不同的生活的向往，这座小镇会变得索然无味。她对以前的生活厌倦了。虽然她大部分时间都保持着高昂的情绪，但那里的种种经历却并不愉快。她跟一个来访的人类学家有过短暂的恋情，他过来教一周的书，第一天就遇到了她。这件事她对鲍曼只字未提，她对他的忠诚是属于更深层次的，况且那件事只从周一持续到周五。她已经后悔了。鲍曼有天晚上过来接她时，偶然发现了一本书，是那个人类学家送给她的，他自己的著作，上面有一段粗俗的题词。她梳妆打扮的时候，他对着题词沉思，但当她出来的时候，他合上书，一句话也没说。

她一有机会就去纽约，和她的法国朋友娜丁待在一起，倾听她在恋爱中的悲惨遭遇。罗伯特·马瑟韦尔[1]想让她做情妇，但她坚持要结婚，所以事情无疾而终。她当时有个丈夫，但正在离婚。

[1] 罗伯特·马瑟韦尔（Robert Motherwell，1915—1991），美国表现主义画家。

“这是我一生的错误，de tout ma vie[1]，”她带着轻微的口音说，“如果答应了，还能比现在更糟糕吗？至少我拥有爱的回忆，那些 souvenirs[2]，这样一来，我既没了丈夫，也没了回忆。”

她五十二岁了，但表现得好像更年轻。

“我年轻的时候太天真了，”她说，“你不会相信。我结婚的时候只有十九岁。那时候我什么都不懂，绝对什么都不懂。”

她说，当她丈夫说自己没准备好做爱的时候，她不明白是为什么。

“年轻时我以为它一直是硬的，”她嘲笑着自己的天真，“但我学到了一件事，一件最重要的事。”

“真的吗！”凯瑟琳说，“什么事？”

“你真想知道吗？”

“是的。告诉我。”

“永远不要把最好的给男人，”娜丁说，“否则他们会期待你一直那样。”

“是的，那刚好是我犯的错误。”

“你永远没法放松下来，”娜丁说，“当然了，有时候人就是控制不了自己，但这绝不是件好事。”

他们喝酒吃生蚝的时候，凯瑟琳把这一切都告诉了鲍曼。她

[1] 法语，意为“我整个一生”。
[2] 法语，意为“纪念，纪念品”。

向他吐露心事。她喜欢跟他说话。

“你想过要写作吗？”她说。

“没有。身为编辑，你必须反其道而行。你必须向别人写的东西敞开心扉。这不是一回事。我也能写。一开始我想做记者。我可以写封面推荐语，但写不出真正发光的东西。要做到那一点，你必须能把其他人的作品关在心房外。”

“你有最喜欢的作家吗？”

“你的意思是？”

“你工作中遇到的那些作家。”

过了一会儿，他说：

“有。”

“谁？”

“嗯，我最敬重的作家生活在法国。她在那里生活了很多年。我只能偶尔见到她，但每次都很愉快。就像人们说的那样，她是位真正的作家。”

“她一定很了不起。”凯瑟琳终于说。

“是的，专注而优秀。”

“她是谁？”

“莱蒙德·加利斯。”

凯瑟琳知道这个名字。她被它击垮了。那像是一个迷人到无法形容的女人的名字。如果能认识她，或者认识她们当中的任何一个，那就太好了。然后，某晚的餐桌上出现了哈罗德·布洛基[1]，他写了一部关于性高潮的长篇小说。哈罗德·布洛基！她等不及要告诉克莱尔。

或者告诉她去弗里克美术馆的事。

她穿了一双红色的新鞋子，对她来说太紧了。她不得不去洗手间脱下来休息一下。

“你喜欢吗？”当他们准备离开的时候，他问道。

“喜欢。真是太美了，”她说，“还能学到很多东西。”

“比如说？”

“我不知道。你能学到有人给你画肖像时，你该穿什么衣服。你可以学着怎样去抱着一条狗。”

他不以为然地看着她。

“你知道，我对艺术一无所知，”她说，“我只知道你跟我说过的那些事。”

她不是在开玩笑。她喜欢男性的权威，尤其是他的权威。

“娜丁知道我们去弗里克美术馆一定很惊讶。她以为我只会去酒吧，拉起裙子坐在那里。”

他们一起走到外面的黄昏中。她挽着他的手臂。天空是深沉欲雨的蓝色，天光几乎散尽，但云彩依然散发出光泽。大街上，还有公园另一端，每幢建筑的窗户都亮起了灯。

深秋时节的一个周五，她去阿尔冈昆酒店的酒吧见他，他很

---

[1] 哈罗德·布洛基（Harold Brodkey，1930—1996），美国作家。

喜欢去那里。酒吧是个小房间，更像个俱乐部，就在前台后面，那个时间通常人很多。酒店好像正在举办一场盛大的聚会，喧嚣声溢出电梯和房间，让酒吧看上去像个避风港，虽然也坐满了人，但安静多了。很多穿西装打领带的男人。她刚读完玛格丽特 · 杜拉斯，《情人》，第一次读，正滔滔不绝地谈论这本书。

“哦，天呐，那个女孩的形象是不是能要了你的命？穿着一件茶褐色的丝绸连衣裙，站在渡口上。那就是她，玛格丽特·杜拉。”

“杜拉斯。”鲍曼说。

“杜拉斯？你是这样读吗？”

“是的。”

“我以为在法语中最后那个 s 不发音。”她抱怨道。

他不由得被她触犯了。

“鲍曼？”他听见身后有个人大声说，“是你吗？”

随后传来一阵咯咯的笑声。

“老天爷啊！”鲍曼惊呼道。

“对不起，先生，你是菲尔 · 鲍曼吗？”

细胳膊细腿，咧嘴笑着，上了年纪，挺着个大肚子，正是金梅尔。鲍曼身体里涌起一股莫名的暖意。

“你看，我就说嘛。”金梅尔对身边一个金发女人说。

“你怎么在这里？”鲍曼说。

金梅尔又咯咯笑着，松开双臂，笑得弯下腰。

“金梅尔，你到底在这里干什么？”鲍曼又说，“我简直不敢相信。”

“这是谁？”金梅尔说，对他的话置若罔闻，“是你女儿吗？你父亲和我过去是船友。”他转身对金发女人说：“唐娜，来见见我的老朋友，菲尔·鲍曼，还有他女儿——对不起，我还不知道你的名字。”他说，魅力十足地笑着。

“凯瑟琳。我不是他女儿。”

“我猜也不是。”金梅尔说。

“我叫唐娜。”女人自我介绍道。

她有一张迷人的脸，但对于她的腿来说，个头有点太大了。

“你在纽约干什么？你在哪里生活？”鲍曼问。

“来出个小短差，”金梅尔说，“我们住在劳德代尔堡。本来在坦帕，但后来搬走了。”

“我前夫在坦帕。”唐娜说。

“告诉他们你跟谁结过婚。”金梅尔说。

“哦，他们不会想听这些的。”

“想听，他们想听。她嫁给了一个伯爵。”

“我那时二十八岁，”她对凯瑟琳说，“我还没结过婚，然后在博卡拉顿遇见了那个高大的家伙，他有一辆保时捷。他是德国人，有数不清的钱。我们就这样开始了，我想，有何不可呢？我父亲差点跟我断绝关系。他说，他在那边千方百计干掉德国人，然后我在这边嫁了一个。结婚后我才发现他根本没什么钱——有钱的是他母亲。她只对我说德语。我努力学习德语，但你知道，根本学不会。他人不错，但这场婚姻只维持了大概两年。”

“然后你们两个就认识了？”鲍曼说。

“不，不是立刻。”

“唐娜有段时间和州长关系很密切。”金梅尔说。

“嘿。”她说。

“维姬怎么样了？”鲍曼问。

“维姬？”

“圣地亚哥的那个。”

“你知道吗，后来我去见她了，”金梅尔说，“我看出来这事行不通。她对我来说太小资情调了。”

“小资情调？”

“她父亲还是个杀手。”

他转向凯瑟琳：

“我不知道你爸爸，他有没有给你讲过战争期间他在太平洋上神气活现的日子？当时我们正准备进攻冲绳岛。每个人都在写诀别信，但邮政被切断了。每个人都很绝望。副舰长说，鲍曼先生！船就靠你了。去把信取回来！就这样。像致加西亚的信。”

“致谁的信？”唐娜说。

金梅尔咯咯笑了。

“问他。”

然后，他变得严肃起来。

“告诉我，菲尔，你这些年在干什么？”

“我是个编辑。”

“我以为最后你会指挥舰队。你知道吗，你一点都没变，除了你的外表。”他说。

“那件事是真的吗？”唐娜说，“眼前这位直接从船上被炸下去了？”

“从三艘船上，”金梅尔说，“创了一个纪录。”

“准确地说你不是被炸下去的。”鲍曼说。

“整艘该死的船都在爆炸。”

“不过，我们设法把它弄到了港口，布劳内尔和我。”

“布劳内尔！”金梅尔惊呼。

他看了看表。

“嘿，我们马上得走了。我们买了演出的票。”

“你们要去看什么？”凯瑟琳说。

“我们要去看什么？”他问唐娜。

“《艾薇塔》[1]。”

“就是那个。见到你太高兴了。”

他们握了握手。走到门口时，金梅尔松松地挥了挥一只手臂道别。再见，唐娜挥着手。

就这样，他们消失了。所有的一切倏忽而至。过去好像就在

[1] *Evita*，又译《贝隆夫人》，是由安德鲁·劳埃德·韦伯、蒂姆·莱斯和哈罗德·普林斯联袂打造的音乐剧，1978 年在伦敦首演，1979 年在纽约百老汇上演。

他脚边，一个被遗忘的过去。他奇妙地感到焕然一新。

“那是谁？”凯瑟琳说。

“那是骆驼。”鲍曼说。

他忍不住笑了起来。

“骆驼？”

“那是布鲁斯·金梅尔。是我在船上的室友。船员都叫他骆驼。他走起路来像头骆驼。”

“你参加过海军，”她说，“我不知道这事。战争期间吗？”

“是的，我们俩都是。”

“那是怎样的？”

“很难解释。我实际上想过留在海军。”

“我喜欢听你和骆驼讲话。你认识他很长时间了吗？”

“相当长一段时间。在一场大进攻期间，他直接从船上跳到了大海中央。那是我最后一次见到他。”

“一直到今晚？太不可思议了。”

娜丁期待着有朝一日和鲍曼见面。圣诞节前几天，凯瑟琳要进城和他一起参加一个聚会，她希望这不仅仅是场聚会。事情看起来在朝正确的方向发展。她知道，他没有别的约会对象，圣诞节就像嘉年华，在聚会上什么都有可能发生。圣诞节的聚会不同于其他聚会，它们有更多快乐，更多温情。

天气预报说，她来的那天要下雪，这让一切看起来更完美了。

也许聚会后她没办法回娜丁家了。早上她会穿着他的睡袍，他们一起看着窗外被白雪覆盖的城市。

大雪来临，每个人都早早收工。她匆匆忙忙赶回自己家。雪已经开始往下落了。她万万没想到它会成为一个障碍。黛博拉进来宣布说，路上的雪有两三英尺厚，四点发车的巴士已经延误了。一个小时后，凯瑟琳不得不打电话，说她不能去城里了。

“哦，天啊，”她委屈地说，“太糟糕了。”

“就是个聚会而已，”鲍曼说，对所有那些算盘一无所知，“没那么重要。”

“不，很重要。”她悲叹道。

她伤心欲绝。什么都安慰不了她。

那天晚上，纽约下着大雪，一场暴风雪的开始。客人们都迟到了，有些已经决定不再前来，但依然有很多人。卧室里堆满了大衣和女人们的靴子。现场弹奏着钢琴。有人说，巴士已经暂停服务。房间里都是有说有笑的人。大盘大盘的食物被放在一个对着厨房的长餐台上。一整只火腿浇满了厚厚的褐色酱料，被一片一片切下来吃掉。电视上，两个播音员，一男一女，正在跟踪暴风雪的最新进展，但周围一片嘈杂，听不清他们说了什么。外面的雪越来越大，一种奇怪的不真实感浮现出来。几乎看不清马路对面。在不断变幻的白色帷幕中，只能看到公寓模糊的灯光。

鲍曼站在窗边。他正在被过往那些圣诞节的魔咒所召唤。他想起了战时的冬天，在海上，远离家园，船上的武装部队电台播放着圣诞颂歌，《寂静的夜晚》[1]，每个人都陷入沉思。深深的思乡之情和无望的期盼，那是他此生最浪漫的圣诞节。

有个人站在他身后，也在默默地看着。是安·轩尼诗，她曾是鲍姆的助手，现在是一名公关。

“圣诞的雪。”鲍曼说。

“很美妙，对吧？”

“你是说小时候吧。”

“不，一直都是。”

厨房里，人们在大笑。一个英国演员刚到，穿着皮毛领大衣，结束了他最后一场演出。主人过来欢迎他，同时向那些担心再晚就回不了家的客人们道别。

“我想我得自己先走了，在情况变得更糟之前。”鲍曼决定。

“是的，我也这么打算。”她说。

“你怎么走？我来看看能不能叫到一辆出租车，顺路带你回去。”

“不用，没关系，”她说，“我坐地铁。”

“哦，我觉得你今天晚上不应该坐地铁。”

“我一直坐地铁。”

“可能会有延误。”

---

[1] “Silent Night”，通常译为《平安夜》。

“我会提前一个街区下车。”她说，好像在让他放心。

她去向主人和他的妻子道晚安。鲍曼看到她去拿大衣。她从一只袖子中抽出一条彩色的丝巾，熟练地绕到脖子上。她戴上一顶毛线帽，把头发塞进帽子。他看到她走进大厅时竖起衣领。他站在窗边，看到她的身影出现在街上，但她显然在沿着墙根走，独自一人向前。

其实她并不孤单。多年来，她一直跟一个已经放弃行医的医生纠缠在一起。他很聪明——她永远不会被一个不聪明的人吸引——但是不稳定，情绪变化无端。他陷入狂怒，然后又苦苦哀求她的原谅。这耗尽了她的感情。她是一个来自皇后区的天主教女孩，一个乖巧伶俐的学生，年轻时很害羞，但沉着冷静，对他人的看法漠不关心。和医生的关系给她带来了巨大的压力，迫使她辞去了鲍姆助理的工作。她没有解释原因。她只是说，这份工作已经超出了她的能力范围，鲍姆很了解她，接受了她的辞职。她自己的生活遇到了麻烦，这是一个明显的事实。

鲍曼对此一无所知。他只感到和她有一种奇怪的联系，也许是因为这个场合的多愁善感，也许是因为她身上有一种他以前从未见过的风度。要是没有目送她离开、没有看见她走出大楼就好了。雪还在下，有人正在呼唤他。

30 一场婚礼

1984年夏天，一个星期天的下午，阿奈和埃文·安德斯结婚了，一位纽约律师和他的委内瑞拉妻子所生的儿子，比阿奈大四岁，遗传了母亲的黑发和灿烂的笑容。他拥有数学学位，但决定追求自己的夙愿，去成为一名作家。他同时做一份酒保的工作，正是在这段冒险生涯期间，他和阿奈决定结婚。他们已经交往一年多了。

婚礼在布鲁克林几个朋友的花园里举行。阿奈不信教，更不是希腊东正教徒，但出于对她父亲的尊重，婚礼包含了希腊仪式的若干细节。他们会像希腊夫妇那样每人戴一顶小礼冠，婚戒戴在右手而不是左手手指上。除了新郎新娘的父母之外，还有十五六位客人，伴郎是新郎的弟弟汤米，女傧相是索菲。其余的是一些年轻的夫妇和几个单独前来的年轻女人。那是一个温暖的午后，一张桌子靠墙摆放，上面放了一壶壶冰茶和柠檬水。招待会结束后还有酒会。几个女人一边等待，一边用手扇着风。

威廉姆·安德斯和他的妻子弗洛尔非常喜欢阿奈。他觉得她有点保守，但说不定只在他面前这样。他是一位极其正直的律师，不是个鲁莽行事的人。他是大宗财产的受托人，拥有一些代理了很多年的客户，跟他们是朋友，但对他儿子的女朋友，自从暴露了一切的第一眼开始，他们之间就似有感应。他本可以自己选择她的，或许她察觉到了这一点，然后有所警觉。但是那天在婚礼上，她回望他的眼神在他看来毫无顾忌。

几位客人已经坐到了成排的椅子中间，包括克莉丝汀和她的丈夫。她戴着一顶宽檐帽，帽檐在她脸上投下阴影，她穿一件印花裙子，图案看起来像蓝色的树叶。她吸引了所有人的目光。在婚礼聚会的照片上，她看起来只有三十多岁，一只脚朝前地站着，好像一个模特。实际上她四十二岁了，还没有完全准备好把舞台让给年轻人。

现场播放着音乐录音，一首弦乐四重奏。阿奈通常讨厌弦乐四重奏，但又感觉那一首适合这个场合，不管怎么说，她待在屋子里，几乎听不到。汤米穿过房子走进花园的时候，瞥见她正待在一个房间。她站在那里穿上她的白色婚纱，人们正在把婚纱别好。她太投入、太紧张了，没有注意到他，也没有冲他笑，但她为自己能在父母面前结婚而感到骄傲，尤其是她母亲，她跟她关系不和已经很久了，虽然到目前为止，大部分事已经被忘记，或者说不再被提起。

回到肯尼迪机场的时候，克莉丝汀去接她。在出租车里，她们坐在一片紧张的沉默中。克莉丝汀强压着怒火。倒不是因为她觉得自己的女儿无辜，虽然在某种程度上她确实无辜，而是因为她从未想象过如此卑鄙无耻的事：阿奈和自己的前男友睡到了一起。最后她说：

“来吧，告诉我这是怎么回事。我知道发生了什么，但是我想让你亲口告诉我。”

“我现在不想说。”阿奈用压抑的嗓音说。

“去巴黎是谁的主意？你的吗？”

阿奈没有回答。

“在这之前，事情发生多久了？”克莉丝汀质问道。

“什么也没发生。”

“什么也没发生？你觉得我会相信吗？”

“是的。”

“那他为什么丢下你？发生了什么事？”

“我不知道。”

“你不知道。好吧，我知道了。”

阿奈默不作声。

“他想证明你是个小婊子，他用不着费太大力气。你知道吗，他比你大三十岁。他做了什么？告诉你他爱你吗？”

“没有。”

“没有。还有其他人知道这件事吗？”

阿奈摇了摇头，哭了起来。

“你真蠢，”克莉丝汀说，“你是个愚蠢的小女孩。”

那是六年前的事了，现在，她父亲走进来问她是否准备好了。他要在婚礼上交出她，他被她挽着胳膊，和她一起走进花园。当他们站在一起的时候，四重奏的音乐停止了，转而响起了《婚礼进行曲》那熟悉的开场旋律。所有人都转头看向阿奈，她一袭白衣，和她父亲一起从屋子里走出来，几乎有着神奇的魔力。她感觉自己的下唇在发抖，但她脸上有一种平静甚至喜悦的神情。她把头低下去，控制着自己。当她走向那个即将成为她丈夫的人时，他正冲着她微笑，索菲也在微笑，几乎每个人都在微笑。

仪式到了礼冠的环节，它们看上去是由丝缎编织而成，缀着飘带，牧师说：

“哦，主啊，请求你用光荣和荣耀为他们加冕。”

他们戴上礼冠，然后交换了它们，又同样交换了戒指，三次，从新郎到新娘，又从新娘到新郎，以象征他们交织在一起的生命，每个人都凝神无声地看着。最后他们一起喝了酒，丈夫和妻子同饮一杯。人们纷纷鼓掌、祝贺和拥抱，然后聚会转向室内。那里，香槟和晚宴已准备就绪。

31 永无止境

多少是出于一时冲动，他问她想不想跟肯尼斯·威尔斯还有他的妻子一起吃晚饭，两个人她都没有见过。威尔斯过来待几天，谈一本他正在写的书，打破一下乡村生活的沉寂。这看起来是个合适的场合。

“你见过他们吗？”鲍曼说，“我觉得你会喜欢他们。”

他一直没办法掩饰，他已经喜欢安一段时间了，他不确定有多强烈。但他不想要一桩风流韵事，一段插曲。他们的工作关系太密切了，不能那样做。他觉得那太鲁莽了。但另一方面，她就在那里，如同他现在看到的，穿着高跟鞋，举止安静，放任他去想她。

那天晚上，她穿着黑色长裤和白色褶边领衬衫出现在餐厅，当她来到他们身边时，威尔斯站起来，像个听话的小男生。

“我喜欢你的书。”她对他说。

米歇尔·威尔斯在喝一杯葡萄酒。威尔斯点了一瓶老式的波本威士忌。

“那是什么？”安问。

他简单地描述了一下。

“我父亲过去常喝这些东西。”他解释说。

“我也想尝尝。”

“你喝这种酒吗？”他有些高兴地问。

“没有，这是第一次。”

“我有阵子没听说过这种酒了，”威尔斯说，“其实，我父亲去世的时候喝的是苏格兰威士忌。他犯了心脏病，有天晚上，他要求喝杯酒。他想喝杯加水的苏格兰威士忌，然后问护士愿不愿意跟他一起喝。他们喝着酒，聊了一会儿，喝完后，我父亲对她说，何不再来杯送行酒[1]呢？她倒上一杯，他喝着喝着就死了。”

另一个女人的在场让威尔斯有些亢奋。他梳着灰色背头，戴着眼镜，颇有些日耳曼风格。在查塔姆，晚上没有太多事做，除了看电视。

那段时间他们在看《故园风雨后》[2]，米歇尔说：“扮演塞巴斯蒂安的演员真棒。”

威尔斯下了句粗俗的评语。

---

[1] One for the road，意为“送行酒”“临行前最后一杯”。

[2] *Brideshead Revisited*，一部1981年的英国电视剧，改编自伊夫林·沃1945年的同名长篇小说，由杰里米·艾恩斯和安东尼·安德鲁斯主演。该剧2007年被《时代》杂志列入“史上百部最佳电视剧”，2010年被《卫报》评为“史上五十部最佳电视剧”第二名。

“我本以为这是个身体干净、头脑干净的夜晚。”她说。

“啊，是的，我想起来了。”他附议道。

其实她私底下喜欢下流话，如果再带点文学或历史风味就更好了。有时他把她的阴道比作法租界，然后就从那里说开去。他说，他在看见他妻子之前就爱上了她。在隔壁挂起来晾干的床单下面，他看见了一双腿。

“你永远不知道他们会被什么东西吸引，”米歇尔说，“然后，我们就跑到墨西哥去了。”

服务生拿来菜单的时候，威尔斯摘下眼镜，以便能看得更仔细。随后，他问了一系列关于菜肴及其烹饪方式的问题，不愿匆促下决定。他的质朴和风度中有某种东西，使得他能够这样做。

“诸位想喝什么，红葡萄酒还是白葡萄酒？”鲍曼问。

一致决定喝红葡萄酒。

“你们最好的红葡萄酒是什么？”

“阿玛罗尼[1]。”服务生说。

“我们来一瓶。”

“很好的葡萄酒，”威尔斯说，“产自威尼托，那可能是意大利最文明的地区。几个世纪以来，威尼斯一直都是世界上最伟大的城市。当伦敦还是一片肮脏混乱的时候，威尼斯就是个女王。

[1] Amarone，产自意大利北部威尼托大区瓦坡里切拉的珍酿葡萄酒，由风干葡萄酿造，风味凝练饱满，香气独特。

莎士比亚把他的四部戏剧设定在了威尼斯，《奥赛罗》《威尼斯商人》《罗密欧与朱丽叶》……”

“《罗密欧与朱丽叶》，”安说，“不是在维罗纳吗？”

“这个嘛，维罗纳就在附近。”威尔斯说。

食物上来的时候，他把所有的注意力都转到了自己的盘子上。他吃起东西来像个被款待的神父，一边嚼一边回应。

“我还没去过威尼斯。”安说。

“你没去过？”

“没有，从来没有。”

“应该一月份去。人不多。另外，看画的时候带把手电筒。那些画都在教堂里，没有真正的灯光。你可以投一枚硬币，然后得到一些光线，但只能维持大概十五秒。你一定得有自己的光源。还有，不要住在朱代卡岛，到哪都很远。如果你们去的话，告诉我，我会告诉你们去看哪些东西。最好的东西是墓地，佳吉列夫[1]的墓。”

似乎每个字都让安着了迷。

“佳吉列夫的墓不是最好的东西。”鲍曼说。

“好吧，差不多是了。我跟你们玩个游戏，巴黎最好的东西，罗马最好的东西，阿姆斯特丹最好的东西。获胜者会有奖品。”

“奖品是什么？”

[1] 谢尔盖·帕夫洛维奇·佳吉列夫（1872—1929），俄国艺术评论家、赞助人、俄派芭蕾舞创始人。

奖品是安·轩尼诗，威尔斯暗自想到，但远没醉到把这句话说出口。

这是一顿相当合意的晚餐。阿玛罗尼甘美醇厚，他们又点了一瓶。安的脸闪耀着光芒。她是这个夜晚的催化剂。鲍曼以前没有注意到她的双手如此优雅。他看出来，她一定做过鲍姆的情妇，虽然她身上有种品质抗拒着这种猜疑。他光看就能知道她做过。后来他发现自己错了，那时他们都站在黑漆漆的街上做长长的告别，她的双手紧握在一起，放在身体前，像个小女孩一样，某种东西，一种勃勃的生气，从她身上散发出来。他招手叫了一辆出租车，她在他前面上了车，一句话也没说。

“今晚过得很愉快。”车子开动的时候他说。

她沉默着。

“你今晚很迷人。”他说。

“是吗？”

“是的。”

过了一会儿，她开始在包里翻找钥匙。

她的公寓在简街。大楼没有门卫，只有两扇上锁的玻璃门。

“你想上来吗？”她出人意料地问道。

“好的，”他说，“就待几分钟。”

她住在三楼，他们步行上去。电梯出了故障。他们迈进公寓的时候，她打开灯，脱下外套。

“你想喝点什么吗？”她说，“我这里东西不多。我想只有一点苏格兰威士忌。”

“好的。喝一点点。”

她找出酒瓶和一个玻璃杯，但没给自己拿。她为他倒了一杯酒，然后远远坐到沙发另一端。这时他看出来，她有点醉了，但裤子跟褶边领衬衫又让她恢复了一些简洁的神采。她坐在那里看着他，她想说些什么。她有些话想说，但没有说，只是沉默地坐着。鲍曼感觉有些不自在，怀着随便做点什么的愿望，他在沙发上靠过去，平静地吻了吻她。她似乎考虑了一下。

“我该回家了。”他说。

“不，不要，”她说，“你可以……”她没把话说完。“别走。”

她伸手脱掉鞋子。她的直觉告诉她，不要去抱他。那样做会让她感觉不舒服。她站起来，不慌不忙地走进卧室。他感觉她就要躺下晕过去了。几分钟后，他走到卧室门口。

“能跟我一起躺会儿吗？”她说。

春天和秋天的大多数周五，他都会在猎人角车站的站台上搭乘早班火车。火车进站的时候，他走回到车厢尾部的位置。时间是四点差一刻，那里没几个人。有一位老人穿着亚麻西装，胸前口袋里放着一条手帕，衬衫和领带都是蓝色的。他正拿着放大镜读一份折页。一个独居的丧偶的男人，或一个从未结过婚的男人，但什么人到了那个年龄还没结婚？如同多年来那样，他会在南安普敦下车，走到夜晚的黑暗中去。

火车进站了。乘客们从街上噔噔走下楼梯。鲍曼上了车，选了一个靠窗的座位。到乡下去，这令人感到安慰。周末就在眼前。戴着蓝色硬帽的列车员正在看手表确认时间。终于，随着一阵轻微的摇晃，火车开动了。

他读了一会儿书，然后合上书页。郊外商业区和仓库被抛在后面。十字路口是晚间的车辆，一队队汽车开着前灯等待着。市区大道堵成一团。房屋，树木，流逝而过的陌生地方，堤岸，神秘的池塘。他多次穿越其中，但对它一无所知。

他去年就离开了蒂沃利，教授从欧洲回来了，无论如何这只是个插曲。他答应在纽约跟凯瑟琳见面，但他的生活正与她的分道扬镳。他租了一幢房子，离他最初在温斯科特租的房子不远。他觉得他从前的生活又回来了。安·轩尼诗来过了一次周末。气氛略显尴尬，但晚饭间就烟消云散了。

“我这里有一瓶阿玛罗尼。”他提到。

“是的，我注意到了。”

“是吗？你还注意到了什么？”

“没有了。我太激动了。”

“好吧，阿玛罗尼会让你镇定下来。”

“很难。”

但这引发了关于威尼斯的话题。

“我想去威尼斯。”她说。

“有一本很棒的威尼斯旅行指南，我想已经绝版了，是一个叫休·奥努尔的人写的。一位历史学家。那是我读过的最好的旅行指南之一。我可能有一本。他有一个伴侣叫约翰·弗莱明。他们被称为‘光荣与荣耀’。当然，他们是英国人。”

“我不喜欢‘gay’[1]这个词，”他说，“他们太显赫了，不能被称为gay。也许私底下他们称自己为gay。罗马的皇帝们不是gay。他们在泳池里，光着身子和一群被训练来享乐的小男孩一起游泳，但称他们为gay似乎有些奇怪。堕落，纵情享乐，恋童癖，但不是gay。它破坏了变态行为的庄严感。”

“我没想到罗马皇帝。”

“好吧，那么就卡瓦菲斯，称他为gay似乎也不合适。还有约翰·梅纳德·凯恩斯。这个词太口语了。卡瓦菲斯是个‘异类’。我想他自己用的是这个词。Gay反正不太合适。但有一些gay的行为。你熟悉吧？”他突然说。

“我想是吧，”她说，“我也说不好。”

“我没有任何别的意思。”他说。

“没关系。”

虽然她在等待，但他没再说下去了。

这是许多个周末中的第一个。他们成了一对非正式的伴侣。在工作场合并不明显，他们不愿在那里表现出来，除非是在晚上

[1] 英文单词gay原义为“艳丽的，欢快的，无忧无虑的”，现在常用来表示“同性恋”之意。

或者在乡下。在那里他们自由安闲，没有拖累。她穿一件简洁的白色睡袍睡觉，他从她的屁股那里将其轻轻向上推去，直推到一半，或者她把它拉上头顶脱下来。她赤裸的皮肤凉津津的。她的胳膊放在身旁，手掌张开。他把自己放进她窄窄的手掌心里。

六月，水还太冷，不适合游泳。如果他花一分钟时间鼓起勇气潜入水中，那么不出一秒他就会后悔。但日子很美很长。海滩上仍然空无一人。有时，由于云的缘故，太阳只能照到一部分水面，将其变成几乎一片白色，其余部分则依然保持着深蓝或灰蒙蒙的色泽。

到了七月，海水变暖了。他们一早就去游泳。在露天停车场，有辆白色厢式货车的一侧被拆开，用来卖咖啡和煎蛋三明治，后来也卖冷饮。几个孩子已经在到处闲逛，光着脚走在柏油路上。那个时间海滩尚不拥挤，向两边一直延伸到视线之外。安的泳衣是暗红色的。她的四肢已经没有了城市的苍白。

海水的温度刚刚好。他们一起游了十五或二十分钟，然后出来躺在阳光下。没有什么风，天就要热起来了。他们躺在那里，头挨得很近。她睁开眼睛看了一会儿，看了看他，然后又闭上了。终于，两人都坐了起来。阳光落在他们肩上，令人感觉沉重。来了更多人，有些带着阳伞和椅子。

“你想再下去吗？”鲍曼站在那里说。

“好吧。”她说。

他们径直走进海里，当海水漫过腰时，他潜入水中，伸展开双臂，头埋在双臂之间。水是灰蒙蒙的绿色，纯净如丝，微微泛着涟漪。这次他们没有一起游，而是去了不同的方向。他朝东游去，慢慢与一股稳定的水流合为一体。海水滔滔逝去，以一种只属于他的方式环绕着他，陪伴着他，托举着他。还有其他几个游泳的人，他们孤独的头颅出现在更远的地方。他觉得他能游到很远，他感觉充满了力量。低下头能看到海水的底部，光滑而起伏。他游了很长一段距离,最后掉转身体向回游去。虽然很累，但他觉得永远也游不够，永远也待不够，在这片海里，在这样的一天。最后他出来了，虽然很累，但兴致高昂。不远处有群孩子，十岁或十二岁，排成一个歪歪扭扭的纵列向大海跑去，女孩挨着女孩，男孩连着男孩，表情和呼喊中充满了喜悦。他开始朝安走去，她刚才就出来了，正穿着她那件光滑的红色泳装坐着，他很远就能认出她。

带着一种胜利的感觉——对此他很难解释——他站在她面前擦干自己。快十一点了。太阳带着巨大的重量，就像一块铁砧。他们一起朝路边停车的地方走去。她坐到他旁边的座位上，双腿似乎晒得更黑了，脸颊红彤彤的。至于他自己，则完全沉浸在快乐中。他别无所求，她的出现就是个奇迹。她就是故事和戏剧中那个三十多岁的女人，由于某种原因，由于环境和运气，一直没有找到一个男人。她令人向往，赋予人生命力，她从网兜中滑落下来，果实落到地上。她从未谈论过他们的未来，她从未提起过

“爱”这个字，除非是在热情缱绻的时刻。但是，那天从海里出来，站在她面前时，他差点说出那个字，跪在她身边，然后说出来，说出他对她的爱。他差点说，你愿意嫁给我吗？他知道，是时候了。

他对自己没有把握，对她也没有。他太老了，不适合再结婚。他不想要某种迟来的、伤感的妥协，他太知道那种感觉。他结过一次婚，全心全意地，然后发现自己错了。他疯狂地爱上一个伦敦的女人，但不知何故也渐行渐远。好像是命运的安排，一天晚上，在他一生最浪漫的邂逅中，他遇见了一个女人，然后遭到了背叛。他相信爱——终其一生都相信——但现在看来似乎太晚了。或许他们可以就这样继续下去，像那些艺术中的生命。安娜，他开始呼唤她，安娜，过来，坐在我身边。

威尔斯又结婚了，这一次把握更小。他看见一双女人的腿，就在隔壁院子里和她聊了起来。他们一起私奔了，他的妻子围绕着他建立了自己的生活。或许这就是问题所在，安排一种生活。他们可能会去旅行。他一直想去巴西，去伊丽莎白·毕肖普[1]和她的巴西伴侣洛尔塔·索雷斯一起生活过的地方，去那两条河，一条是蓝色，一条是棕色，然后交汇在一起[2]，她曾经写过。他一直想再回太平洋，那里有他生命中唯一勇敢的部分，去穿越它，穿越它的浩瀚，越过那些伟大的、已被遗忘的名字，乌利西，马

---

[1] Elizabeth Bishop（1911—1979），美国著名女诗人，美国1949—1950年度桂冠诗人，1956年获普利策奖，代表作有《北与南》《一个寒冷的春天》等。

[2] 或指伊丽莎白·毕肖普的诗《圣塔伦》（“Santarém”）。

朱罗，帕劳，或许去寻访几处墓地，罗伯特·路易斯·史蒂文森的或者高更的，从塔希提岛出发，坐船航行十天。一直航行到东京。他们会一起计划旅行，住在小小的旅馆里。

她去探望她的父母了。那是十月，他独自一人。那天晚上的云是一种深蓝色，一种人们很少见到的蓝色，遮盖着一轮隐秘的月亮，和往常一样，他想到了海上的夜晚，或者那些等待出海的夜晚。

他很乐意一个人待着。他为自己做了些晚饭，然后坐下来阅读，肘边放着一个玻璃杯，就像坐在第十街那个小小的起居室中一样，薇薇安上床睡觉了，他坐着读书。时间没有尽头，清晨，夜晚，所有的生活都在前方。

他经常想到死，但通常是对一只动物或者一条鱼的怜悯，或者因为看见了秋天枯萎的草，看见帝王斑蝶紧紧吸附着乳草，为伟大的死亡飞行[1]准备养料。它们有没有以某种方式意识到这一切将要耗费的力气，英雄般的力气？他思考着死亡，却从未能够去想象它，当其他一切都依然存在的时候，那个“不存在”。离开这个世界进入另一个世界，进入下一个世界，这种念头离奇到令人难以置信。或者灵魂会以一种未知的方式升腾而起，进入上

[1] The great funeral flight，生活在北美的帝王斑蝶每年秋天会从加拿大南部迁移到墨西哥中部的越冬栖息地，次年离开，旅程再次开始。但由于寿命较短，没有一只帝王斑蝶能够完成整个往返旅程，迁徙一次往往需要数代。

帝的无限王国。在那里，你会再次遇见你曾经认识的所有人，还有那些你从不知晓的人，数不清的死者数量不断增长，但永远不会大到无限。就像他母亲说的，唯一消失不见的，将是那些相信死后一切空空的人。不会有时间这样的东西——一个小时后，时间不见了，就像人刚刚入睡时那样。所余唯有喜乐。

你相信会发生什么，就会发生什么，贝阿特丽丝说过。她会去一个美丽的地方。“罗切斯特”，她曾经开玩笑地说。他一直将它看作一条漆黑的河流，人们排着长队等待船夫，按照永恒的指示顺从而耐心地等着，被没收了一切，只剩最后一件东西：一枚戒指，一张照片，或者一封信，它象征了一切至爱之物，一切被祈望过又被抛在身后的东西，它那么小，人们可以把它带在身边。他有一封这样的信，来自伊妮德。*和你一起度过的日子，是我一生中最美好的岁月。*

如果没有河流，只有望不到尽头的陌生人呢？毫无希望的人，就像曾经在战争中那样？他将被迫加入他们，去永久等待。到了那时，就像他经常做的那样，他会想他的人生还剩下多少。他唯一确定的只有一件事，对曾经活过的人来说，结局都是一样的。他会和他们去往同样的地方——这很难相信——他曾经知道的一切也将随他而去，战争，金德里根先生和正在倒咖啡的男管家，初到伦敦的日子，和克莉丝汀吃过的午餐，她华美的身躯如同一个独立的实体，名字，房屋，大海，他所知道的一切，他从不知道但无论如何就在那里的所有一切，他那个时代的东西，所有的年月，带着不可战胜的魔力即将起航的大船，他们节节败退时演奏着音乐的乐队，不断拓宽的绿水，驶离火奴鲁鲁的“梅森尼亚”号，不来梅大撤退，阿基塔尼亚，法兰西岛，还有川流不息跟在后面的小小船只。他听到的第一个声音来自他的母亲，他已经不记得了，但他仍会怀念小时候在母亲身边的幸福。他记得他的第一批同学，每一个人的名字，那些教室，那些老师，家中他自己房间里的细节——那难以估量的生活，那曾经向他敞开，并且被他拥有的生活。

那天下午，他在花园里除草，低头一看，发现网球短裤下面有一双腿，看起来属于更加苍老的人。他意识到，他决不能当着安的面，像这样穿着短裤在房子里进进出出了，或许连未及膝盖的棉质和式晨衣也不行。他必须对这类事多加小心。他总是穿着西装出去，又穿着西装回来。他穿从特普勒百货公司买来的那一套，带着细条纹的午夜蓝。

他穿着这套西装去萨米特参加了他姨妈的葬礼。和安一起去的，他邀请她一同前往。葬礼在早上十点举行。很简短，过后他们很快就离开了。他们是乘早班火车来的，在早晨第一缕黛青色的光芒中穿过沼泽地，远处的纽约看起来就像一座异域的城市，一个你可以生活在其中并感到快乐的城市。路上，他跟她讲了姨妈的事，多萝西，他母亲的姐姐，还有他了不起的姨父，弗兰克。他描绘了他们的餐厅，花儿餐厅，红色的长毛绒，下班路上顺便来吃晚饭的夫妇，还有晚些时候来的人，不希望被人看见。已经过去很多年了，但那天早上在他看来它如此真实，好像他们可以开车去那里吃晚餐，坐下来一边喝酒一边听《弄臣》，服务生会给他们端来牛排，微微焦黄，上面有一小块黄油正在融化。他第一次想要带她去那里。

他的思绪去了别处，去了那个有着宫殿和安静运河的伟大殡葬之城，狮子是它恐惧的徽章。

“你知道，”他说，“我一直在想威尼斯。我不知道威尔斯说的去那里最好的季节对不对。一月太他妈冷了。我感觉最好在那之前就去。管他呢，人多又如何。我会问问他旅馆的事。”

“你是认真的吗？”

“是的，我们十一月就去。我们会拥有一段美好的时光。”

著作权合同登记图字：30-2021-080

图书在版编目（CIP）数据

这一切 /（美）詹姆斯·索特 (James Salter) 著；刘伟译．-- 海口：海南出版社，2022.1
书名原文：ALL THAT IS
ISBN 978-7-5730-0303-4

Ⅰ．①这… Ⅱ．①詹… ②刘… Ⅲ．①长篇小说–美国–现代 Ⅳ．① I712.45

中国版本图书馆 CIP 数据核字 (2021) 第 259543 号

这一切
ZHE YIQIE

作　　者　[美] 詹姆斯·索特
译　　者　刘　伟
策划编辑　雷　韵
责任编辑　陈泽恩
特约编辑　廖畅畅　雷　韵
封面设计　陆智昌
内文制作　马志方
海南出版社 出版发行
地　　址　海口市金盘开发区建设三横路2号
邮　　编　570216
电　　话　0898-66822134
印　　刷　山东新华印务有限公司
版　　次　2022 年 1 月第 1 版
印　　次　2022 年 1 月第 1 次印刷
开　　本　880mm × 1230mm　1/32
印　　张　13.5
字　　数　265千字
书　　号　ISBN 978-7-5730-0303-4
定　　价　72.00元

如发现印装质量问题，影响阅读，请与发行部门联系：010-64284815